DER MITTELSMANN

RENEE ROSE

Übersetzt von
STEPHANIE WALTERS
Bearbeitet von
YANINA HEUER

Copyright © 2021 Der Mittelsmann von Renee Rose und Renee Rose Romance

Alle Rechte vorbehalten. Dieses Exemplar ist NUR für den Erstkäufer dieses E-Books bestimmt. Kein Teil dieses E-Books darf ohne vorherige schriftliche Genehmigung der Autorin in gedruckter oder elektronischer Form vervielfältigt, gescannt oder verbreitet werden. Bitte beteiligen Sie sich nicht an der Piraterie von urheberrechtlich geschützten Materialien und fördern Sie diese nicht, indem Sie die Rechte der Autorin verletzen. Kaufen Sie nur autorisierte Ausgaben.

Veröffentlicht in den Vereinigten Staaten von Amerika

Renee Rose Romance

Dieses E-Book ist ein Werk der Fiktion. Auch wenn vielleicht auf tatsächliche historische Ereignisse oder bestehende Orte Bezug genommen wird, so entspringen die Namen, Charaktere, Orte und Ereignisse entweder der Fantasie der Autorin oder werden fiktiv verwendet, und jegliche Ähnlichkeit mit tatsächlichen Personen, lebenden oder toten, Geschäftsbetrieben, Ereignissen oder Orten ist rein zufällig.

Dieses Buch enthält Beschreibungen von BDSM und vieler sexueller Praktiken. Da es sich jedoch um ein Werk der Fiktion handelt, sollte es in keiner Weise als Leitfaden verwendet werden. Die Autorin und der Verleger haften nicht für Verluste, Schäden, Verletzungen oder Todesfälle, die aus der Nutzung der im Buch enthaltenen Informationen resultieren. Mit anderen Worten probiert das nicht zu Hause, Leute!

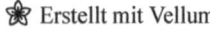 Erstellt mit Vellum

RENEE ROSE: HOLEN SIE SICH IHR KOSTENLOSES BUCH!

Tragen Sie sich in meine E-Mail Liste ein, um als erstes von Neuerscheinungen, kostenlosen Büchern, Sonderpreisen und anderen Zugaben zu erfahren.

https://www.subscribepage.com/mafiadaddy_de

ERSTES KAPITEL

Sasha

Die Männer meines Vaters sagen, dass er nur noch wenige Tage zu leben hat. Vielleicht sogar nur Stunden. Wir befinden uns in seinem Haus in Moskau – einer Residenz, die zu betreten mir nie zuvor gestattet worden war.

Ein Ort, den ich gehasst habe, seit ich ein kleines Mädchen war.

Jetzt bedeutet er mir wenig. Ebenso wie sein bevorstehender Tod.

Ich kann nicht behaupten, den Mann zu lieben. Er war ein furchtbarer Vater und ein noch schlimmerer Partner für meine Mutter. Partner, nicht Ehemann – nein, er hätte sie nicht heiraten können.

Das ist gegen den Bratwa-Kodex.

Sie war dreißig Jahre lang seine Geliebte, bis er sie letzte Woche darüber informiert hat, dass sie nun die Geliebte von Vladimir wäre, seiner rechten Hand. Genau – er hat seine Geliebte wortwörtlich einem anderen Mann überschrieben. Als ob sie eine Hure wäre, die sein Eigentum ist. Nein, schlimmer noch als eine Hure – als ob sie seine Sklavin wäre.

Sie hatte in der Sache keine Wahl.

Wie schon gesagt, er ist kein guter Mann, mein Vater.

„Komm, Sasha, dein Vater will dich sehen", sagt meine Mutter gedämpft. Meine ehemals wunderschöne Mutter sieht plötzlich alt aus. Sie ist blass, ihr Gesicht eingefallen und angespannt vor Trauer.

Trotz allem liebt sie meinen Vater noch immer zutiefst.

Ich folge ihr in sein Zimmer. Er wollte nicht in einem Krankenhaus sterben, also wurde sein großes Schlafzimmer in ein Krankenzimmer umgewandelt. Um sein Bett herum stehen medizinische Geräte und er wird rund um die Uhr von Krankenschwestern betreute. Die Vorhänge sind aufgezogen und die Sommersonne scheint durch die großen Fenster.

„Aleksandra." Er spricht mich mit meinem vollen Namen an.

Ich zucke zusammen. Er ist so respekteinflößend wie eh und je, obwohl er abgemagert und zerbrechlich in seinem purpurroten Morgenrock aussieht. Sein Gesicht hat eine graue, todkranke Farbe.

„Komm." Er ruft mich an seine Seite. Ich leiste seinem Befehl widerwillig Folge. Ich mag dreiundzwanzig sein, aber etwas an diesem Mann vermittelt mir noch immer das Gefühl, ein verirrtes Kind zu sein. Er nimmt meine Hand und ich muss mich bemühen, bei der Berührung seiner trockenen, knochigen Finger nicht zu erschaudern.

„Sasha, ich werde für dich sorgen", sagt er. Hustet.

Ich schlucke.

Für uns zu sorgen war das einzig Gute, was er für mich und meine Mutter je getan hat. Ich sollte dankbar sein. Wir haben unser ganzes Leben im Luxus verbracht. Ich konnte sogar das College meiner Wahl besuchen – die University of Southern California, wo ich Schauspiel studiert habe. Aber natürlich hat er mich zurück nach Moskau beordert, sobald ich meinen Abschluss in der Tasche hatte.

Und ich bin zurückgekehrt, weil er die Kontrolle über den Geldhahn hat.

Wenn er mir in seinem Testament genug Geld vermacht, werde ich nach Amerika zurückkehren und meine Träume verfolgen.

„Dein Ehemann wird heute eintreffen."

Zunächst verstehe ich nicht, was er sagt. Ich blinzle. Blicke über meine Schulter zu meiner Mutter. „Wie bitte?" Ich muss ihn ganz sicher missverstanden haben.

„Der Mann, der dich heiraten wird. Um dich zu beschützen und deine finanziellen Interessen zu verwalten."

Ich ziehe meine Hand aus seiner. „Wie bitte, *was*?"

Zorn flackert in den Augen meines Vaters auf und mein Körper reagiert augenblicklich und beginnt zu zittern. Ganz egal, wie sehr ich mich bemühe, mich davon nicht aus der Fassung bringen zu lassen, ich bin immer noch das kleine Mädchen, das verzweifelt versucht, ihm zu gefallen, seine Liebe zu gewinnen. Ihn dazu zu bringen, mich zu sehen und mir seine Aufmerksam zu schenken.

Natürlich zeige ich das nie. Mittlerweile habe ich schon sehr lange den rebellischen Teenager für ihn gespielt. Ich werfe nachdrücklich meine Haare in den Nacken. „Ich werde niemanden heiraten."

Er deutet mit dem Finger auf mich. „Du wirst tun, was ich dir sage, und dankbar sein, dass ich einen Weg gefunden habe, um dich zu beschützen und für dich zu sorgen, wenn ich unter der Erde bin." Ein paar Speicheltropfen fliegen aus seinem Mund.

Mein Magen dreht sich um. Es ist zu verstörend, zu beobachten, wie der Tod sich über ihn hermacht, um nicht davon berührt zu werden, aber ich will nicht, dass es mir etwas ausmacht. Ich will ihn einfach weiterhin hassen können.

Ich hasse ihn.

„*Wer*?", verlange ich. „Wen soll ich heiraten?"

Ein Klopfen an der Tür ertönt und mein Vater nickt, als ob er zufrieden wäre. Vladimir betritt das Zimmer. „Maxim ist da."

Mir stockt der Atem, als ob mir jemand einen Schlag in die Magengrube verpasst hätte.

Maxim.

Doch ganz sicher nicht? Was für einen kranken, verdrehten Plan hat mein Vater denn da ersonnen?

Maxim, der charmante, mächtige, ehemalige Protegé meines Vaters? Den ich durch meine Lügen ins Exil vertrieben hatte?

Maxim betritt das Zimmer und ich weiche von der Seite meines Vaters zurück in die dunkle Zimmerecke, wo meine Mutter steht, die alles genau beobachtet, besorgt, die Hände ringt. „Du hast davon gewusst", klage ich sie an.

Tränen schwimmen in ihren Augen. Darüber bin ich froh, weil es mir hilft, meine eigenen hinunterzuschlucken.

„Maxim". Mein Vater hält ihm seine Hand hin.

Maxim wirft einen Blick in unsere Richtung und ich will gehen, aber meine Mutter greift nach meinem Arm und hält mich fest. Vladimir kommt ebenfalls ins Zimmer, positioniert sich vor der Tür, als ob er den Ausgang versperrt. Er sieht aus wie ein Gefängniswärter.

Maxims gut aussehendes Gesicht ist ausdruckslos. Allein sein Anblick, nach sechs Jahren, lässt mein Herz höher schlagen. Er trägt noch immer dieselbe undurchdringliche Maske. Ich erinnere mich. Er muss mich sicherlich hassen nach allem, was ich ihm angetan habe. Er greift nach der Hand meines Vaters, kniet sich neben das Bett. „Papa."

Papa. So nennen sie meinen Vater, weil er ihr Anführer ist. Ich glaube, auf eine Art war er auch wie ein Vater für Maxim, der, so erinnere ich mich, mit vierzehn aus einem Waisenhaus abgehauen ist. Vermutlich war er ein besserer Vater für ihn als für mich, sein eigenes Fleisch und Blut.

„Endlich bist du hier", krächzt mein Vater und legt seine freie Hand auf Maxims Schulter wie ein Priester, der ihn segnet. „Ich habe eine letzte Bitte, Maxim."

„Was ist es?" Maxims Stimme ist leise und ehrfürchtig. Wenn man sie so beobachtet, würde man nie denken, dass mein Vater Maxim verbannt hatte, nicht nur aus seiner Gegenwart, sondern sogar aus dem Land.

„Hast du den Diebeskodex befolgt?"

Maxim nickt.

„Du hast keine Frau, keine Familie?"

„*Njet.*"

„Gut. Du wirst den Kodex jetzt brechen und Sasha heiraten", sagt mein Vater.

Auch wenn ich es halb erwartet hatte, treffen mich diese Worte dennoch wie eine Flutwelle, brechen über mir zusammen, reißen mich in eine Panik.

Maxim hat mir seine breiten Schultern und seinen Rücken zugewandt und ich kann sein Gesicht nicht sehen, aber er muss ebenso schockiert sein wie ich.

Langsam erhebt er sich aus seiner knienden Position, steckt seine Hände in die Hosentaschen und wartet ab, erwidert nichts.

„Ich werde Sasha meine sämtlichen Anteile an den Erdölquellen vermachen, solange sie mit dir verheiratet ist. Du wirst ihre Finanzen verwalten und sie vor Bedrohungen beschützen. Wenn sie stirbt, bevor sie Kinder bekommen hat, gehen die Anteile an Vladimir über, der damit beauftragt ist, die Moskauer Zelle zu führen und für Galina, Sashas Mutter, zu sorgen."

„Du verkaufst mich", stoße ich aus meiner Zimmerecke hervor.

Das tut er – genauso, wie er meine Mutter verkauft hat.

„*Ruhe!*" Mein Vater wirft eine Hand in die Luft, deutet in meine Richtung, lässt sich aber nicht einmal dazu herab, mich anzuschauen.

Maxim, hingegen, dreht sich zu mir um. Er mustert mich lange und gründlich, denkt vermutlich daran, wie ich sein Leben ruiniert habe. Er könnte nun an Vladimirs Stelle an der Spitze der Bratwa stehen, wenn ich nicht gewesen wäre.

Ich presse die Lippen zusammen, damit er nicht sieht, wie sie zittern.

„Sie ist keine Jungfrau mehr", sagt mein Vater, als ob er sich dafür entschuldigen würde, minderwertige Ware zu liefern.

Ich möchte mich am liebsten übergeben.

„Sie hatte eine wilde Zeit, in der ich keine Kontrolle über sie hatte, als sie in Amerika aufs College gegangen ist. Aber andererseits bist du auch an amerikanische Frauen gewöhnt, oder nicht?"

Maxim erwidert noch immer nichts.

„Du wirst das für mich tun", sagt mein Vater. Es ist keine Frage, es ist ein Befehl, aber er mustert Maxims Gesicht aufmerksam, sucht nach Reaktionen. „Nimm sie mit nach Chicago. Halte sie von dem ganzen Ärger hier fern – sicher und unversehrt. Genieß ihren Wohlstand."

Maxim fährt sich mit der Hand über das Gesicht.

„Du kannst sie für die Lügen bestrafen, die sie über dich erzählt hat. Nichts für ungut, ja? Du bist gut zurechtgekommen in Amerika. Ich habe gehört, Ravil lebt wie ein König und du profitierst davon."

Ich werde ganz still, als ich höre, dass mein Vater weiß, dass ich gelogen habe.

„Und wenn ich zuerst sterbe?", fragt Maxim, ganz der Geschäftsmann. Das hier ist eine Transaktion. Mein Vater bietet ihm eine Aussteuer für meine Hand an. „Wer hat den Treuhandanteil an Sasha?"

„Vladimir", antwortet mein Vater.

Maxim nickt eilig, fast unmerklich. Vladimir ist mit im Zimmer, aber Maxim schaut ihn nicht an. „Übertrage sie an Ravil", sagte er. Ravil ist der Boss der Bratwa-Zelle in Chicago und somit Maxims Boss, seit er des Landes verwiesen wurde.

Vladimir verlässt augenblicklich das Zimmer.

„Du wirst das für mich tun", wiederholt mein Vater und blickt Maxim an.

Maxim neigt den Kopf. „Das werde ich."

„Sei meiner Familie gegenüber nicht respektlos, indem du meiner Tochter gegenüber nicht respektvoll bist."

„Niemals", erwidert Maxim sofort. Er dreht sich zu mir um und mustert mich. Etwas in meinem Magen flattert, als ich seinen düsteren Blick auf mir spüre. Wenn mein Vater seinen Willen bekommt, werde ich diesem Mann gehören. Er wird mich vollkommen kontrollieren. Mein ganzes Schicksal liegt in seiner Hand.

Aber ich werde mich ihm nicht zu Füßen legen und die unterwürfige, anbetende, allzeit verfügbare Geliebte spielen, wie meine Mutter es getan hat.

Drauf geschissen.

Ich werde mich wehren.

∽

Maxim

FICK. Mich.

Nie im Leben könnte ich Igor seinen letzten Wunsch auf dem Sterbebett abschlagen – oder seinen Befehl, so wie es aussieht, Aber es ist ein verfluchter Knaller.

Ich muss Sasha heiraten, seine *mafiya*-Prinzessin, ein richtiges Miststück. Die mein Leben ruiniert hat. Nicht, dass ich es bedauern würde, Moskau verlassen zu haben. Igor hat recht – das Leben in Chicago unter Ravils Herrschaft ist viel einfacher. Ich habe nicht permanent das Gefühl, dass mir jemand einen Dolch in den Rücken stoßen will, so wie es hier der Fall war. Aber jetzt wird es wieder so sein.

Natürlich, nur deshalb will er, dass ich sie heirate.

Igors Anteile an den Erdölquellen sind mindestens sechzig Millionen wert. Und seine Kollegen sind widerwärtig, gelinde gesagt. Wir sind schließlich eine Bruderschaft von Dieben. Ich muss also annehmen, dass mindestens dreißig Männer darauf aus sein werden, dieses Vermögen an sich zu reißen, auf welche Art und Weise auch immer – indem sie Sasha umbringen, mich umbringen oder sogar die gesamte Chicagoer Zelle auslöschen.

Aber ich bin der Mittelsmann. Genau wie Ravil ein meisterlicher Stratege. Ich habe den Ruf, meinen Gegnern immer einen Schritt voraus zu sein. Igor weiß, seine Freunde wie seine Feinde werden es sich zweimal überlegen, bevor sie versuchen, sein Vermögen in die Finger zu bekommen, selbst wenn es sich in meinem Besitz befindet.

Ich werfe einen Blick auf meine unwillige, manipulative Braut. Sie ist sogar noch schöner, als sie es mit siebzehn war, damals, als ich sie nackt in meinem Bett liegend vorgefunden hatte, wild entschlossen darauf, mich zu verführen.

Sie ist zum Sterben schön, wie ihre Mutter. Langes, dickes, rotes Haar. Hohe Wangenknochen, Haut wie Porzellan. Sie hat lebendige, blaue Augen und einen Kussmund. Ihr Blick ist voller Verletzung und Wut.

Bljad. Sie ist ganz sicher eine Handvoll.

Vladimir kehrt mit den Dokumenten und einem nervös aussehenden Regierungsbeamten zurück – einem Beamten des öffentlichen Diensts, nehme ich an. Jemand hat ihn vermutlich bestochen oder ihm gedroht, um diese Angelegenheit zu einem Hausbesuch zu machen, anstatt dass wir alle zum Standesamt gehen müssen.

Wenn es irgendjemand anderes als Igor wäre, würde ich darauf bestehen, das Testament einzusehen, um sicherzustellen, dass alles so notiert ist, wie er behauptet. Aber es ist Igor, der Mann, der mit wortwörtlich das Leben gerettet hat, mich unter seine Fittiche genommen hat und mich zu dem Mann gemacht hat, der ich heute bin. Ich werde ihn nicht beleidigen. Wenn es sein letzter Wunsch ist, dass ich seine Tochter heirate, dann werde ich das tun.

Immerhin könnte Vladimir versuchen, meiner Braut ihr Vermögen abzuluchsen, was genau der Grund ist, weshalb Igor mich in dieses Chaos mit hineingezogen hat. Ich spreche leise und respektvoll. „Willst du, dass ich es erst überprüfe, Papa?"

Er mustert mich für einen Augenblick, dann nickt er, also nehme ich den Stapel Papiere und überfliege sie, so schnell ich kann. Es gibt Vorkehrungen für Galina, aber sie laufen ausschließlich über Vladimir. Abgesehen von den Erdölanteilen, Igors einzigem legalen Geschäft, geht alles an Vladimir, mit der strikten Auflage, dass er Galina monatlichen Unterhalt zahlen und für ihren Schutz sorgen muss.

Die Anteile an den Erdölquellen gehen in einen Treuhandfonds für Sasha, mit mir als Treuhänder. Wir müssen verheiratet bleiben oder wir verwirken die Anteile und sie fallen Vladimir zu, oder, in seiner Abwesenheit, an Galina. Wenn Sasha zuerst stirbt, wird Vladimir der Treuhänder. Wenn ich zuerst strebe, Ravil. Ich nicke, dann halte ich Igor die Dokumente hin, damit er unterschreiben kann.

Der Standesbeamte räuspert sich und tritt nervös von einem Fuß auf den anderen.

„Wir sind so weit", sagte ich ihm.

Galina schiebt eine wutschnaubende Sasha vor und sie landet neben mir. „Das passiert doch nicht wirklich", beschwert sie sich auf Englisch, vielleicht, damit ihr Vater sie nicht verstehen kann. Sie hat Glück, dass sie die Sprache kann, oder ihr neues Leben würde noch tausendmal schwerer werden.

„Haben Sie Ringe, die sie tauschen können?", fragt mich der schwitzende Beamte.

„Nein." Ich schüttle den Kopf.

Igor zieht einen Platinring von seinem kleinen Finger. Er hat ihn getragen, solange ich ihn kenne. Ich erinnere mich, wie er mir Dinge gesagt hat wie: „Ich habe auch mit nichts begonnen, Maxim, und jetzt trage ich Platinringe."

Seine Hand zittert, als er mir den Ring reicht. Sein Atem geht schwer.

Galina bemerkt es und kommt an seine Seite. „Ist alles in Ordnung, mein Liebling? Brauchst du mehr Morphium?"

„Machen Sie schon." Igor winkt dem Beamten ungeduldig zu. „Verheiraten Sie sie."

Der Beamte schluckt, dann beginnt er mit einer kurzen Ausführung zum Tausch der Ringe. Ich stecke Sasha Igors Platinring an und weise den Beamten an, die Stelle zu überspringen, als ihr Ring für mich an der Reihe ist.

„Ich erkläre Sie hiermit zu Mann und Frau. Sie dürfen die Braut jetzt küssen."

Ich schaue Sasha an, aber sie wendet den Blick ab, also gebe ich ihr einen Kuss auf die Wange. „Erledigt", sage ich zu Igor.

„N-nachdem Sie die Urkunde unterschrieben haben", stammelt der Beamte.

Ich reiße ihm den Stift aus der Hand und schmiere eine eilige Unterschrift auf das Papier, dann halte ich Sasha den Stift hin.

Ihre Finger greifen nicht danach. Sie schaut mich an, Rebellion funkelt in ihren ozeanblauen Augen. Als ob einer von uns diesen Ball aufhalten könnten, der lange, bevor wir dieses Zimmer überhaupt betreten haben, schon ins Rollen gebracht wurde.

„*Unterschreibe!*", fährt Igor sie an. Oder er versucht zumindest, sie anzufahren, aber es klingt mehr wie ein verärgertes Pfeifen.

Galinas Mund wird schmal. „Tu es, Sasha."

Sasha greift nach dem eleganten Füllfederhalter, die Muskeln in ihrem Kiefer spannen sich an und sie unterschreibt die Urkunde.

Zuletzt unterschreibt der Standesbeamte und nickt Vladimir zu. „Alles vollständig. Ich kann es innerhalb der nächsten Stunde erfassen lassen." Seine Hände zittern, als er die Eheurkunde zurück in die Mappe steckt, die er gegen seine Brust gedrückt hat.

„Gut. Bringen Sie die Kopien wieder her, dann erhalten Sie den Rest ihrer Bezahlung."

Der Beamte verlässt wie von der Tarantel gestochen das Zimmer und wir wenden uns alle Igor zu, dessen Atem mittlerweile zu einem Keuchen geworden ist.

„Er braucht Morphium!", blafft Galina Vladimir an, der eine der Krankenschwestern ruft.

Das ist alles zu viel, um es zu verarbeiten. Igor, der stirbt. Meine plötzliche Heirat. Meine verbitterte Braut.

„Sasha", keucht Igor. Er windet sich unruhig auf dem Bett hin und her, seine Beine zucken unter der Decke und er scheint keine Luft zu bekommen. Oder Schmerzen zu haben. Seine Lippen werden blau. „Komm."

Als sie sich nicht von der Stelle rührt, lege ich behutsam die Hand auf ihren unteren Rücken und schiebe sie vorwärts. Die Schwester tropft Morphium direkt auf Igors Zunge. Er greift nach der Hand seiner Tochter.

„Sasha", wiederholt er.

„Was ist?" Ich kann Tränen in ihrer Stimme hören. Und Wut.

„Vertraue ... Maxim", sagt er.

Gänsehaut breitet sich auf meinen Armen und Beinen aus. In meinem Nacken. Igors Angst um ihr Leben ist womöglich noch größer, als ich ursprünglich geglaubt hatte. Oder er hat Angst, dass Sasha das Weite suchen wird.

Bljad.

Er atmet rasselnd ein. Dann nichts.

„Igor!", ruft Galina.

„Papa?" Sasha klingt alarmiert.

Igor atmet noch einmal ein.

„Oh!" Galina seufzt auf.

Aber es war sein letzter Atemzug. Sein Körper zuckt, als das Leben ihn verlässt.

Zum ersten Mal blickt Galina mich an. „Er hat gewartet, bis du hier bist", sagt sie, aber es ist ein Vorwurf, kein Kompliment.

Ich habe zu lange damit gewartet, zurückzukommen. Ich habe mich vor seinen Anrufen gedrückt, wollte nicht herausfinden, was es war, das er mir geben wollte, bevor er starb.

Ich hatte Angst, es würde seine Position als Anführer der Moskauer Bratwa sein. Oder irgendeine andere hohe Stellung. Ich hatte geglaubt, er wollte mich zurück in den Dienst beordern.

Nicht in einer Million Jahre hätte ich damit gerechnet, dass ich seine Tochter heiraten soll.

„Möge ihm die Erde leicht sein", murmle ich den traditionellen Spruch, dann verlasse ich das Zimmer.

Ich habe keine Zeit, den Verlust eines Mannes zu betrauern, der mich schon vor sechs Jahren aus seinem Leben verbannt hatte. Ich muss mir darüber Gedanken machen, wie ich seine dickköpfige Tochter beschützen kann, obwohl sie absolut kein Verlangen danach hat, sich an mich zu binden.

ZWEITES KAPITEL

asha

„Wo willst du damit hin? Stopp! Das gehört meiner Mutter", blaffe ich Viktor an, einen der Männer meines Vaters. Er ist eines der vier Arschlöcher, die gerade einfach in die Einzimmerwohnung geplatzt sind, in der ich das letzte Jahr über gewohnt habe, und angefangen haben, alles in Umzugskisten zu verpacken. Jetzt gerade will er die Salatschüssel einpacken, die ich mir letzte Woche von meiner Mutter ausgeliehen hatte.

„Ich befolge nur meine Befehle", lässt er mich wissen.

Maxims Befehle. Lustig, dass Maxim nicht einmal mehr eine Position in der Moskauer Zelle hat, und doch leisten ihm diese Typen Folge.

Maxim hat auch mir heute Morgen per Textnachricht Befehle erteilt: Verabschiede dich und packe zwei Koffer, wir reisen noch heute Nachmittag ab.

Anders als Viktor, Alexei und die anderen Fußsoldaten habe ich ihm nicht gehorcht.

Ich werde mit Maxim nirgendwohin reisen. Ich weiß nicht, was für ein verdrehtes Spiel von poetischer Gerechtigkeit mein Vater mit unseren Leben gespielt hat, aber mich mit einem Mann zu verheiraten, der mich hasst, ist wirklich die Höhe.

Meine Mutter – in deren Wohnung direkt nebenan ich aufgewachsen bin – kommt ohne anzuklopfen herein und betrachtet das Chaos. „Du reist heute ab." Eine Feststellung, keine Frage.

Ich schüttle den Kopf. „Nein. Hilf mir – sie hören nicht auf mich. Sag ihnen, dass sie aufhören sollen, meine Sachen zu packen. Ich werde nirgendwo hingehen."

Meine Mutter greift nach meiner Hand und zieht mich in das halb leer geräumte Schlafzimmer, schließt die Tür.

„Hör mir zu, Sasha", blafft sie mich im Flüsterton an.

Ich schüttle ihre Hand ab. „Was?"

„Du *wirst* gehen. Dein Vater hat mir nichts vererbt. *Nichts*. Er hat alles Vladimir und dir hinterlassen, unter der Verwaltung deines ehemaligen Geliebten."

„Er war nicht mein –"

Meine Mutter wedelt ungeduldig mit ihrer Hand vor meinem Gesicht herum. „Was auch immer. Maxim kontrolliert jetzt dein Vermögen. Also musst du mit ihm mitgehen, umgänglich sein und sicherstellen, dass das Geld da bleibt, wo es bleiben soll – *bei uns*."

Ich starre sie an. Ich bin überrascht, diese Seite an ihr zu entdecken. Sie war mit meinem Vater immer so passiv, so gefügig. Sie hat angenommen, was er uns gegeben hat, und nie nach mehr verlangt.

Aber ich vermute, jetzt, wo er tot ist, hat sie ihre eigene Verletzbarkeit erkannt, die Verletzbarkeit, alles zu verlieren. Wir beide haben das erkannt.

Die Rebellin in mir will ihr *zur Hölle, nein* antworten. Ich habe Prinzipien und die erlauben mir nicht, mich einfach an ein anderes Mitglied der Organisation meines Vaters verkaufen zu lassen.

Aber ich habe kein Auskommen und sie auch nicht. Mein amerikanischer Uniabschluss in Schauspiel ist nutzlos, sowohl hier als auch da. Der einzige Job, den ich je hatte, war ein Nebenjob im College, bei dem ich mich nur sexy anziehen musste und jede erdenkliche Produktprobe ausgeteilt habe. Und ich habe es nur zum Spaß gemacht, nicht des Geldes wegen.

Ganz ehrlich? Ich sollte nicht arbeiten müssen. Das Geld meines Vaters war für uns vorgesehen, er war nur ein Arschloch, was die Verteilung anging.

„Was ist mit Vladimir? Er soll für dich sorgen." Ich hatte mich noch nicht dazu durchgerungen, nach ihm zu fragen, weil ich wusste, dass ich meinen Mund nicht darüber würde halten können, wie falsch das alles ist.

Meine Mutter beißt die Zähne zusammen. „Vladimir soll für mich sorgen, ja. Aber du erhältst alles. Und ich habe keine Garantien. Vladimir wird seinen Teil der Abmachung einhalten. *Du wirst unser Erbe nicht verwirken, indem du dich wie eine blöde, dickköpfige Kuh aufführst.*"

Ich zucke zurück, überrascht davon, wie gemein und verzweifelt sie klingt. Als ob sie kurz vor einem Nervenzusammenbruch stehen würde.

„Ich werde das Erbe nicht verwirken", verspreche ich. „Maxim und ich werden zu einer Übereinstimmung kommen." Das war von Anfang an mein Plan. Er will ebenso wenig mit mir belastet sein, wie ich seine unterwürfige Frau sein will. Das müssen wir nur eingestehen und dann können wir die ganze Scharade und das Zusammenziehen bleiben lassen. Ich bleibe hier. Er schickt mir jeden Monat einen Scheck. Oder noch besser, überweist mir den Unterhalt direkt.

Ich gehe zurück in die Küche, wo Viktor fast alles eingepackt hat. Er schaut zu mir, aber sein Blick schweift weiter zu meiner Mutter, die hinter mir steht. „Alles in Ordnung, Galina? Kann ich irgendwas für dich tun?"

Er ist unser Bodyguard, seit ich mich erinnern kann. Er und Alexei, der anderer Bodyguard, leben hier im selben Gebäude und wechseln sich mit ihren Babysitterpflichten ab. Ich nehme an, sie sind froh, mich endlich loszuwerden. Aber plötzlich kommt mir in den Sinn, dass Viktor über meine Mutter vielleicht nicht so fühlt. So, wie er sie anschaut …

Wieso ist mir das vorher nie aufgefallen?

15

„Du kannst meiner Mom helfen, indem du deine Finger von meinen Sachen lässt", lasse ich ihn wissen. „Stell das wieder zurück", blaffe ich ihn an, als er meinen teuren Mixer in einen Karton wirft.

„Immer mit der Ruhe." Maxim kommt durch meine Tür herein, als ob ihm die Wohnung gehören würde. Vielleicht tut sie das ja auch – wer weiß?

Er ist wie immer makellos angezogen, trägt ein gestärktes Buttondown-Hemd und maßgeschneiderte Hosen. Seine Hände hat er in die Taschen gesteckt und er steht lässig wie ein GQ-Model da. Als ob ihn nichts je aus der Fassung bringen würde.

Die letzte Woche mit der Trauerfeier und der Einäscherung meines Vaters war ein einziger, verschwommener Albtraum gewesen. Ich war wie betäubt, habe versucht, meiner Mutter dabei zu helfen, ihre Trauer zu bewältigen. War zu wütend, um mir meine eigene Trauer einzugestehen. Maxim hatte Abstand gehalten und ich hoffte, das würde bedeuten, dass er ebenso wenig Interesse daran hatte, diese Scheinehe aufrechtzuerhalten, wie ich.

Aber wie es scheint, habe ich mir falsche Hoffnungen gemacht. Und jetzt bereue ich, gestern nicht mit ihm gesprochen zu haben, bevor dieses ganze Sache ins Rollen gekommen ist. Um ihm diese wahnsinnige Idee auszureden.

„Deine Sachen werden alle nach Chicago verschifft. Wenn es etwas gibt, das du für deine Mutter hierlassen willst, sag es ihnen einfach und sie suchen es raus."

Ich verschränke die Arme vor der Brust. „Ich werde nicht nach Chicago mitkommen."

„Das steht nicht zur Debatte", sagt er leichthin, beinah so, als ob er mit dieser Antwort gerechnet hätte, ihr aber keine Aufmerksamkeit schenkt. Sein Blick fällt auf meine Brüste, die von meinen verschränkten Armen hochgedrückt werden. Ich hatte heute Morgen ein hautenges, pink-goldenes Minikleid angezogen, um die Männer aus dem Konzept zu bringen, die heute den ganzen Tag durch meine Wohnung wuseln.

Ich bin viel zufriedener, als ich es sein sollte, dass auch Maxim so angetan davon ist.

„Hör zu." Ich wechsle ins Englische, weil wir beide es sprechen, die Männer meines Vaters aber nicht. „Ich verstehe, dass du ab sofort mein Geld kontrollierst. Das ist in Ordnung. Ich werde ein braves Mädchen sein und tun, was du mir sagst. Aber wir müssen nicht so tun, als ob wir Mann und Frau wären. Ich weiß, dass du mich nicht willst, und ich will dich ganz eindeutig auch nicht."

„Diese Ehe hat nichts damit zu tun, was wir wollen – *sacharok*."

Sein alter Kosename für mich – *Süße* – rollt ihm förmlich von der Zunge und schickt einen Sturm der Scham und des Verlangens durch mich hindurch, so wie der, den er damals in mir hervorgerufen hat, ganz als ob ich noch immer siebzehn wäre.

„Dein Vater wollte, dass du in Sicherheit bist, und er hat mich als deinen Beschützer ausgewählt."

Ich deute auf die Männer, die meine Wohnung auseinandernehmen. „Viktor und Alexei sorgen für meine Sicherheit, so wie sie es immer getan haben."

Auch wenn wir Englisch sprechen, tritt Maxim auf mich zu und wird leiser. „Denk darüber nach, *sacharok*. Wenn dein Vater geglaubt hätte, dass du bei ihnen in Sicherheit bist, dann hätte er nicht dafür gesorgt, dass du nach Amerika geschickt wirst. Er hätte mich nicht in diese Sache mit hineingezogen."

Ich will lachen. Meine Mutter und ich besitzen Viktor und Alexei quasi.

Nachdem ich für Maxims Verbannung gesorgt hatte, war mir klar geworden, wie viel Macht ich mit meiner Sexualität ausüben konnte. Und weil es die einzige Macht ist, die ich je in meinem Leben ausgeübt habe, habe ich sie benutzt. Ich habe mit den Männern meines Vaters gespielt. Habe sie geködert, bin für sie auf die Knie gegangen. Habe ihre Schwänze gelutscht. Dann angedroht, es meinem Vater zu verraten, wenn ich nicht bekam, was ich von ihnen wollte – in der Regel meine Freiheit.

Aber ein Anflug der Vorahnung schießt bei Maxims Worten durch mich hindurch. Er hat recht. Jetzt, da mein Vater tot ist, hat sich alles geändert. Ich habe keinerlei Macht mehr.

„Geh und pack deine persönlichen Sachen. Unser Flug geht in ein paar Stunden."

Ich schüttle störrisch den Kopf. „Ich komme nicht mit."

Maxim wird ganz ruhig und in meinem Kopf beginnen die Alarmglocken zu schrillen. Er hat eine bedrohliche Seite an sich. „Pack deine Sachen oder du reist mit dem, was ich für dich besorge."

„Lass mich einfach hier." Ich versuche es erneut. „Du kannst mein Geld haben – deshalb nur wäre ich doch in Gefahr, richtig? Also, behalte es. Gib mir nur genug zum Leben und ich werde dir nicht in die Quere kommen. Lass mich nur hier."

„Du glaubst, ich hätte dich wegen dem verfickten Geld geheiratet?", zischt er. Maxims Mund verzieht sich. Er sollte eigentlich nicht so gut aussehen, wenn er derart verächtlich auf mich hinabschaut. „Glaub mir, *sacharok*, ich will das Geld nicht haben. Das Geld – *und du* – machen mir definitiv mehr Scherereien, als du es wert bist."

Ich breite die Arme aus. „Dann geh. Ich lasse dich vom Haken. Vladimir wird mich hier beschützen."

„Ich habe deinem Vater ein Versprechen gegeben, Sasha. Ich werde ihn nicht entehren, indem ich es breche."

Ich verdrehe die Augen.

Er schaut auf seine Uhr. „Wir haben langsam keine Zeit mehr, Süße. Sieht so aus, als ob du mit dem fliegst, was bereits gepackt ist. Geh und steig in den Wagen, der draußen wartet."

Ich weiß nicht, warum ich es noch weiter treiben muss. Dickköpfigkeit hat mir schon immer das Genick gebrochen. Ich verschränke erneut die Arme vor der Brust, strecke mein Kinn vor und sage, „Fick dich."

Er neigt den Kopf zur Seite. Ich erwarte fast eine Ohrfeige, wie mein Vater sie manchmal ausgeteilt hat, aber er scheint völlig unbeeindruckt zu sein. „Wenn ich dich zwingen muss, wird das Konsequenzen haben, Sasha."

„Nur zu – zwing mich", fordere ich ihn heraus.

Maxim ist nicht amüsiert. Er schüttelt seine entspannte Haltung ab und setzt sich abrupt in Bewegung, wie ein schlafender Löwe, der plötzlich losspringt. In einer schnellen Bewegung wirft er mich über seine Schulter und trägt mich zur Tür, bellt den Männern den Befehl entgegen, meine Koffer zum Auto zu bringen.

Als wir im Flur sind, klatscht seine Hand auf meinen Arsch. „Dein Ungehorsam wird Konsequenzen haben, *sacharok*."

Zu meiner Überraschung klingt er nicht wütend. Seine Stimme ist sogar entspannt, trotz der Anstrengung, mich zu tragen. Ich winde mich auf seiner Schulter hin und her, was meinen Minirock bis zu meiner Taille hochrutschen lässt. Er haut mir wieder auf den Arsch, tritt die Tür zum Treppenhaus auf, anstatt auf den Fahrstuhl zu warten. „Hör auf, rumzuzappeln, oder wir brechen uns beide das Genick", warnt er mich, während er zügig die Stufen hinunterläuft.

Ich taste nach seinem Gürtel und halte mich daran fest. Sein muskulöser Arsch füllt seine Hosen einwandfrei aus, spannt sich bei jedem Schritt an. Glut wirbelt durch meinen Bauch, als meine alte Schwärmerei für diesen Mann wieder aufflammt. Ich erinnere mich daran, wie er auf dem Deck der Jacht meines Vaters ausgesehen hat. Mit freiem Oberkörper, sonnengebräunter Haut. Er war ein Adonis, perfekt geformte Muskeln und Glieder, in der Blüte seiner Jugend.

Und jetzt, mit dreißig, ist er kein bisschen weniger attraktiv.

Wir betreten den Gehweg vor dem Gebäude und ich greife nach meinem Rocksaum, ziehe ihn hinunter, schnaube vor Wut, weil er seinem Fahrer und den Männern draußen eine solche Show präsentiert. Er stellt mich auf die Füße und als der Fahrer die Tür des wartenden Wagens öffnet, schiebt er mich auf den Rücksitz der geräumigen Limousine.

Maxim sagt etwas zum Fahrer, dann lässt er sich neben mir auf den Sitz fallen und zieht die Tür zu, schließt energisch das Fenster zum Fahrersitz. So, wie er mich anschaut, zieht sich alles in mir zusammen. Ein dunkles Versprechen liegt in seinem Blick. Als ob er Gefallen daran haben wird, mich zu bestrafen.

Es wird Konsequenzen haben.

Ich versuche, die Röte auf meinen Wangen zu kontrollieren – einer der Nachteile, rothaarig zu sein. „Was jetzt? Wirst du mich bestrafen, wie mein Vater vorgeschlagen hat?" Ich bin wirklich ein Narr, es immer weiterzutreiben. Aber das hier ist Maxim und ich habe mich nie davon erholt, als Teenagerin von ihm verschmäht worden zu sein.

Ich schwöre, ich kann sehen, wie seine Mundwinkel zucken, bevor er mich über seine Knie legt.

Ich bin gleichermaßen schockiert und erregt. Mein Körper ist ohnehin schon wahnsinnig aufgeladen davon, so entwürdigend aus dem Gebäude geschleppt worden zu sein. Jetzt, mit dem Versprechen auf eine Bestrafung, zischt Elektrizität durch jede meiner Nervenbahnen.

Er versetzt mir mehrere feste Schläge mit der flachen Hand – fünf, um genau zu sein –, dann krallt er seine Finger heftig in meinen Arsch. Mein Minikleid rutscht mir wieder bis zu den Hüften hoch, enthüllt den unteren Teil meines Hinterns. Ich trage einen Stringtanga, weil das Kleid alles zeigt, und Maxim hat nun freie Sicht auf meine Arschbacken.

Ich mache kein Geräusch. Ich atme heftig, aber das liegt eher am Schock als am Schmerz, auch wenn langsam ein Prickeln und ein Brennen einsetzen, während er weiterhin meinen Arsch durchknetet.

Es fühlt sich gut an. Demütigend, aber heiß. Und als seine Finger zwischen meinen Beinen über den Tanga streichen, wird mir klar, wie sehr Maxim noch immer mein idealer Mann ist.

Ich habe mich auf dieser Jacht in Kroatien in ihn verliebt – oder vielleicht war es auch nur Verlangen – und auch wenn die Dinge schrecklich schiefgelaufen sind, scheint die Anziehung niemals ganz versickert zu sein. Hitze pulsiert zwischen meinen Beinen. Maxims Finger gleiten über die Naht meines Slips, fährt zwischen meinen Arschbacken den String entlang und wieder zurück. Ich durchnässe das kleine dreieckige Stoffstück, bin unfassbar erregt.

Aber in dem Augenblick, als er einen Finger unter den Stoff schiebt, geht meine innere Alarmglocke wieder los. Ich schnelle auf seinem Schoß hoch.

Die Wahrheit ist, ich habe nie zugelassen, dass ein Mann mich dort anfasst. Ich habe meine sexuellen Erfahrungen überspitzt und vorgetäuscht, um gegen meinen Vater zu rebellieren, aber letzten Endes war ich tatsächlich das brave, kleine Mädchen, das er immer haben wollte.

Und Maxim mag vielleicht denken, er könne mit mir tun, was er will, dass er ein Recht auf meinen Körper hat, weil wir vor einem Standesbeamten gestanden haben und er mir den Ring meines Vaters an den Finger gesteckt hat, aber das wird nicht passieren.

Ich ziehe meine Beine fort und er lässt mich los. Ich lande zu seinen Füßen auf den Knien. „Ich werde keinen Sex mit dir haben", lasse ich verlauten, während ich mir die zerzausten Haare aus der Stirn streiche.

Maxim wirft mir einen unergründlichen Blick zu. Er war schon immer schwer zu durchschauen. „Dann kann ich nur hoffen, dass du gut darin bist, die selbst zu befriedigen, denn es wird auch kein anderer Mann je zwischen diese Beine kommen."

Ich werde rot vor Empörung – vermutlich ein noch dunkleres Rot als meine Haare –, aber bevor mir eine Erwiderung einfällt, geht Maxims Tür auf und einer der Männer reicht meine Handtasche hinein. „Ich verstaue die Koffer im Kofferraum", sagt er zu Maxim, dann wirft er einen verstohlenen Blick auf mich, wie ich vor meinem Mann knie, und grinst dreckig.

„Schau sie nicht an", befiehlt ihm Maxim und knallt dem Kerl die Tür vor der Nase zu. Er greift nach meinem Ellenbogen und hilft mir zurück auf den Sitz. „Tut mir leid", sagt er, was mich überrascht. „Er hätte anklopfen sollen."

„Ich schätze, du denkst jetzt, du besitzt mich", stoße ich wutschäumend hervor, immer noch irritiert von dem Anspruch, den er auf meinen Körper erhoben hat.

„Ich denke, du bist meine Frau", sagt Maxim trocken, vermittelt mir irgendwie, wie nervtötend das alles für ihn ist. „Und ich habe versprochen, jeden Mann umzubringen, der dich anfasst."

DRITTES KAPITEL

M *axim*

BEI MEINER DROHUNG steigt Sasha die Röte in die Wangen. Das Auto fährt an, ist auf dem Weg zum Flughafen. Ich rutsche auf dem Sitz hin und her, um dem Spannen in meiner Hose Platz zu verschaffen.

Ich wollte sie mit dem Spanking nicht demütigen, aber als sie eine Bestrafung vorgeschlagen hat, konnte ich mich einfach nicht mehr zurückhalten. Ihr Arsch in diesem hautengen Kleid war einfach so verdammt verlockend und sie hatte förmlich um Züchtigung gebettelt, seit ich heute in ihrer Wohnung aufgetaucht war.

So feucht, wie sie geworden ist, hat sie es genauso genossen wie ich. Aber ich hätte nicht versuchen sollen, sie zu befriedigen. Zwischen uns herrscht im Augenblick null Vertrauen. Abgesehen davon, wenn sie sich nicht befreit hätte, hätte der Schakal, der die Tür geöffnet hatte, noch viel mehr gesehen, als er ohnehin schon erblickt hat.

„Ich vermute, für dich gelten diese Regeln nicht?"

„Ich werde auch keinen Mann zwischen meine Beine lassen, nein."

Ich bin ein Arsch, ich weiß, aber sie geht mir schon jetzt gehörig auf den Sack. Ich weiß nicht, wie ich diese Ehe aushalten soll. Schon sehr früh habe ich gelernt, dass Frauen lügende Manipuliererinnen sind, und sie ist eine der schlimmsten.

„Du wirst jede flachlegen, die du haben willst, während ich hinter Schloss und Riegel sitze. Wird es so laufen?"

Ich versuche, meine Irritation beiseitezuschieben. Etwas Verständnis und Mitgefühl aufzubringen. Es ist nicht ihre Schuld, dass sie so schlecht von mir denkt. Ihr Vater hat ihr die übelsten männlichen Verhaltensmuster vorgelebt. Ich greife mir ihre Haare und ziehe ihren Kopf in den Nacken, dann fahre ich mit meinen Lippen ihren langen Hals hinunter. „Wenn du ein anderes Arrangement bevorzugst, *sacharok*, dann erhebe deinen Anspruch auf mich." Ich öffne meinen Mund und beiße durch den Stoff ihres Kleides und den BH hindurch in ihre Brust.

Ihr wunderschöner Brustkorb hebt und senkt sich, als wäre sie eine Maid in einem Korsett, die über die forsche Berührung ihres Werbers in Verzückung gerät.

Ich küsse ihr Schlüsselbein, die kleine Kuhle am Fuß ihres Halses. Lasse meine Zunge zwischen ihre Brüste wandern. Sie riecht köstlich – nach Zitrusfrüchten und Gewürzen. Wie Sonnenschein und Sommer. Mein Schwanz wird härter als Stein. Jetzt, da ich sie berührt habe – jetzt, da ich gespürt habe, wie weich und üppig ihr Körper ist, wie sehr er auf mich reagiert –, schwindet meine Kontrolle.

„Willst du mir etwa sagen, dass du treu bist, wenn ich Sex mit dir habe?" Das Beben in ihrer Stimme verrät den forschen Tonfall.

„Ja." Ich überrasche mich selbst, als ich das sage.

Hm. Ich hatte mir nie vorgestellt, mich einer Frau zu verpflichten. Andererseits habe ich mir auch nie vorgestellt, zu heiraten. Vor allem nicht eine wohlhabende, junge, eigensinnige Braut, deren Leben ich beschützen muss. Aber nein, ich würde sie nicht betrügen. Nicht, wenn wir eine richtige Ehe führen würden.

Sie biegt mir ihre runden, vollen Titten entgegen, als ich in den Stoff über ihren Nippeln beiße. „Ich-ich glaube dir nicht." Ihr Atem geht schnell. Ihre Hände gleiten meine Schultern hinauf.

„Gib dich mir hin, Sasha", beschwatze ich sie, „und ich hebe mich für dich auf."

Sie versetzt mir einen ordentlichen Fausthieb und ich lasse sie augenblicklich los und lehne mich in meinen Sitz zurück. Ich mag sie heute in dieses Flugzeug zwingen, aber ich zwinge keine Frau, Sex mit mir zu haben. So bin ich nicht. Niemals.

„Ich bin nicht deine Hure", sagt sie.

Meine Augen werden schmal, das Ziehen in meinen Eiern macht mich unleidlich. *Warum zur Hölle würde sie so etwas überhaupt sagen?* „Nein, du bist meine Frau. Und je schneller du das akzeptierst, umso einfacher wird es für uns beide werden."

„Ich habe nicht vor, es in irgendeiner Art und Weise einfach für dich zu machen." Sie verschränkt die Arme, dann ihre langen, nackten Beine.

„Vorsichtig, Sasha", warne ich. „Das kann auch ganz schnell in die andere Richtung umschlagen."

Nach einem Moment der Stille murmelt sie missmutig: „Ich habe meinen Reisepass nicht dabei."

Ihr Pass wurde mir mit unseren Ehedokumenten übergeben, dem Treuhandfonds und Igors Testament. Anscheinend hatte Igor ihr den Pass abgenommen und in seinem Safe aufbewahrt. Der Pass und ihre Geburtsurkunde lauten auf den Nachnamen ihrer Mutter. Igor war so umsichtig, sie nicht durch seinen Nachnamen zu einem Ziel zu machen. Aber ich werde ihr meinen Nachnamen geben. Es gibt keine Leute, die es auf mich abgesehen haben, wie es bei Igor der Fall gewesen war. Sie ist es, die die Gefahr mitbringen wird, also muss ich sämtlichen potenziellen Feinden vermitteln, dass ich sie dauerhaft unter meine Fittichen nehmen werde. „Ich habe ihn."

Sie verdreht die Augen. „Natürlich. Weil man Frauen nicht trauen kann, ihre eigenen Dokumente aufzubewahren."

Entgegen meinem besseren Urteil greife ich in meine Reisetasche und hole ihren Pass heraus. Ich kann mir nicht sicher sein, dass sie nicht abhauen wird, also ist es vermutlich eine dumme Idee, ihr den Pass zu geben, aber wir werden irgendwann lernen müssen, einander zu vertrauen. Ich reiche ihn ihr. „Ich vertraue dir, Süße", lüge ich.

Sie blinzelt mich überrascht an, dann mustert sie mich argwöhnisch, bevor sie den Pass in ihre Handtasche steckt.

Ich hole mein Portemonnaie heraus und ziehe eine Kreditkarte hervor, reiche sie ihr. „Die kannst du benutzen, wenn du sie brauchst. Vladimir hat schon die Konten aufgelöst, auf die deine Kreditkarten von deinem Vater liefen."

Sie runzelt die Stirn. „Hat er das?" Sie schüttelt den Kopf. „Was für ein Arschloch."

Ich nicke zustimmend. „Glaubst du, dass er sich um deine Mutter kümmern wird?"

Sie wird sehr still und blickt mich aus dem Augenwinkel an, dann schüttelt sie den Kopf. „Nein. Ich glaube, mein Vater muss den Verstand verloren haben, als er sich dieses Arrangement ausgedacht hat. Sämtliche Arrangements."

„Heißt das, du traust auch mir nicht?"

Sie zuckt mit den Schultern. „Es fühlt sich an wie eine Bestrafung. Ich war nie die süße, vernarrte Tochter, die er gerne gehabt hätte. Warum sonst würde er mich an den einzigen Kerl in seiner Organisation fesseln, der allen Grund hat, mich zu hassen? Er muss sich gerade in seinem Grab totlachen."

Ich stoße ein nichtssagendes Geräusch aus und schaue aus dem Fenster. Hasste ich sie für das, was sie getan hat? Dafür, Lügen über mich verbreitet zu haben und dafür gesorgt zu haben, dass ich aus Igors Zelle verbannt wurde?

Vielleicht habe ich sie damals gehasst, als es passiert ist. Es hat nur meine Vermutung bestätigt, dass Frauen lügende, manipulative Nervensägen sind. Ich weiß nicht, ob ich sie noch immer hasse. Ja, ich halte sie für eine launische und verzogene *mafiya*-Prinzessin, aber ich weiß auch, dass sie genau das ist, was Igor aus ihr gemacht hat.

Ist es möglich, dass sie in keinerlei Gefahr schwebt und die ganze Sache nur Igors Bestrafung für uns beide ist? Dass er eine beeindruckend ironische Wendung der Geschichte fabriziert hat, um uns aneinanderzubinden, nachdem wir uns das letzte Mal gegenseitig so hervorragend verarscht hatten? Dass sein Geld tatsächlich nicht das ist, was Sasha in Gefahr bringt, sondern dass es der Leim ist, der uns zusammenhalten wird?

Ich nehme an, es ist möglich.

Aber ich bezweifle es. Ich weiß, wie die Bratwa operiert. Diese Ehe ist nur eine von Igors vielen Machenschaften, ja, aber ich glaube, er hat es eingefädelt, weil er mir zugetraut hat, Sasha beschützen zu können.

Bei den Männern, die ihm in Moskau am nächsten standen, war er sich nicht sicher.

„Ich hasse dich nicht für die Vergangenheit", sage ich schließlich, blicke noch immer aus dem Fenster. „Aber es ist nicht unter meiner Würde, dich zu bestrafen." Igor hat den Gedanken gesät, dass ich mich an ihr rächen könnte. Und nachdem ich gerade erfahren habe, wie befriedigend es ist, ihren herrlichen Arsch zu versohlen, habe ich kein Interesse mehr daran, sie so einfach vom Haken zu lassen.

Ich spüre, wie ein Schauer durch sie hindurchfährt. Ich werfe ihr einen Blick zu. Ihr schmollender Mund ist leicht geöffnet und ich kann einen Anflug von Erregung und Verletzlichkeit in ihrem Gesicht erkennen. Für eine Sekunde taucht diese wunderschöne, ungeliebte Teenagerin auf, die verzweifelt nach Aufmerksamkeit war und sie ausgerechnet bei mir gesucht hat.

Aber sobald sie bemerkt, dass ich sie anschaue, klappt sie ihren Mund zu und hebt herausfordernd das Kinn.

„Vielleicht bestrafe ich ja auch dich", schnaubt sie.

Fick.

Mich.

Vielleicht war genau das Igor riesiger, kranker Scherz.

Sasha

Maxim bezahlt jemanden am Bordstein, damit er unsere Koffer mitnimmt und uns eincheckt, damit wir direkt zur Sicherheitskontrolle durchgehen können. Dort bezahlt er jemanden, damit wir nicht in der Schlange warten müssen.

Ich hatte ganz vergessen, wie herrlich es ist, mit einem machtvollen Mann zu reisen. Nicht, dass ich nicht auch Geld gehabt hätte, wenn ich zwischen Moskau und Kalifornien hin- und hergeflogen bin. Aber das war nicht das Gleiche. Ich wurde mein ganzes Leben lang betüdelt. Die Jahre an der Uni waren ein einziger Spaß – ich war frei und konnte Freundschaften aufbauen –, aber ich war dennoch nur eine Studentin. Ich hatte keine wirkliche Macht.

Ich hatte keine Ahnung, wie man Rädchen schmiert oder jemanden besticht. Aber vielleicht ist das sowieso nur ein geheimer Club für Männer. Frauen verlassen sich auf ihre Schönheit, um besondere Gefallen zu erhalten. Das hat für mich immer funktioniert.

Mein Minikleid zieht jede Menge Aufmerksamkeit auf sich. Ehrlich gesagt ist das viel eher was, worin ich in einen Club tanzen gehen würde, als darin zu reisen. Gleiches gilt für die Plateau-Sandalen. Das habe ich angezogen, um Maxim aus dem Konzept zu bringen, als ich noch davon ausgegangen bin, ich könnte ihm ausreden, mich nach Chicago zu verschleppen.

Aber da bin ich nun, am Flughafen, und zeige viel zu viel Haut. Ach, na ja, dann kann ich genauso gut das Beste daraus machen. Ich werfe meine Haare in den Nacken und wiege mit den Hüften, tue so, als wäre ich ein Filmstar und das der eigentliche Grund dafür, dass wir uns nicht anstellen müssen.

Maxim legt seinen Arm um meine Taille und zieht mich an sich. Mein Busen streift seinen Brustkorb und meine Nippel stellen sich auf. Mein Slip ist noch immer feucht von dem Spanking im Wagen.

Ich ziehe eine Augenbraue hoch, befreie mich aber nicht aus seinem Arm. Ich hatte eine Rüge oder den gleichen Missmut erwartet, den mein Vater mir immer gezeigt hatte, wenn er fand, ich würde zu nuttig aussehen. Maxim Reaktion gefällt mir eindeutig besser. „Machst du deinen Anspruch geltend?", schnurre ich.

„Allerdings." Er schaut sich um. „Entweder das, oder ich muss jeden Mann umbringen, der dich anschaut, und ich glaube nicht, dass das in einem Flughafen gut ankommen würde." Er blickt auf mich hinunter, überragt mich trotz meiner Plateauschuhe. „Ich meine mich zu erinnern, dass du einen Anflug von Exhibitionistin in dir trägst", sagt er.

Ich blinzle, verblüfft über diese Beobachtung.

„Also vermute ich, ich akzeptiere das besser, oder ich werde den Rest meiner Tage damit verbringen, das Blut anderer Männer vom Boden aufzuwischen."

Seine Reaktion auf seine Beobachtung überrascht sogar noch mehr. Habe ich wirklich einen Anflug von Exhibitionistin in mir? Meine Mutter hat immer behauptet, ich wäre eine Angeberin. Mein Vater hat mich immer zurechtgewiesen, nicht um Aufmerksamkeit zu betteln.

Aber Maxim spricht nicht davon, als ob es eine Charakterschwäche wäre. Er lässt es klingen wie eine kleine Perversion. Etwas Reizvolles und Heißes, keine widerliche Schwäche.

Ich muss schlucken, erinnere mich plötzlich daran, warum ich damals geglaubt hatte, in Maxim verliebt zu sein, als wir auf dem Boot in Kroatien waren. Weil er mich tatsächlich *sieht*. Er ist aufmerksam. Womöglich ist er der einzige Mann in meinem Leben, der über die roten Haare und das hübsche Gesicht hinaussieht. Sogar als ich selbst nicht wusste, wer ich war, hat er es scheinbar gewusst. Ich erinnere mich, wie wir an Deck saßen, den Delfinen zugeschaut und Karten gespielt haben. Zusammen Musik gehört haben. Während mein Vater mit seinen Männern unter Deck Zigarren geraucht hat oder meine Mutter in ihrer Kabine flachgelegt hat, war Maxim der Einzige, der meine Existenz wahrgenommen hat.

Deshalb hatte ich mich ihm dargeboten.

Wie ein Idiot.

„Solange alle wissen, dass du zu mir gehörst, werden wir keine Probleme bekommen, Süße." Er zieht mich enger an sich heran, presst meinen Körper gegen seinen, sodass sein Schenkel zwischen meine Beine gleitet und wir einen sexy Lambada auf die Tanzfläche legen. „Wenn du schon was zu bieten hast, kannst du genauso gut auch damit angeben." Er zwinkert mir zu und ich schmelze ein bisschen dahin.

Dieser Arsch.

Ich presse meine Beine um seinen Oberschenkel zusammen. Würde ihm nur recht geschehen, wenn ich einen feuchten Fleck auf seiner Hose hinterlassen würde.

Es scheint ihm überhaupt nichts auszumachen. Seine Hand gleitet tiefer, legt sich über die Rundungen meines Arsches. „Sollen sie doch glotzen", murmelt er. „Und du kannst ihnen gerne eine Show bieten. Solange sie dich nicht anfassen."

Der Sicherheitsbeamte ruft uns vor und kontrolliert unserer Flugtickets und Reisepässe. Maxim lässt mich keinen Moment lang los. Meine Haut kribbelt bei seiner Nähe, aber mehr noch als das strömt eine seltsame Befriedigung durch mich hindurch. Zu wissen, dass Maxim stolz darauf ist, dass ich zu ihm gehöre, ist eine neue Empfindung. Zugegeben, es liegt vermutlich daran, dass ich hübsch an seinem Arm aussehe – genau das, was meine Mutter auch für meinen Vater getan hat –, aber trotzdem gefällt mir das Gefühl. Es erfüllt mich mit einer berauschenden Macht. Eine Macht, die ich womöglich mein ganzes Leben lang gesucht habe, auf die ich aber niemals eine Chance hatte, weil ich mich immer geweigert habe, mich einem Mann zu unterwerfen. Ich habe die Männer scharf gemacht, sie geködert und sie dann zurück ins Meer geworfen.

Jetzt habe ich keine Wahl. Ich gehöre Maxim. Und in diesem Augenblick scheint ihm das nicht gerade leidzutun.

Was nicht bedeutet, dass ich mich hinlegen und die Beine für ihn breit machen werde. Es bedeutet nicht, dass ich gefällig oder niedlich sein werde oder irgendwas von den Dingen, die mein mittelalterlicher Vater von mir erwarten würde. Aber es könnte schlimmer sein.

Mein Mann denkt, ich bin heiß, und er will, dass ich es zur Schau stelle.

Fantastisch. Denn das ist die Sache, die mir schon immer gefallen hat und in der ich sehr, sehr gut bin.

VIERTES KAPITEL

 axim

„ICH WERDE keinen Sex mit dir haben", verkündet Sasha erneut, als wir in Chicago angekommen sind und ich sie am Ellenbogen an meinem Boss, seiner schwangeren Geliebten und meinen restlichen Suite-Mitbewohnern vorbei in mein Schlafzimmer geführt habe.

Sie ist unbeeindruckt vom Prunk des Kremls – dem Spitznamen, den die Nachbarschaft Ravils zwanzigstöckigem Wohnhaus mit Blick auf den Lake Michigan gegeben hat. Ich bringe selten Frauen mit in meine Suite, aber wenn, dann verlieren sie über das Penthouse, das ich mir mit den oberen Rängen der Bruderschaft teile, meist den Verstand – mehr als eine halbe Etage, die in unsere private Bratwa-Villa umgestaltet wurde.

„Hast du Angst, du kannst mich nicht befriedigen?", werfe ich ihr an den Kopf.

Für einen Augenblick sehe ich, wie ihr Selbstvertrauen einknickt, als ob ich in eine Wunde gestochen hätte. Richtig – vermutlich die Wunde, die ich gerissen habe, als ich sie auf dieser Jacht in Kroatien habe abblitzen lassen. Aber im Nu überspielt sie es mit einem Naserümpfen und wirft ihre lange rote Mähne in den Nacken. „Als ob", wirft sie mir zurück und geht zur Fensterfront. Blickt hinaus auf die Lichter und die Boote auf dem Wasser. Sie hat Englisch gesprochen, seit wir das Flugzeug verlassen haben, und abgesehen von einem leichten Akzent klingt sie genau wie eine amerikanische College-Studentin.

Trotz allem, trotz der Dinge, die sie mir angetan hat, empfinde ich immer noch einen Beschützerinstinkt für sie. Vielleicht, weil ich gesehen habe, wie ihr Vater sie behandelt hat. Den wunderschönen, verletzten Teenager gesehen habe, der verzweifelt geliebt werden wollte.

Sie mag mittlerweile erwachsen sein, aber ich kann ihre aufmüpfige Fassade noch immer durchschauen.

Ich stelle ihren Koffer auf die Kommode und gehe zu ihr. „So habe ich es nicht gemeint, *sacharok*.". Ich berühre leicht ihren Arm, stehe hinter ihr, sodass unsere Körper nur einen Lufthauch voneinander entfernt sind. Nah genug, um ihren Atem zu spüren. Die Härchen zu sehen, die in ihrem Nacken emporstehen. Die leichte Hitze auszukosten, die ihre Haut verströmt. „Es ist meine Aufgabe, dich zu befriedigen." Ich neige meinen Kopf und streiche mit meinen Lippen über ihre Schulter. „Und glaube mir, Püppchen, du wärst befriedigt."

Sie hält die Luft an.

Es ist nicht so, dass ich es nicht mehr abwarten könnte, diese Ehe zu vollziehen. Auch, wenn Sasha verflucht heiß ist und die Chemie zwischen uns noch immer explosiv. Ich denke nur, dass Sex die Anspannung etwas verpuffen lassen würde. Wir uns vernünftiger begegnen könnten.

Sie hasst die Tatsache, dass ihr Vater sie eingetauscht hat, als würde er ein Vollblutpferd verkaufen. Sie hasst die Tatsache, dass er mich ausgewählt hat, der Mann, der sie gedemütigt hat, gerade, als ihre eigene Sexualität erwacht ist. Und vor allem hasst sie die Tatsache, dass ich jetzt ihr Geld kontrolliere.

Ich selbst bin auch nicht gerade begeistert davon, sie jetzt am Hals zu haben. Aber Igor hat meine Loyalität gewonnen, als er mir das

Leben gerettet und mich als jungen Mann unter seine Fittiche genommen hat, und diese Loyalität ist nicht etwa gestorben, als er mich verbannt hat.

Ich hätte nichts dagegen, Sasha einfach in irgendeine Wohnung zu verbannen und so zu tun, als ob sie nicht existiert, aber das kann ich nicht tun. Ihr Leben ist in Gefahr und ich bin dafür verantwortlich, sie zu beschützen. Ob wir also wollen oder nicht, wir werden uns miteinander arrangieren müssen. Wahrscheinlich für den Rest unseres Lebens.

Also sollten wir das Beste daraus machen.

„Wir werden nicht passieren." Sashas Mauern verlieren durch das Beben ihrer Stimme seine Effektivität, durch die Atemlosigkeit ihrer Stimme.

Mein Schwanz drückt gegen meinen Reißverschluss. Ich schiebe meine Hände unter ihren Arm, um sie die Seiten ihres Körpers hinuntergleiten zu lassen. Ihr Körper wird weich und lehnt sich an mich. Ich spreize meine Finger über ihrem Bauch, mit der anderen Hand drücke ich ihre Brust. „Du gehörst jetzt mir, Sasha", murmle ich an ihrem Ohr. „Du kannst es genauso gut genießen."

Ihre Knie werden weich. Ich lasse meine Zunge gegen ihr Ohr schnellen, nehme ihr Ohrläppchen zwischen meine Lippen und lutsche daran. Unter dem Stoff ihres BHs finden meine Finger ihren Nippel und ich kneife ihn.

Sie greift nach meiner Hand, zieht sie fort und wirbelt herum. „Wird nicht passieren." Ihre Pupillen sind riesig, ihre Wangen gerötet. „Ich will ein eigenes Schlafzimmer."

Ich schüttle den Kopf. „Wird nicht passieren."

Wir starren uns sekundenlang an. Ich kann ihren Verstand arbeiten sehen und ich bezweifle, dass mir gefallen wird, was er produzieren wird.

„Ich werde niemals Sex mit dir haben", beteuert sie.

„Oh, ich denke doch. Aber nicht, weil ich dich dazu zwinge, Süße. Nein, du wirst mich noch darum anflehen. Und ich verspreche dir, du wirst es genießen."

Aus irgendeinem Grund scheint dieses Versprechen ihre Selbstsicherheit für den Bruchteil einer Sekunde ins Wanken zu bringen, aber dann hebt sie ihr Kinn. „Träum weiter, mein Lieber." Sie wirft die Haare in den Nacken und verschwindet im Badezimmer. Ich kann hören, wie sie die Badewanne einlässt, also ziehe ich mich aus und krabble ins Bett. Ich habe auf dem Sechzehn-Stunden-Flug nicht geschlafen, da wir abends in Chicago ankommen würden, bin also absolut erledigt. Während des Flugs habe ich die Filme der Bordunterhaltung geschaut, aber Sasha hatte ihr eigenes Unterhaltungsprogramm auf ihrem iPad – eine Episode *Downton Abbey* nach der nächsten. Ich weiß nicht, warum mich das überrascht hat, aber das hatte es. Als ich sie danach gefragt habe, hat sie geantwortet, dass sie historische Dramen mag.

Ich schätze, ich hatte damit gerechnet, dass sie irgendwas Geistloses schauen würde. Irgendeine dämliche, romantische Komödie. Aber ich muss mich daran erinnern, dass sie Schauspiel studiert hat. Es ergibt nur Sinn, dass sie Kostümdramen mag.

Ich lasse die Nachttischlampe brennen und döse ein, wache erst auf, als sie aus dem Badezimmer kommt.

Nackt.

Ich meine, komplett nackt – kein Handtuch, das sie sich um den Körper gebunden hat, nur ihre blasse Haut und – *ach, fuck* – die schönsten Titten, die ich je im Leben gesehen habe. Ich bin schon hart, bevor mein Blick überhaupt tiefer wandert, an der sanften Wölbung ihres Bauchs vorbei, bis ich ihre – *Gospodi* – nackte Vulva entdecke.

Entweder hat sie ihre Muschi extra für mich rasiert oder sie hatte erst kürzlich ein Waxing.

Fick. Mich.

„Was soll das?", frage ich, als sie zum Bett kommt und die Decke anhebt, um darunter zu schlüpfen.

„Ich schlafe nackt", erwidert sie.

Zuerst einmal – Schwachsinn. *Jerunda.* Zweitens wird sie diese manipulativen Sex-Spielchen mit mir nicht spielen. Nicht noch einmal. Das hört auf der Stelle auf.

„Süße, steig nackt in dieses Bett und ich werde dich so hart und so gut ficken, dass du morgen nicht mehr richtig laufen kannst."

Sie erstarrt. Ihre Nippel werden hart wie Bolzen und ich kann sehen, wie Gänsehaut über ihre Haut fegt. Sie richtet sich auf, streckt kokett eine Hüfte vor, die Hand in die Seite gestemmt. „Du hast gesagt, du würdest mich nicht zwingen."

Ich zucke mit den Schultern. „Wenn du willst, dass ich mich zurückhalte, *sacharok*, dann behältst du deine Sachen an. Das ist alles, was ich sage."

Wir starren uns an. Ihre perfekten Brüste heben und senken sich mit raschen Atemzügen. Was auch immer sie in meinem Gesicht erblickt, muss ihr sagen, dass ich nicht zum Scherzen aufgelegt bin, denn sie wendet sich ab. „Schön."

Ich bewundere ihren herrlichen Arsch, als sie zur Kommode stolziert. Ich rechne damit, dass sie ihren Koffer öffnet, aber stattdessen zieht sie meine Schubladen eine nach der anderen auf, bis sie meine T-Shirts gefunden hat. Sie zieht ein weiches Baumwollunterhemd an und kommt zurück ins Bett. Keine Unterhose. Nur mein verfluchtes weißes Unterhemd. Sie rollt sich zusammen und wendet mir den Rücken zu.

Das Einzige, woran ich denken kann, ist ihre kahle Pussy, nach der ich nur die Hand ausstrecken bräuchte. Wie liebend gern ich jetzt ihre Beine spreizen und sie lecken würde, bis sie schreit. Ihr alles geben, was sie sich vor all den Jahren von mir gewünscht hat.

Ich schalte das Licht aus. „Du spielst gefährlich, Sasha."

„Das ist alles, was ich kenne", erklingt ihre Stimme in der Dunkelheit.

Ihre Worte schneiden durch meine Irritation über ihre Koketterie hindurch, durch den Nebel von Testosteron, und landen mit einem scharfen Stich irgendwo in meiner Brust. Die Aufrichtigkeit ihrer Antwort nimmt mir allen Wind aus den Segeln. Natürlich ist das alles, was sie kennt.

Sex ist die einzige Waffe, die ihr erlaubt war.

Deshalb muss ich umso härter dafür arbeiten, sie zu entwaffnen. Ich drehe mich auf die Seite und schlinge meinen Arm um ihre Taille, ziehe sie an mich, bis ihr Arsch in meinem Schoß landet. Mit großer Anstrengung zwinge ich meine Erektion nieder, während Sasha sich versteift und die Luft anhält.

Ich küsse ihre Schulter. „Du gehörst jetzt mir", sage ich leise. „Was bedeutet, dass wir im gleichen Team sind. Hör auf, gegen mich zu kämpfen."

Sie hält weiterhin die Luft an. Ich spüre ihren angespannten Bauch unter meinem Arm, dann stößt sie schluchzend den Atem aus.

Ich ziehe sie enger an mich. Ach, *fuck*. Sie hat gerade ihren Vater verloren, zu dem sie eine bestenfalls komplizierte Beziehung hatte. Sie wurde wie eine Braut im Mittelalter verheiratet, an einen Typen, dem sie nicht traut.

Sasha atmet ein und hält wieder die Luft an.

„Lass es raus", murmle ich gegen ihren Nacken. „Du hattest eine höllische Woche."

Aber sie atmet nicht. Sie hält immer weiter die Luft an, bis ich das Gefühl habe, meine eigenen Lungen würden gleich vor Mitgefühl zerbersten. Dann versetzt sie mir mit dem Ellenbogen einen Hieb ins Auge.

„*Bljad!*" Ich lasse sie los, aber sie dreht sich in der Dunkelheit herum und holt erneut aus.

Meine Reflexe feuern sofort los und ich erwische ihre Handgelenke, halte sie fest, bevor mir klar wird, dass sie diesen Ausraster braucht. Ich lasse sie los und sie attackiert mich, schluchzt, während ihre Fäuste auf mich einprasseln. Aber sie will mir nicht wirklich wehtun, denn sie greift schnell nach einem Kissen, mit dem sie auf mich einschlägt, mir Schläge auf Kopf und Schultern versetzt.

Ich lasse die Hiebe über mich ergehen, höre ihrem atemlosen Schluchzen und Wimmern zu, bis es leiser wird, dann nehme ich ihr das Kissen ab. „Genug." Ich presse ihre Handgelenke neben ihrem Kopf in die Matratze, mein Körper bedeckt ihren.

Noch einmal schluchzt sie auf, ein zorniges Wimmern. Mein Mund fährt auf ihren hinunter. Sie schmeckt nach Tränen und Zahnpasta. Ich gleite mit meinen Lippen über ihren weichen Mund, sauge ihre Unterlippe in meinen Mund, dann halte ich mich nicht mehr zurück, stecke ihr die Zunge zwischen die Lippen.

Sie küsst mich zurück, stöhnt leise in meinen Mund.

Ich ertappe mich dabei, wie ich mich zwischen ihren Beinen reibe, und stoppe mich. Es geht hier nicht um Sex. Ich werde es nicht erzwingen. Ich will ihr nur die Verbindung schenken, nach der sie sich sehnt. Uns beide mit irgendwas anderem außer verbitterten Worten und einer hässlichen Vergangenheit zusammenbinden.

Unsere Lippen winden sich umeinander. Ich verlangsame mein Fordern.

„Genug", flüstere ich noch einmal, womöglich eher zu mir selbst als zu ihr, und zwinge mich, mich von ihr zu lösen. Ich strecke mich neben ihr aus, drehe sie von mir fort und schlinge meinen Arm um ihre Taille. „Schlaf jetzt, *sacharok*. Wir können morgen früh weiter streiten."

Für ein paar Minuten geht ihr Atem schnell und heiser, dann wird er langsamer und schließlich merke ich, dass sie eingeschlafen ist.

Erst dann gestatte auch ich mir, in den schwer benötigten Schlaf zu sinken.

FÜNFTES KAPITEL

*S*asha

MAXIM IST VOR MIR WACH, weckt mich, als er aus dem Bett klettert. Ich tue so, als würde ich noch schlafen. Ich weiß nicht, warum – ich vermute, weil ich noch nicht bereit bin, ihm zu begegnen.

Nicht nach letzter Nacht.

So, wie ich vor ihm zusammengebrochen bin. So, wie er mich geküsst hat. Wenigstens war es dunkel. Ich musste nicht in sein hübsches Gesicht schauen, nachdem er so viel von mir gesehen hatte.

Mein wahres Ich, meine ich. Nicht nur mein nacktes Ich.

Ich höre die Dusche angehen und das Bedürfnis, zu rennen, überkommt mich.

Es ist ein tatsächliches Bedürfnis – ich gehe immer morgens laufen –, aber auch ein emotionales.

Ich laufe nicht für immer vor Maxim davon. Das würde überhaupt nichts bringen. Er kontrolliert meine Finanzen. Und die meiner Mutter. Ich wünschte, ich könnte sagen, dass ich eine dieser Frauen bin, die Geld den Mittelfinger zeigen und es links liegen lassen können, aber dafür bin ich noch nicht bereit. Und ich muss das auch für meine Mutter tun.

Maxim behauptet, mein Vater hätte ihn damit beauftragt, mich zu beschützen. Na ja, ich habe nichts dagegen, ihn ein bisschen herumzuscheuchen, damit er dieser Verpflichtung auch nachkommen kann.

Genauso habe ich es mit den Bodyguards, die mein Vater für uns abgestellt hatte, auch gemacht.

Leise stehe ich auf und ziehe ein paar Yogahosen an, einen Sport-BH und meine Laufschuhe. Ich binde meine Haare in einen hohen Pferdeschwanz und lächle. Schon allein, dass ich in nichts als einem Sport-BH laufen gehe, wird ihm schon einen hysterischen Anfall bescheren.

Nein, das stimmt nicht. Er hat mir gestern gesagt, dass ich gerne eine Show veranstalten kann. Dieses unvertraute Gefühl der Wärme rauscht wieder durch mich hindurch.

Leise binde ich meine Laufschuhe zu und husche aus der Schlafzimmertür.

Im Wohnzimmer sind ein paar Kerle, dieselben wie gestern Abend.

Maxim hat sich keine Mühe gemacht, mich allen vorzustellen, aber ein paar der Männer habe ich erkannt. Ravil, offensichtlich, ihren *pachan*.

Seine Geliebte habe ich nicht kennengelernt, die hübsche Blondine, die kuschelnd mit ihm auf der Couch gesessen hat. Sie hat schwanger ausgesehen, was gegen die Bratwa-Regeln ist. Natürlich, mein Vater hatte auch ein Kind, aber er hat uns versteckt gehalten. Wir haben nie mit ihm zusammen gelebt. Er hat meine Mutter nie geheiratet oder mich offiziell als seine Tochter anerkannt, bis er den Treuhandfonds auf meinen Namen übertragen hat.

Jetzt sind Ravil und seine hübsche, schwangere Freundin weit und breit nicht zu sehen, aber ein junger Kerl in einem Matrix-T-Shirt sitzt am Wohnzimmertisch und arbeitet an einem Laptop. Ein anderer, der genauso aussieht – muss sein Zwillingsbruder sein –, steht in der offenen Küche. Ein bulliger Typ, locker über zwei Meter groß und fast genauso breit, lehnt an der Frühstücksbar und isst Rührei aus einer Pfanne.

„Guten Morgen", sage ich heiter und auf Englisch. Es ist schön, mein Englisch wieder zu üben, und ich habe gestern Abend bemerkt, dass sie es untereinander auch alle sprechen.

„Die Prinzessin tritt in Erscheinung", sagt der Zwilling in der Küche.

Ich zeige ihm den Stinkefinger.

Er gluckst. „Ich bin Nikolai. Wir wurden uns gestern Abend nicht ordentlich vorgestellt."

Ich spaziere an ihm vorbei, ohne ihm die Hand zu geben. „Ich gehe laufen", zwitschere ich.

„Maxim!", brüllt der andere Zwilling. „Deine Braut haut ab." Sein Tonfall ist eher einer, in dem man seinen Mitbewohner um ein Glas Wasser bittet, statt wirklich alarmiert zu klingen, und ich merke, dass ich diese Jungs mag, auch wenn ich es eigentlich nicht will. Sie haben zwar auch die gleichen Bratwa-Tattoos, aber sie wirken entspannt und freundlich. Nicht wie die Männer meines Vaters in Moskau.

Im selben Augenblick setzt sich der Riese in Bewegung, viel schneller, als ich erwartet hätte, stößt sich von der Frühstücksbar ab und blockiert die Tür.

Das hatte ich erwartet. Ich habe mein ganzes Leben mit herrischen Bodyguards verbracht. Ich weiß definitiv, wie ich mit ihnen umgehen muss. Ich presse meinen Körper gegen den des Riesen. „Du musst wohl der Bodyguard sein", schnurre ich und fahre mit einem Finger über seinen muskulösen Unterarm, den er vor seiner Brust verschränkt hat.

„Sasha", knurrt Maxim seine Warnung von der Schlafzimmertür herüber. Ich kann seine nassen Füße auf den Fußboden klatschen hören, als er auf mich zukommt.

Ich drehe mich nicht zu ihm um, aber ich antworte. „Oh, gefällt dir nicht, wenn ich ihn anfasse?", säusle ich und streichle über den Bizeps des Schranks.

Der Riese greift nach meinem Handgelenk und stoppt mich im selben Moment, als Maxim blafft: *„Fass sie nicht an."*

Genau, was ich erwartet habe. Wie schon gesagt, ich spiele dieses Spiel bereits mein ganzes Leben. Trotzdem, der Blitz des Vergnügens, als ich höre, wie Maxim seinen Anspruch auf mich geltend macht, ist unendlich befriedigerend, als er es bei meinem Vater oder einem seiner Vollstrecker war.

Der Riese lässt mich augenblicklich los, als ob er sich an meiner Haut verbrannt hätte. Maxims Männer sind ebenso loyal wie die meines Vaters. Ich war mir nicht sicher, da er hier nicht der *pachan* ist. Gut zu wissen.

„Bitte." Er dämpft seinen scharfen Befehl für den Kerl etwas ab, seine Stimme nun etwas kontrollierter. Er tritt neben mich. „Danke." Eine Entschuldigung klingt in seinem Tonfall mit.

Nicht an mich, natürlich. Er krallt sich meinen Pferdeschwanz und zieht mich daran fort. Er trägt nichts außer einem Badelaken um seine Hüfte. Wassertropfen laufen über seine muskulöse, tätowierte Brust.

Der Riese tritt zur Seite, lässt mich mit meinem nassen und genervten Ehemann ziehen.

„Ich habe es dir gesagt, *sacharok*. Sie dürfen schauen, aber nicht anfassen." Sein Knurren ist fast ein Schnurren, als ob es ihm gefallen würde, mich so rabiat durch den Flur zu zerren. Seine braunen Augen glühen, aber er scheint nicht wütend zu sein. Auf der Braue seines rechten Auges hat er einen Bluterguss und mir wird mit Schrecken klar, dass ich ihm den vermutlich verpasst habe.

Ich versuche, in keinster Weise eingeschüchtert zu wirken. An das hier bin ich nicht gewöhnt. Mein Vater hat mich geohrfeigt und runtergeputzt, aber die Dominanz, die Maxim über mich ausübt – sexuelle Dominanz –, ist etwas ganz anderes und mein Körper reagiert entsprechend. Funken sprühen und entzünden sich in meinem Bauch.

Ich verziehe die Lippen in ein Lächeln. „Du hast nicht gesagt, dass ich sie nicht anfassen darf."

„Neue Regel." Seine Augen fallen von meinem Gesicht auf meine Brüste, die von dem Sport-BH hochgeschoben und zusammengedrückt werden. Dann blickt er mir wieder ins Gesicht, seine Augen finsterer als zuvor. „Verarsche mich nicht, Sasha, oder die Sache wird sehr schnell sehr unschön werden." Er beißt in mein Ohrläppchen. „Aber du magst es, wenn die Dinge unschön werden, hab ich recht?" Er lässt meinen Pferdeschwanz los, legt aber seine tätowierten Finger um meinen Hals. Er drückt gerade genug zu, um mich seine Kontrolle spüren zu lassen, aber ohne mir die Luft abzuquetschen. Dann senkt er seine Lippen auf meine.

Meine Muschi zieht sich zusammen und bebt vor Erregung, als seine weichen Lippen meine liebkosen. Und es ist eine Liebkosung – völlig im Widerspruch zu der Hand um meinen Hals. Es ist kein brutaler, kontrollierender Kuss, nicht, dass mir das etwas ausgemacht hätte.

Als er sich von mir löst, reibt er seine Lippen aneinander, als ob er den Geschmack meines Mundes auskostet. Seine Hand hält mich noch immer fest.

Ich blinzle ihn an, verwirrter von dem Kuss als allem andere. „H-hab ich dir diesen Bluterguss verpasst?"

Er hält einen Augenblick inne, mustert mich einfach nur, bevor er kaum merklich nickt.

„Tut mir leid."

Seine Mundwinkel zucken. Jetzt ist der heftige Kuss dran. Die Besitzergreifung, die ich erwartet hatte.

Flammen zucken zwischen meinen Beinen, als er sich über meinen Mund hermacht, seine Zunge zwischen meine Lippen gleitet und er mich verschlingt.

Mein Slip ist nass. Vermutlich am Qualmen.

Ich weiß nicht, wie es ist, Sex zu haben, aber plötzlich will ich es. Dringend. Nicht mit meinen Fingern auf meinem Kitzler – mit einem Mann. Diesem Mann.

Der Kuss dauert lange, atemlose Sekunden an. Lange genug, um jede Orientierung zu verlieren. Das ganze Penthouse scheint sich zu drehen. Ich vergesse mein Vorhaben.

Als Maxim zurückweicht, lässt er meinen Hals los und mustert mich noch einmal von Kopf bis Fuß. „Du wolltest laufen gehen?"

Mein Kopf schwimmt, als ich nicke.

„Ich komme mit. Du verlässt dieses Haus nicht allein – das habe ich dir gestern Abend gesagt."

Na ja, nicht wirklich. Genaugenommen hat er den anderen gesagt, dass ich nicht alleine das Haus verlassen dürfte, nicht mir. Aber ich habe alle Lust verloren, mich zu streiten, versuche noch immer, meinen hämmernden Puls zu beruhigen und meinen Schoß runterzukühlen.

Maxim nimmt meinen Ellenbogen und führt mich zu einem Barhocker neben dem Riesen. „Bleibe hier bei Oleg sitzen. Ich bin gleich wieder da."

Es ist ein Befehl, aber ich weigere mich nicht, brauche ohnehin einen Augenblick, um mich zu sortieren. Muss meine Beine überschlagen und sie zusammenpressen, um das Pulsieren meines Kitzlers zu lindern.

Ich schaue zu dem Mann neben mir, der nun ganz auf seine Rühreier konzentriert ist. „Du bist also Oleg? Der Vollstrecker, nehme ich an?"

Der Riese würdigt mich keines Blicks.

„Er spricht nicht", erklärt Nikolai. Er ist mittlerweile zur Couch gewandert, zappt sich durch die Fernsehkanäle.

Ich mustere Oleg, lasse etwas meiner vorlauten Fassade fallen. Er ist nicht taub, weil er offensichtlich Maxims Befehl, mich nicht anzufassen, gehört hat. Ich frage mich, ob seine Stummheit eine Entscheidung oder eine körperliche Ursache hat. Er hat Tattoos, die beweisen, dass er Zeit in einem sibirischen Gefängnis verbracht hat. Ich frage mich, ob ihm dort etwas zugestoßen ist.

Der Zwillingsbruder im verwaschenen Matrix-T-Shirt kommt in die Küche und wirft einen suchenden Blick in den Kühlschrank. Er stellt einen Pizzakarton auf der Anrichte ab und holt ein Stück heraus. „Tut mir leid mit deinem Vater", sagt er mit vollem Mund auf Englisch.

Ich zucke mit den Schultern. „Er ist tot." Das ist so ziemlich alles, was ich in diesem Moment über ihn sagen kann.

Der junge Mann zieht die Augenbrauen hoch. „Lass mich raten – Igor war ein beschissener Vater?"

Ich lache grunzend auf und der Anflug eines Lächelns legt sich auf meine Lippen. Keiner der Männer meines Vaters in Russland hätte jemals so etwas ausgesprochen. Aber wir befinden uns nicht mehr in seinem Territorium.

„Wir waren Mitglieder seiner Zelle, bevor er uns zu Ravil geschoben hat. Ich bin Dima, Nikolais Bruder."

Ich mag den Kerl augenblicklich – und seinen Bruder, einfach, weil er sein Bruder ist. Vermutlich aus dem einfachen Grund, dass er Igor als einen beschissenen Vater bezeichnet hat. Außerdem besitzen sie diese sofortige Vertrautheit, die mich entspannt. Und sie starren nicht auf meine Brüste.

Maxim kommt in einem Paar Shorts und einem T-Shirt aus dem Zimmer, Laufschuhe an den Füßen. Er sieht komfortabel in den Sachen aus, als ob er regelmäßig laufen gehen würde. Diese Entwicklung der Ereignisse zerstört natürlich meine Pläne, davonzulaufen und ihn dazu zu zwingen, mitzuhalten, und mich durchfährt ein nervöses Flattern. Vielleicht bin ich diejenige, die sich anstrengen muss, um mitzuhalten.

„Los geht's Süße." Er nimmt meinen Ellenbogen, wie er es immer macht, und lenkt mich zur Tür.

„Tschüss, Jungs!", rufe ich mit falscher Heiterkeit.

„Warum hast du das gemacht?", fragt mich Maxim, als wir zum Fahrstuhl kommen.

Ich trete so weit vor ihm zurück, wie ich kann, lehne mich an die gegenüberliegende Wand und ziehe meinen Fuß hoch, um meinen Oberschenkel zu dehnen. „Was?"

„Dich zu verhalten, als ob du zu gut für sie wärst. Oder dich über sie lustig machen würdest."

Etwas fährt mir in dem Magen und ist schwer wie ein Stein. Ich wurde schon früher als Zicke bezeichnet – meist hinter meinem Rücken. So viele Male.

Aber niemand hat mich je gefragt, *warum* ich mich so verhalte. Fast, als ob er wüsste, dass es nur ein Akt ist – nicht meine wahre Persönlichkeit.

Maxim wird plötzlich sehr ernst.

Ich wechsle das Bein und zucke mit den Schultern. „Soll ich so tun, als ob sie meine Freunde wären? Ich bin nicht freiwillig hier eingezogen. Sie wurden mir angehängt, genauso wie du. So wie jeder andere Bodyguard oder Babysitter, den mir mein Dad je aufgebürdet hat."

Ein Muskel in Maxims Kiefer spannt sich an. „Okay, stellen wir eine Sache klar", blafft er, als die Türen des Fahrstuhls aufgleiten.

Ich rausche aus der Kabine, aber er erwischt wieder meinen Ellenbogen und zieht mich zurück.

„Renn mir nicht davon." Er blickt grimmig auf mich hinunter, eine Zornesfalte zwischen seinen Brauen. „Diese Männer sind nicht deine Bodyguards. Sie sind nicht deine Angestellten – sie sind nicht deine Babysitter. Sie sind nicht hier, um dich auszuspionieren. Das sind meine verfickten Brüder."

Der Stein in meinem Magen wird schwerer.

„Ja, ich wurde dir aufgebürdet, Süße. Und du wurdest mir aufgebürdet. Und wir werden das Beste daraus machen."

„Sagst du", erwidere ich heftig, aber ein schreckliches Gefühl der Scham schleicht sich bei mir ein, angefeuert von dem Felsbrocken, der noch immer in meinem Magen liegt. Ich *habe* mich verhalten wie eine Zicke. Ich verhalte mich wie die verzogene *mafiya*-Prinzessin, die ich immer gewesen bin. Der Part, den ich so sehr verabscheue, aber mit absoluter Souveränität spiele.

Aber wenn ich nicht gegen Maxim ankämpfe, weiß ich nicht, was ich tue. Ich weiß nicht, wie ich mich dann verhalten soll. Und die Verwundbarkeit, die das in mir hervorruft, bringt mich beinah um.

Maxim lässt meinen Ellenbogen nicht los. Er starrt mit beunruhigter Miene auf mich hinunter, als ob er versuchen würde, eine Entscheidung zu treffen, aber nach einigen langen, heiklen Sekunden sagt er nur, „Komm, es gibt einen Pfad am Ufer entlang, der sehr schön ist zum Laufen."

Ein Gefühl der Erleichterung überkommt mich, als ob er mich von einem Haken lassen würde, von dem ich gar nicht wusste, dass ich daran hing. Er deutet mit dem Kopf auf die Glastür des eleganten Gebäudes.

Er winkt dem Portier zu, der eindeutig Bratwa ist, seinen Tattoos nach zu urteilen.

Wir joggen nebeneinander auf dem gepflasterten Weg am Ufer des Sees entlang. Ich bin die Hitze nicht gewöhnt und schon bald läuft mir der Schweiß nur so herunter, aber es fühlt sich gut an, sich nach dem langen Flug gestern und dem Jetlag zu bewegen.

Schweigend laufen wir für etwa eine halbe Stunde. Maxim lässt mich das Tempo bestimmen, aber er hat natürlich keine Schwierigkeiten, mitzuhalten. Ich hatte recht – er geht definitiv regelmäßig laufen.

„Wie lange läufst du für gewöhnlich?", fragt er.

Die Wahrheit ist, dass mir heiß ist und ich langsam erschöpft bin, aber mein Stolz verbietet mir, irgendwas zu sagen.

Ich zucke mit den Achseln. „Ich kann noch weiterlaufen."

„Komm, hier entlang." Er biegt vom Pfad ab und auf eine Straße, überquert eine Kreuzung und verlangsamt das Tempo zu einem Gehen.

„Wo willst du hin?"

Er betritt einen Eckladen. „Ich kaufe was zu trinken. Du siehst aus, als ob dir heiß wäre."

„Es braucht nicht viel, damit eine Rothaarige aussieht, als ob ihr heiß wäre", murmle ich, aber insgeheim bin ich dankbar, dass er sich so um mich kümmert.

Er kauft eine große Flasche Elektrolytwasser, dreht den Verschluss auf und hält mir die Flasche hin.

Durstig trinke ich und gebe sie ihm halbleer zurück.

Er trinkt etwas, drückt die Flasche zusammen und macht sie wieder zu. „Also, wir können entweder denselben Weg zurücklaufen oder wir machen ein bisschen langsamer und laufen durch die Stadt, wo es ein bisschen schattiger ist, dafür weniger Wind vom See."

Es ist absurd, aber zum ersten Mal in meinem Leben fühle ich mich erwachsen. Als ich in L.A. gelebt habe, hatte ich die beste Zeit meines Lebens mit meinen Freundinnen vom College. Aber ich habe mich wie eine Rebellin verhalten. Das hier fühlt sich anders an. Einer der Männer meines Vaters behandelt mich wie eine Gleichberechtigte. Fragt mich, was ich tun will und wartet auf meine Antwort. Ich muss nicht davonlaufen, damit er mir hinterherrennt. Ich muss ihn nicht austricksen – oder ihn manipulieren.

Er steht einfach da, wartet geduldig darauf, dass ich eine Ansage mache.

Ich belohne ihn mit einem Lächeln – kein *„Ich hab dich an den Eiern"*-Lächeln; ein ehrliches Lächeln. „Definitiv am See entlang Aber gib mir noch mal die Wasserflasche."

Maxim gibt sie mir zurück und ich mache sie auf und kippe mir den Rest des Wassers in den Ausschnitt, durchnässe meinen Sport-BH. Nicht, um mit ihm zu spielen, sondern weil mir so warm ist.

Okay, vielleicht, um ein bisschen mit ihm zu spielen. Wie er so richtig bemerkt hat, ich habe etwas von einer Exhibitionistin in mir.

Für einen Augenblick glaube ich, dass er angepisst ist, vielleicht, weil er sich meinen Pferdeschwanz krallt und ihn nach hinten zieht, um meinen Hals bloßzulegen. Dann leckt er in einer langen Linie meinen Hals hinunter, über mein Schlüsselbein, und taucht zwischen meine Brüste.

Meine Pussy zieht sich zusammen und ich bin völlig atemlos, als er endlich wieder seinen Kopf hebt. „Du hast etwas Wasser verschüttet", erklärt er verschmitzt.

Meine Beine zittern – vermutlich nur von dem Lauf, aber plötzlich ist es mir äußerst bewusst.

Sein Blick fällt auf meine Brüste und meine Nippel kribbeln und brennen in Erwiderung.

Plötzlich will ich ihn. Dringend.

Dieses ganze Getue, dass ich ihn nicht will, all der Widerstand, kommt mir plötzlich so dämlich vor. Ich habe einen heißen Ehemann. Nicht irgendeinen heißen Ehemann, aber genau den Mann, der meine Vorstellung davon geprägt hat, was ich an Männern heiß finde. Wenn ich mir andere Männer anschaue, vergleiche ich sie immer mit ihm.

Und er will mich jetzt auch.

Aber das erinnert mich daran, dass es auch eine Zeit gab, als er mich nicht wollte. Eine meiner schlimmsten Blamagen überhaupt – wie sehr diese Abweisung geschmerzt hat. Nein. Ich werde nicht einknicken. Ich werde ihn die Kavaliersschmerzen erleiden lassen. Meine Jungfräulichkeit ist das Einzige, worüber ich in meinem Leben noch die Kontrolle habe.

Ich laufe los, zurück in die Richtung, aus der wir gekommen sind, und merke, wie er mich schnell einholt. Er versetzt mir einen Klaps auf den Arsch, als er mich eingeholt hat, ein harter, befriedigender Schlag, dann passt er sich meinem Tempo an. Mein Hintern kribbelt und brennt, während ich laufe, ruft die Erinnerung an das Spanking hervor, das er mir gestern auf der Rückbank seines Wagens in Moskau verabreicht hat. An die Art und Weise, wie er mich danach berührt hat.

Mist! Ich darf nicht darüber nachdenken. Keinen Sex.

Ich werde keinen Sex mit Maxim haben.

Aber während ich laufe, bleibt das Reiben zwischen meinen Beinen bestehen, facht das Feuer eher an, als es zu lindern. Ich senke den Blick und sehe, wie meine Nippel deutlich unter meinem nassen Sport-BH hervorstehen. Um Gottes willen. Ich sollte besser direkt unter eine eiskalte Dusche rennen.

SECHSTES KAPITEL

 axim

ICH MUSS meine ganze Willenskraft zusammenreißen, um Sasha nicht unter die Dusche zu folgen, sie gegen die Fliesen zu drängen und jeden Zentimeter ihres Körpers abzulecken, bis sie mich anfleht, sie zu ficken. Meine Eier verzehren sich danach, endlich zwischen diese blassen Schenkel zu kommen, und ich weiß, dass sie langsam so verzweifelt wird wie ich, aber ich bin kein Typ, der zu fordernd daherkommt. Das hier ist offensichtlich ein langes Spiel.

Ein ganzes, verfluchtes Leben lang.

Bljad, Ich kann nicht glauben, dass ich eine Frau habe.

Ich lenke mich von meinen ziehenden Eiern ab, indem ich nach ihrem Handy suche. Ich bringe es mit ins Wohnzimmer und werfe es Dima zu, Russlands – oder jetzt wohl eher Amerikas – überragendstem Hacker. „Verbinde sie mit meinem Konto, sei so gut."

Dima fängt das Handy auf, wirft mir aber einen skeptischen Blick zu. „Sehe ich aus wie dein örtlicher Telekom-Fuzzi?"

„Du weißt, was ich brauche." Ich male mit meinem Zeigefinger einen Kreis in die Luft.

„Mh-hm." Er klingt noch immer nicht überzeugt, aber er öffnet die Schale ihres Handys und beginnt, es auseinanderzunehmen, installiert den Tracking-Chip, der unabhängig davon funktioniert, ob ihr Handy an ist oder nicht.

„Ich will, dass du ab jetzt jeden überwachst, der von Russland hierherkommt."

Nikolai meldet sich zu Wort. „Jeden Einzelnen? Wozu?"

„Na ja, kannst du sie mit sämtlichen bekannten Mitgliedern der russischen Bratwa abgleichen?", fragte ich und schaue Dima an, der leidgeprüft den Kopf schüttelt.

„Du willst wissen, ob es jemand auf sie abgesehen hat?", fragt Nikolai.

„Ja."

„Könnten sie hier nicht einfach einen Auftragsmörder anheuern?", meldet sich Pavel zu Wort.

„Sie sind hier nicht so gut vernetzt. Es wäre nicht so einfach für sie."

„Ich kann ein paar Datenanalysen einrichten und die Namen aller Passagiere aus Russland abgleichen", räumt Dima ein. „Das wird ziemlich nervig werden, aber es ist nicht wirklich schwer. Wird ein paar Tage dauern, aber ich kann auch rückwirkend suchen lassen. Aber was, wenn sie sich eine neue Identität zulegen, bevor sie herkommen?"

„Was glaubst du, wer herkommen wir, und warum?", fragt Nikolai.

„Wenn Sasha stirbt, wird der Treuhandfonds auf ihre Mutter übergehen, aber Vladimir wird ihn verwalten. Ihm wurde Galina aufgebürdet."

„Du glaubst also, Vladimir wird jemanden schicken?"

„Ja."

„Also hacken wir ihre Handys, was das Zeug hält, und bekommen hoffentlich alle Plänen mit, bevor sie sie ausführen können", sagt Nikolai.

Ich zucke mit den Schultern. „Wenn das geht." Es ist schwer, einen Dieb reinzulegen. Ich bezweifle, dass wir viel Erfolg darin haben werden, uns in ihre Handys zu hacken, aber andererseits ist Dima der beste Hacker und auch Nikolai ist ganz und gar keine Niete.

„Willst du für das Handy das komplette Stalker-Paket? Die Lucy?", fragt Dima und bezieht sich auf den kompletten Zugang, den er sich selbst zu allen ein- und ausgehenden Daten des Handys und des Laptops von Ravils schwangerer Freundin verschafft hatte, nachdem Ravil sie gekidnappt hatte.

„Was ist *die Lucy*?" Lucy wählt ausgerechnet diesen ungünstigen Zeitpunkt, um das Wohnzimmer zu betreten. Sie ist permanent am Strahlen – sowohl von der Schwangerschaft als auch, nehme ich aufgrund der vielen Zeit an, die sie sich miteinander im Schlafzimmer verschanzen, von den ganzen Orgasmen, die Ravil ihr beschert.

Dima und Nikolai räuspern sich und wenden in gleichzeitig den Blick ab, ganz, wie es sich für Zwillinge gehört.

Pavel, unser Brigadier, fragt auffällig laut: „Klingelt da mein Handy?", erhebt sich vom Sofa und verschwindet.

„Niemand überwacht mehr deine Daten", sagt Ravil butterweich, tritt hinter sie und spreizt seine Hände über ihrem runden Bauch. Während ich in Moskau war, sind die beiden scheinbar auf einer Wellenlänge angekommen, aber davor war die Sache zeitweise ziemlich holprig. Ich hatte schon Angst, Ravil würde unsere ganze Organisation riskieren, indem er Lucy und sein ungeborenes Kind hier als Gefangene festgehalten hat. Und dabei ist er für gewöhnlich der Vernünftigste von uns allen.

Er küsst ihren Nacken. „Versprochen." Er wirft Dima einen warnenden Blick zu. „Sag es ihr."

Dima hebt kapitulieren die Hände. „Ich tue nur, was man mir sagt." Sein Appell gilt allein Lucy.

Sie wirft Ravil einen Blick über ihre Schulter zu. „Und du hast ihm gesagt –?"

„Ich sage es ihm jetzt. Hör auf, ihre Daten zu überwachen. Bis auf das Ortungsprogramm." Er knabbert an Lucys Ohrläppchen. „Ich muss wissen, wo du bist, *kotjonok*. Zu deiner Sicherheit."

„Und Sicherheit ist auch der einzige Grund, weshalb ich den Aufenthaltsort meiner Braut immer wissen muss", erkläre ich, als ob

Lucy unsere Richterin wäre. Auf eine Art ist sie das, nehme ich an. Eine Außenseiterin in der Organisation, eine Amerikanerin, eine Anwältin. Sie steuert eine völlig neue Perspektive und eine neue Sensibilität zum Penthouse bei.

Als sie mich anschaut, sind ihre Augen schmale Schlitze. „Du hast nicht etwa vor, sie hier festzuhalten, oder etwa doch?"

„Überhaupt nicht. Ich will ihr helfen, ihr Leben in Chicago aufzubauen. Und nicht von den Leuten umgebracht zu werden, die auf das Vermögen ihres Vaters aus sind. Sie ist Schauspielerin. Hast du irgendwelche Verbindungen in die Theaterwelt?"

Ich habe den Großteil des Flugs damit verbracht, darüber nachzudenken, wie ich sie hier zum Theater bringen kann. Ihr ein kreatives Ventil zu ermöglichen, um ihr dabei zu helfen, über den Schmerz bezüglich des Plans ihres Vaters für sie hinwegzukommen.

„Nein, aber ich kann mich umhören." Lucy geht in die Küche, wühlt im Kühlschrank nach den Piroggen, die Ravil immer extra für sie besorgen lässt.

„Wo ist mein Handy?" Ich drehe mich um und entdecke Sasha, die in der Tür unseres Schlafzimmers steht, ein Paar Jeans-Shorts trägt und –

„Fuck, nein", knurre ich und stürze mich auf sie.

Furcht und Erregung flammen gleichzeitig in ihren Augen auf, als ich mich meiner Braut nähere, die nichts weiter trägt als einen schwarzen Spitzen-BH, der ihre Brüste hervorquellen lässt wie ein einziges Fest von Jugend und Sex.

Ich werfe sie mir über die Schulter und trage sie zurück in das Schlafzimmer, trete die Tür mit meiner Ferse zu.

„Verdammt, nein", wiederhole ich.

„Was?", fragt sie atemlos, als ich sie auf das Bett werfe und sie sich aufsetzt. „Du hast gesagt, sie dürfen schauen."

„Ich hab's mir verflucht noch mal anders überlegt", knurre ich. Ich reibe mir mit einer Hand über das Gesicht, laufe am Fuß des Bettes auf und ab. Sie ist taufrisch und errötet und wunderschön. Wie eine Frau, die nur darauf wartet, verschlungen zu werden.

Von mir.

Sie öffnet ihre vollen Lippen einen Spaltbreit, um etwas zu sagen, aber sie verschluckt es, als ich ihre Fußgelenke greife und ihre Beine zu mir hinziehe, bis sie ein V um meine Hüfte bilden. Dann greife ich nach ihren Handgelenken und presse sie neben ihrem Kopf ins Bett, reibe meine Erektion gegen die Einbuchtung zwischen ihren Beinen.

„Das gilt nur für den Fall, wenn ich nicht so verdammt mitteilen bin", fauche ich.

Ihre Augen werden groß, aber sie wird plötzlich ganz still, als ob sie wissen würde, dass ich ein gottverdammtes wildes Tier bin, das jeden Moment zuschlägt. Drauf und dran ist, meine Beute auf brutale Weise zu erobern.

Wieder lasse ich meine Hüfte vorschnellen, lasse Sasha nach Luft schnappen. „Und wenn du an meiner Seite bist."

„Verstanden", wispert sie atemlos.

„Ja?" Ich bin immer noch sauer – die unbefriedigte Lust lässt meinen Verstand kurzschließen.

„Ja." Sie leckt sich über die schmollenden Lippen. „Sorry."

Ich entspanne mich, fast tut es mir selbst leid, dass ich sie so eingeschüchtert habe, dass sie sich entschuldigt. Es gefällt mir nicht, sie so heruntergeputzt zu sehen. Der Machtkampf zwischen uns macht mir nichts aus – mir gefällt ihr Feuer. Nicht einmal ihre Spielchen machen mir etwas aus – bis zu einem gewissen Punkt.

Ich streiche mit meinen Lippen über ihre, dann beiße ich in ihre Unterlippe und ziehe sie zwischen meine Zähne, bis sie mit einem Plopp wieder hervorschnellt.

„Dieses Problem zwischen uns lässt sich ganz einfach lösen", erkläre ich ihr. Als ihre Augen suchend in meine schauen, dränge ich wieder mit meinem harten Schwanz zwischen ihre Schenkel.

Ihre Beine versteifen sich gegen meine Hüfte, als sie einatmet. *„Njet."* Sie wendet den Blick ab und ich ziehe mich augenblicklich zurück.

Ich respektiere das Nein einer Frau.

„Dein Pech, *sacharok*." Ich biete ihr meine Hand, um ihr von Bett zu helfen. „Aber sei vorsichtig. Irgendwann wird mir der Geduldsfaden reißen."

Als sie nach meiner Hand greife, spüre ich ein leichtes Zittern in ihren Finger. Die Röte auf ihren Wangen fesselt mich, aber ich verhalte mich wie ein Gentleman, ziehe sie auf die Füße und lasse sie sich anziehen, während ich unter die Dusche gehe und mir zum zweiten Mal heute Vormittag einen runterhole.

„Du machst mich fertig, *prinzessa*", rufe ich aus dem Badezimmer, als ich unter den Wasserstrahl trete.

„Das ist mein Plan", flötet sie zurück.

SIEBTES KAPITEL

asha

LASS eine aufmerksamkeitsheischende Mafia-Prinzessin niemals unbeaufsichtigt allein zu Hause.

Ich lächle vor mich hin, als ich am O'Hare-Flughafen Maxims Kreditkarte hervorhole und ins erstbeste Flugzeug nach L.A. steige.

Da mein Handy nicht geklingelt hat, will ich wetten, dass Maxim noch nicht einmal mitbekommen hat, dass ich abgehauen bin.

Ratet mal, wer zurück in den Staaten ist, Mädels? Ich schreibe eine Gruppennachricht an Ashley, Kayla und Sheri, meine drei ehemaligen Mitbewohnerinnen und besten Freundinnen aus dem College. *Bin gerade auf dem Weg zu euch. Party heute Abend?*

OMG!!! Sheri antwortet als Erste. *Unbedingt! Wo bist du?*

Steige gerade in den Flieger nach L.A., schreibe ich zurück.

In RUSSLAND??!

Nein, Chicago. Bin in ein paar Stunden da.

Kayla schreibt als Nächstes, einschließlich einer Reihe von Alkohol-Emoji und: *JAAAAA! Ich habe um sechs Feierabend. Kann es nicht erwarten, dich zu sehen!*

Dann Ashley: *Warum hast du nicht gesagt, dass du herkommst? Ich bin definitiv für Party heute Abend. Kann es nicht erwarten!!!! Ich bin zu Hause.* Ihre Nachricht wird gefolgt von fünf Zeilen Smileys, Cocktails und Partyhütchen.

Es trudeln noch diverse weitere Begeisterungsbekundungen und Party-GIFs ein. Ich lehne mich zurück und lächle. Meine vier Jahre an der Uni waren die beste Zeit meines Lebens und der Ort, an dem ich dauerhafte Freundschaften mit Frauen geschlossen habe, die genauso durchgeknallt sind wie ich. Sie wiederzusehen ist ein positiver Nebeneffekt meiner neuen Lebenssituation. Und ganz ehrlich? Ich bin begeistert, wieder in den USA zu sein – Moskau hat mich erstickt.

Allerdings hege ich keinen Zweifel daran, dass Maxim mich eingeholt hat, bevor die Nacht vorbei ist. Auch wenn er keinen Ortungschip in mein Handy eingebaut hätte, was er mit Sicherheit getan hat, habe ich gerade seine Kreditkarte benutzt, um mein Flugticket zu kaufen.

Aber das ist genau der Punkt. Ihm richtig auf die Eier zu gehen und ihn dazu zwingen, mir hinterherzurennen. Das habe ich auch mit den Bodyguards und den Spitzeln gemacht, die mein Vater mir auf den Hals gehetzt hat. Ich lege es darauf an, diesen Mann in den Wahnsinn zu treiben. Immerhin sollte er sich die Millionen auch verdienen müssen, über die er nun die Kontrolle hat, oder nicht?

Trotzdem, ich kaue auf meiner Unterlippe herum, hoffe, ich habe mich nicht übernommen. Maxim hat diese Art und Weise an sich, mir unter die Haut zu gehen, die mich ins Schwanken bringt. Was, wenn ich ehrlich bin, der wahre Grund ist, weshalb ich davonlaufe.

Es wurde zu intensiv.

Für uns beide.

Nachdem ich gestern im BH aus dem Schlafzimmer gekommen war, hatte Maxim sich rargemacht, mich allein gelassen, sodass ich nichts zu tun hatte, außer mit seinen Mitbewohnern fernzusehen.

Erst zum Abendessen war er wieder da, hat mich in ein Café in der Nähe ausgeführt, war danach aber sofort wieder verschwunden, als wir zurück im Penthouse waren. Na ja, das stimmt nicht ganz. Ich konnte die Augen nicht aufhalten, weil mich die Zeitverschiebung völlig umgehauen hatte, also bin ich früh ins Bett gegangen und habe ihn allein im Wohnzimmer zurückgelassen.

Heute Morgen war er wieder mit mir laufen, aber danach hat er den ganzen Tag mit den Zwillingen am Computer gearbeitet. Und heute Nachmittag war er wieder verschwunden.

Ich rede mir ein, dass er mich wegen seiner blauen Eier meidet. Etwas, was mir nicht im Geringsten leid tut. Aber ich mag nicht, wie es sich anfühlt. Ignoriert zu werden. Sitzengelassen. Eingeschlossen.

Also bin ich im ersten Moment, als niemand im Wohnzimmer war – was selten genug vorzukommen scheint – abgehauen. Ich habe meine Handtasche geschnappt – das riesige Ding, das ich immer mit ein paar notwendigen Dingen vollgepackt habe – und habe die Tür zum Schlafzimmer zugezogen, als ob ich noch im Zimmer wäre und lesen würde. Sie werden womöglich nicht bemerken, dass ich verschwunden bin, bis Maxim zurückkommt.

Der Kerl am Eingang hatte versucht, mich aufzuhalten, aber ich habe ihn direkt konfrontiert und die Bratwa-Zickennummer abgezogen. „Weißt du eigentlich, wer ich bin? Nein? Ich bin Alexandra Antonova, die Tochter von Igor Antonov, Ravils Boss, und die Frau von Maxim Popov. Ich werde meinem Mann ausrichten, dass ich nicht damit einverstanden bin, dass du mich gerade anfasst oder aufhalten willst."

Der Kerl ließ meinen Arm los, als ob er ihn verbrennen würde. „Einen Augenblick, Mrs. Popov. Er hat mir aufgetragen, Sie das Haus nicht unbeaufsichtigt verlassen zu lassen." Der Kerl blickte sich um, hielt verzweifelt nach jemandem Ausschau, der ihm helfen könnte – ich bin mir sicher, er hat sich den Kopf zerbrochen, ob es schlimmer wäre, seinen Posten zu verlassen oder mich laufen zu lassen.

Ich versuchte es mit einer anderen Taktik und drehte meinen Charme auf. „Es ist okay. Maxim weiß Bescheid, dass ich nur schnell zum Laden laufe und ein paar *Damenhygieneprodukte* kaufe." Das mit den Hygieneprodukten flüsterte ich nur.

Er wich noch weiter vor mir zurück. „Ich werde Maxim ausrichten, wie gut Sie den Ausgang bewachen. Vielen Dank!" Ich winkte ihm kokett zu und rauschte aus der Eingangstür.

Meinen Bodyguards zu entwischen ist ein Talent, was ich perfektioniert habe.

Jetzt ist mein Handy abgestellt, also kann Maxim mich nicht erreichen, und ich werde abends in L.A. ankommen. Bereit, so richtig die Stadt unsicher zu machen wie in alten Zeiten.

Natürlich wird das bei jemandem wie Maxim Konsequenzen haben. Ich muss daran denken, wie er mich in Russland über seinen Schoß gelegt und mir den Hintern versohlt hat, und meine Muschi wird warm. Ich bin völlig verdreht, weil ich tatsächlich hoffe, dass er es wieder tun wird.

Diese Vorstellung erregt mich viel mehr, als mir lieb ist. Aber *er* erregt mich viel mehr, als mir lieb ist.

Ich stecke mir Kopfhörer in die Ohren und schaue *Game of Thrones*. Selbst nach meinem *Downton-Abbey*-Exzess auf dem Flug von Moskau nach Chicago bin ich noch immer in der Stimmung für Kostümdrama. *Game of Thrones* scheint gut zu meinem jetzigen Leben zu passen. Das ist es schließlich, was wir miteinander spielen.

Maxim

ICH KOMME mit einem Smaragdring in meiner Tasche ins Penthouse zurück, der genug Karat hat, um selbst vom Mond aus gesehen zu werden. Winzige Diamanten rahmen den Stein ein und laufen über den Ring, und ich habe unsere Namen in den Fingerreif eingravieren lassen. Ich habe es gehasst, Igors Ring an Sashas Finger zu sehen, die konstante Erinnerung daran, was für eine geheuchelte Hochzeit wir hatten. Und auch die Symbolik der ganzen Angelegenheit habe ich gehasst. Als ob sie in Wirklichkeit mit ihrem Vater verheiratet wäre, nicht mit mir.

Ich öffne die Tür zum Penthouse voller Elan, glaube, endlich was richtig gemacht zu haben, wenn es um sie geht.

Sasha ist nicht im Wohnzimmer. Nikolai und Dima sind da, diskutieren angeregt über die beste Methode, Flugdaten aufzudröseln und zu vergleichen.

„Wo ist Sasha, in meinem Zimmer?"

Dima wirft mir einen schnellen Blick zu. „*Da.* Sie ist schon eine Weile drin."

Ein Anflug der Vorahnung breitet sich in mir aus. Vielleicht hätte ich sie nicht allein lassen sollen. Ich durchquere das Wohnzimmer und reiße meine Zimmertür auf.

Keine Sasha.

Und ihre große Handtasche ist verschwunden.

Fick.

Mich.

Ich schaue im Badezimmer nach, auch wenn ich weiß, dass sie dort nicht sein wird.

Gospodi. Man kann Frauen einfach nicht trauen – sie sind voller Lügen, Täuschungen und Tricks.

Unaufgefordert spult sich die Erinnerung an den grausamen Verrat meiner Mutter vor meinem inneren Auge ab –wie ein Horrorfilm, den ich niemals ungesehen machen kann.

Ich weiß, sie lügt, aber ich will es nicht glauben. Ich ziehe es vor, so zu tun, als ob alles so ist, wie sie sagt.

„Es ist nur vorübergehend, Max. Ich werde in einer Woche oder zwei wieder zurück sein – höchstens ein Monat. Sei brav und tu, was sie dir sagen."

Der Direktor des Waisenhauses legt mir seinen Arm um die Schulter, zieht mich sanft davon.

Panik steigt in mir auf. Ich greife nach dem Arm meiner Mutter und versuche, sie festzuhalten, während sie ihre Hand zurückzieht.

Die Tränen in ihren Augen sind der Beweis für ihre Lügen.

Sie kommt nicht zurück.

Ich weine nicht, weil sie es mir verboten hat. Ich bin ein braver Junge. Ich tue, was man mir sagt. Ich esse. Schlafe. Sitze und lerne.

Ich warte.

Ich warte und warte.

Fünf Jahre lang tue ich so, als ob ihre Worte wahr gewesen wären.

Dann höre ich auf, mir etwas vorzumachen, breche ein Fenster auf und laufe davon.

Ich lebe auf der Straße und nutze die Dinge, die ich bereits im Waisenhaus gelernt habe: Immer auf der Hut sein, mich nur auf mich selbst zu verlassen, und vor allem: Frauen kann man nicht trauen.

JETZT WURDE mir eine Braut aufgebürdet, die ebenfalls Tricks und Täuschungen anwendet.

„Verfolge ihr Handy!", donnere ich Dima und Nikolai entgegen, als ich aus dem Zimmer komme.

„Ach, verdammt, wirklich?", fragt Dima. „Tut mir leid, Maxim. Ich dachte, sie wäre da drin." Er macht die Schultern gerade und wendet sich seinem Computer zu, seine Finger fliegen über die Tasten.

Ich will rumbrüllen und sie anschnauzen, weil sie meine Braut verloren haben, aber es ist ja tatsächlich meine Schuld. Ich hätte Oleg vor der Tür abstellen sollen, wie Ravil es gemacht hat, als er Lucy gefangen gehalten hat. Aber ich wollte nicht, dass sie sich wie eine Gefangene fühlt, nur dass sie jetzt bewiesen hat, dass sie in der Tat eine Läuferin ist.

Hoffentlich ist sie nur mit meiner Kreditkarte shoppen gegangen. Will mir beweisen, dass sie keine Gefangene ist und tun kann, was sie will.

„*Bljad.*" Dima flucht auf Russisch. „Sie ist in Los Angeles. Ich schicke dir ihren Standort auf dein Handy.

Los Angeles.

Wie gesagt, fick mich. Da ist sie zur Uni gegangen. Vermutlich besucht sie ihre Freunde. Oder ihre alten Lieblingsorte.

Ich will mir am liebsten dafür in den Hintern treten, nicht mehr über sie zu wissen. Ich hätte sie besuchen sollen, als sie hier aufs College gegangen ist. Aber ich hatte kein Bedürfnis, mich wieder in ihr Leben zu verwickeln. Nicht, nachdem sie mich so verarscht hatte.

Außerdem, auch wenn Igor mich aus seiner Zelle verbannt hatte, gehörte ich trotzdem noch immer zu ihm. Was bedeutete, dass sie noch immer tabu war. Nicht, dass ich ein Interesse daran gehabt hätte, sie zu verführen.

Oder verführt zu werden.

Und ich weiß aus Erfahrung, dass sogar ein rein platonischer Besuch bei ihr ganz schnell aus dem Ruder laufen kann.

Verdammt. Sieht so aus, als ob ich nach L.A. fliege.

Ich bin mir sicher, dieses Fangspiel macht ihr einen Heidenspaß.

Na ja, sie wird noch herausfinden, dass es Konsequenzen hat, die Göre zu spielen.

Eilig packe ich meine Tasche und verstaue meine Pistole in einem Waffenetui für die Sicherheitskontrolle.

„Sollen wir mitkommen?", fragt Nikolai.

„Nein. Sie ist mein Problem. Ich komme schon mit ihr klar."

Die Vorstellung löst einen kleinen Anflug von Befriedigung in mir aus. Bestrafung ist womöglich genau das, was wir brauchen. Im Bett bin ich ein dominanter Mann. Ich weiß, wie man mit ein wenig Schmerzen Lust erzeugt. Ich könnte Sasha durchaus auf eine Art und Weise bezahlen lassen, die uns beiden gefällt. Ihre Schutzmauern einreißen und sie um Befriedigung durch mich betteln lassen.

Vielleicht bin ich zu zuversichtlich, aber ich glaube, unser geistiger Machtkampf wird nachlassen, sobald sie sich mir sexuell unterworfen hat. Im Augenblick sind ihre Mauern noch viel zu hoch. Und solange sie sich weigert, Lust durch mich zu empfangen, kann sie meinetwegen weiterkämpfen.

Ich fahre mit dem Taxi zum Flughafen und nehme die erste Maschine nach Los Angeles.

Sasha

„Die Russin ist eingetroffen!", rufe ich, als Kayla für mich weit die Tür aufreißt. Die kleine, lebhafte Blondine nur zu sehen, macht mich schon glücklich.

Ich spaziere an ihr vorbei in die Wohnung wie eine Königin, die in ihr Schloss zurückkehrt. Es sieht immer noch so aus wie immer – das leuchtend rote Sofa und die Sessel, die ich mit der Kreditkarte meines Vaters gekauft habe, der Teppich unter dem Couchtisch. Sogar die Bilder an der Wand sind noch dieselben, die ich aufgehängt habe.

Ich habe meine Freundinnen nicht gekauft – jedenfalls kommt es mir nicht so vor. Sie haben mir so viel gegeben – aber wir haben in unserem letzten Jahr an der Uni komplett von Igors Geld gelebt. Meine Freundinnen haben den Freifahrtschein genossen und im Gegenzug ihre Herzen und Leben für mich geöffnet.

„Lauf nicht einfach so ohne eine Umarmung an mir vorbei!", scheltet Kayla und versetzt mir einen spielerischen Klaps auf den Hintern, dann wirft sie sich mir in die Arme, drückt mich feste. „Ich habe dich so vermisst."

Ashley und Sheri stehen direkt hinter ihr. „Ich kann nicht glauben, dass du wirklich hier bist! Wie lange kannst du bleiben?", fragt Sheri. Sie sind alle drei Blondinen in unterschiedlichen Schattierungen – immerhin sind wir in Kalifornien –, unterstrichen mit teuren Strähnchen. Sie könnten beide Models sein. Wenn wir zu viert feiern gegangen sind, haben wir immer alle Aufmerksamkeit auf uns gezogen.

Eine große Brünette, die ich nicht kenne, räuspert sich verlegen.

„Das ist Kimberly", sagt Kayla. „Ich habe sie kennengelernt, als wir zusammen Dinner-Theater gespielt haben. Sie hat dein Zimmer genommen."

„Aber nicht meinen Platz in deinem Herzen", sage ich und nehme schlagartig die Pose einer alten Hollywoodschauspielerin ein.

„Niemals", lacht Sheri. „Also, wie lange, Mädel? Hast du eine Unterkunft? Du kannst in meinem Zimmer schlafen, wenn du willst."

„Ich glaube nicht, dass ich über Nacht bleibe. Ich bin meinem Babysitter davongerannt und er wird mich vermutlich bald finden", sage ich schuldbewusst. „Hoffentlich nicht, bevor wir feiern waren."

„Oh Gott, du bist wirklich unglaublich!" Ashley boxt mich in den Arm. „Bist du Daddys Bodyguards wieder entwischt?"

Als ich im College war, hatte ich keine Wachen – nicht wie zu Hause. Aber ab und zu habe ich irgendeinen Typen mit den vertrauten schwarzen Tattoos bemerkt, der mich zu verfolgen schien. Fotos gemacht hat, die er meinem Vater nach Hause geschickt hat. Meine Freundinnen und ich hatten unseren Spaß mit ihnen, sind auf sie zugerannt und haben uns ihnen um den Hals geworfen und das Gleichgewicht gestört. Es hat Spaß gemacht. Ich habe dieses Spiel auch davor schon allein gespielt, aber mit meinen Freundinnen zusammen wurde es mehr zu einem Turnier. Es wurde zu unserem ausgemachten Ziel, meine Babysitter aus der Fassung zu bringen.

„Na ja, diesmal ist es kein Bodyguard, den Daddy für mich abbestellt hat." Ich halte meinen linken Ringfinger hoch. „Er hat mich verheiratet."

„Oh, Scheiße", murmelt Ashley.

„Was? Ernsthaft?", platzt Kayla hervor. „Wie funktioniert das? Warum?"

„Was ist die Abmachung?", drängt Sheri.

„Also, er ist letzte Woche gestorben. Und ich schätze, es war ihm nicht geheuer, mir sein Vermögen zu vermachen ohne einen Mann, der es kontrolliert. Also musste ich diesen Typen heiraten oder ich hätte nichts geerbt."

„Du machst doch *Witze?*", sagt Kimberly leise. Ich kenne sie nicht einmal, aber ich weiß ihr Mitgefühl zu schätzen. „Geht es dir gut? Das ist so krass."

„Das tut mir so leid, Sasha", sagt Kayla und blickt mich mit ihren großen braunen Rehaugen an. „Das ist total verrückt. Und tut mir auch leid, dass dein Vater gestorben ist", fügt sie nachträglich hinzu.

Ich zucke mit den Schultern. „Tja, die Sache mit der Heirat nimmt mich irgendwie viel mehr mit." Ich weiß, dass da auch Trauer für den Tod meines Vaters ist, aber diese Trauer ist so befleckt, dass ich sie nicht verspüren kann.

„Ist er auch ein Russe? Warum bist du hier?", will Sheri wissen.

„Er ist Russe, aber er wohnt in Chicago. Er heißt Maxim."

„Ist er alt und hässlich?"

Ich grinse. „Nicht alt." Ich schüttle den Kopf, denke an Maxims hübsches Gesicht. Die Art, wie er sich wie ein Model kleidet und bewegt. Es sind nur die Tattoos, die seine arme Herkunft verraten. „Auch nicht hässlich."

„Wie ist er im Bett?", fragt Kimberly.

Ich schüttle den Kopf. „Ich halte ihn hin."

„Immer noch?", verlangt Kayla. Sie und meine ehemaligen Mitbewohnerinnen wissen, dass ich nie Sex mit Männern hatte, als ich mit ihnen zusammengelebt habe. Ich habe jede Menge Blowjobs gegeben, weil ich die Macht mochte, die mir das über einen Mann gibt, aber ich habe nie jemanden in meine Höschen gelassen. Aber ich habe meinen Freundinnen nie erzählt, dass ich noch Jungfrau bin. Vielleicht haben sie es vermutet, aber ich habe gerne so getan, als ob das Gegenteil der Fall war.

„Hasst du Männer oder was?", fragt Ashley.

Wieder zucke ich mit den Schultern. „Ich finde einfach, dieser Kerl soll nicht einfach die Kontrolle über mich und mein Vermögen haben, ohne dass ich irgendeine Wahl hätte. Und da ich nichts an dem Erbe ändern kann …"

„Hältst du ihn eben hin", beendet Kimberly den Satz.

„Aber was ist mit deinen Bedürfnissen?", fragt Kayla. „Ich finde, es ist falsch zu denken, dass Sex etwas ist, was nur Männern zugutekommt. Ich meine, Gott weiß, manchmal stimmt das, vor allem mit College-Jungs, aber wenn man einen richtigen Mann gefunden hat? Die wissen, wie es geht."

„Mh-hm", murmelt Sheri zustimmend.

„Ja, er verspricht mir dauernd, dass er mich befriedigen wird", gestehe ich.

„Dann lass ihn dafür *arbeiten*!", ermutigt sie mich. „Du solltest mehr aus diesem Arrangement herausbekommen."

„Hm, vielleicht." Womöglich haben sie recht, aber ich habe diese diffuse Angst, dass Maxim mich ganz und gar besitzen wird, wenn ich ihm meine Jungfräulichkeit gegeben habe.

Und trotz der Tatsache, dass ich meine Jungfräulichkeit für meinen Mann aufgespart habe, genau, wie es mein Vater befohlen hatte, habe ich jetzt, wo es so weit ist, das Gefühl, dass er sie nicht verdient hat.

Als ob meine Jungfräulichkeit ein Schatz ist, den er sich erst verdienen muss.

Es gab einen Zeitpunkt, als ich so unglaublich bereit war, sie ihm zu schenken. Aber er hat mich abgewiesen.

Er hat seine Chance verpasst.

ACHTES KAPITEL

 axim

Nachdem ich ins Château Marmont eingecheckt habe, in dem berühmten Boutique-Hotel in Hollywood, das dafür bekannt ist, selbst die skandalösesten Geheimnisse der Stars zu bewahren, behalte ich den Ortungsdienst von Sashas Standort im Auge. Ich habe meine Kreditkartenabrechnungen überprüft und sie passen zu ihrem Ausflug nach L.A. – sie hat nicht einfach ihr Handy jemand anderem in die Hand gedrückt, um mir durchs Netz zu gehen.

Nein. Ich kann mir vorstellen, dass Sasha sehr genau weiß, dass ich sie aufspüren und wieder nach Hause bringen werde, sie will nur, dass ich dafür auch arbeite.

Und dass sie in der Zwischenzeit ihren Spaß hat.

Laut Dima ist die Adresse, an der sie die letzten Stunden verbracht hat, eine Wohnung in der Nähe der USC – dieselbe Wohnung, in der sie in ihrem letzten Jahr am College gewohnt hat. Scheint, als ob sie jemanden besuchen würde – eine ehemalige Mitbewohnerin vielleicht.

Einen Geliebten?

Diese Vorstellung beunruhigt mich. Mehr als das. Sie versetzt mir einen Tritt in die Magengrube.

Ich habe sie nie gefragt, ob sie früher einen Freund hatte. Vielleicht hatte sie noch am Tag unserer Hochzeit einen Freund in Moskau. Vielleicht hat sie es deshalb so gehasst, die Stadt zu verlassen.

Nein, das kommt mir unwahrscheinlich vor. Sie war verletzt und wütend über die Heirat, sie hatte kein gebrochenes Herz.

Aber die Möglichkeit, dass ein ehemaliger Liebhaber in Los Angeles wohnt, liegt schwer wie ein Wackerstein in meinem Magen. Mir gefällt die Eifersucht nicht, die diese Vorstellung in mir hervorruft.

Meine Finger ballen sich zu Fäusten. Wenn Sasha dieses Spiel mit mir spielen will, dann lasse ich sie ziehen. Sie kann zurück nach Moskau mit einer Zielscheibe auf ihrem Rücken. Das Risiko allein eingehen. Ich werde mich nicht auf ihr Spiel einlassen.

Der Punkt auf dem Ortungsprogramm bewegt sich. Ich beobachte ihn, bis er anhält, dann zoome ich in die Karte. The Colony. Ein beliebter Club in Hollywood. Irrationale Eifersucht rauscht durch mich hindurch. Ich rufe einen Wagen und lasse mich zum Club fahren, verschaffe mir mit einem frischen Hundert-Dollar-Schein Zugang zur Spitze der Schlange von wartenden Gästen, die bis um die nächste Straßenecke geht.

Der Club ist vollgepackt mit wunderschönen Menschen, Körper, die sich zur pulsierenden Musik winden. Ich suche den gesamten Raum nach einem ganz bestimmten roten Haarschopf ab, bin absolut bereit, sie hier rauszuzerren und sie die Peitsche spüren lassen, aber als ich sie endlich entdecke, verpufft mein Zorn.

Sie tanzt mit keinem Mann.

Sie trägt ein hautenges rotes Kleid mit Spaghettiträgern und sitzt mit einer Gruppe ebenso schöner und leicht bekleideter jungen Frauen zusammen. Vermutlich ihre Freundinnen oder Mitbewohnerinnen aus dem College. Sie haben eine gute Zeit, hauen auf den Putz, wie wunderschöne junge Frauen das tun sollten. Wie Sasha es tun sollte, wenn sie eine normale Dreiundzwanzigjährige wäre.

Eine Dreiundzwanzigjährige, die nicht die Erbin eines Erdölmagnaten der russischen Bratwa ist, auf deren Vermögen es hunderte von Kriminellen abgesehen haben.

Was mich allerdings komplett innehalten lässt, ist das Lächeln, das auf ihrem Gesicht erstrahlt. Die Frauen sitzen in einem runden Separee, trinken Cosmopolitans und lachen. Sasha scheint völlig entspannt zu sein. Zu Hause. Ihr Gesicht ist offen und entspannt – voller Leben und Freude.

So anders als die arrogante, verschlossene Visage, die sie mir seit dem ersten Tag unserer Ehe präsentiert hat. Plötzlich zerreißen mich die Schuldgefühle. Nicht, dass ich denken würde, dieser Mist wäre meine Schuld – es ist allein Igors Schuld, ohne Frage. Aber mir tut leid, in welche Position das Sasha gebracht hat.

Und es tut mir leid für mich, mit der Verantwortung belastet worden zu sein, für ihre Sicherheit zu sorgen. Ihr Geld reicht nicht aus, um das zu versüßen. Ich bin auch ohne das Vermögen bestens zurechtgekommen. Ravil hat auf dem Immobilienmarkt Millionen gemacht und ich habe angefangen, mein eigenes Vermögen aufzubauen. Nichts im Vergleich zu Sashas oder Ravils Vermögen, aber genug für mich. Wenn ich nicht so eine starke Verpflichtung gegenüber Igor gespürt hätte, so eine Loyalität, hätte ich ihm vermutlich gesagt, er solle sich einen anderen Trottel suchen.

Ich suche mir einen Platz am anderen Ende des Raumes, neben der Bar. Von hier aus kann ich ein Auge darauf haben, dass Sasha und ihre Freundinnen keinen Ärger bekommen, aber ohne dass sie mich bemerkt. Ich bestelle einen Beluga und beobachte sie. Ich habe den Club abgesucht, als ich hereingekommen bin, habe nach allem Ausschau gehalten, was meinen Argwohn weckt. Nach Männern mit Tattoos wie meinen, nach Typen, die meine Frau anglotzen.

Frau. Das Wort fühlt sich noch immer seltsam für mich an.

Ich kann keine Bedrohungen erkennen.

Ein Lied ertönt, bei dem sie alle wie mit einer gemeinsamen Erinnerung erstrahlen. Sie rufen und lachen, kippen ihre Drinks hinunter und stehen auf, um auf die Tanzfläche zu eilen. Ich muss einen Augenblick hinhören, bevor ich es erkenne. Ein Dance-Mix von Sias „Chandelier".

Die jungen Frauen wenden und bewegen sich zur Musik, und ihre Schönheit und offensichtliche Freude zieht die Aufmerksamkeit der Haie an den Seitenlinien auf sie. Von allen Seiten kommen Männer auf sie zu.

Ich beiße die Zähne zusammen, bleibe aber, wo ich bin. Für den Moment lasse ich sie ihren Spaß haben. Solange niemand –

Ach, fuck, nein.

Im Moment, als irgendein Typ seine Hand auf ihre Hüften legt, schnelle ich aus meinem Barstuhl empor.

Sasha

Nach dem Abendessen in unserem mexikanischen Lieblingsrestaurant fahren meine Freundinnen und ich zum Tanzen in einen Club. Ich trage ein winziges rotes Kleid und Stilettos, die ich in meine riesige Handtasche geworfen hatte. Auf der Tanzfläche, zusammen mit meinen Freundinnen, habe ich die beste Zeit meines Lebens, obwohl ich jeden Moment damit rechne, dass die Bombe platzt.

Maxim hat weder angerufen noch geschrieben, was eigentlich nur heißen kann, dass er auf dem Weg nach L.A. ist oder sogar schon hier ist. Ich habe keinen Zweifel daran, dass er mich einfangen wird, weshalb ich verdammt noch mal meinen Spaß haben werde, bis er hier ist.

Ich bin angeheitert, also brauche ich einen Augenblick, bis ich bemerke, dass irgendein Arschloch von hinten seine Hand auf meine Hüfte gelegt hat. Ich will dem Kerl schon ausweichen, als plötzlich Maxim vor mir auftaucht.

Im Bruchteil einer Sekunde erkenne ich, dass er *stinksauer* ist. Nicht genervt, als ob er mich einfach über seine Schulter werfen und davontragen würde, sondern absolut stinksauer.

Ich vergesse immer wieder, absichtlich, dass die Männer meines Vaters Mörder sind.

Ich schlucke.

„Werd diesen Typen los oder sein Blut klebt an meinen Händen."

Er spricht auf Russisch mit mir, damit nur ich ihn verstehe.

Ich könnte dem Typen den Ellenbogen in die Rippen jagen, aber bevor ich den Gedanken überhaupt richtig gefasst habe, komme ich schon zu einer besseren Lösung. Ich schnelle vor und schlinge meine Arme um den Hals meines Feindes. Vielleicht liegt es an den Cocktails. Vielleicht ist es einfach nur ein Überlebensinstinkt. Es heißt, Frauen haben keine Kampf-oder-Flucht-Reaktion – Frauen tendieren dazu, zu behüten und zu befreunden. Tja, und ich gehe eine Bindung mit meinem Henker ein.

Es ist keine Umarmung. Ich dränge meinen Körper an seinen, klebe meine Hüften gegen seine Beine, reite eins seiner Beine wie ein Cowgirl einen Bullen, bewege mich noch immer zu der Musik. Meine Brüste pressen sich gegen seine Rippen, meine Lippen streichen über seinen Hals.

Augenblicklich legt er einen starken Arm um mich, seine Hand spreizt sich über meinen unteren Rücken, dann fährt sie weiter hinunter, um meinen Arsch zu greifen und mich enger auf sein Bein zu ziehen. Nach ein paar Sekunden spüre ich, wie sich sein Zorn verflüchtigt. Sein Körper wird weicher unter meinem. Er bewegt sich sanft zur Musik. „So ist es besser", murmelt er auf Englisch.

Fuck sei Dank. Ich bemerke, dass ich zittere und der Adrenalinrausch meine Beschwipstheit so gut wie weggewischt hat. Für einen Moment dachte ich, ich wäre es, die er erdrosseln wollte. Aber er meinte nicht mich – er meinte den Arsch, der mich angetanzt hatte.

Wenigstens hoffe ich das. Ich verspüre keine gefährliche Aggression mehr in ihm.

Zu wissen, dass er gefährlich besitzergreifend ist, sollte mich eigentlich nicht so erregen, aber das tut es. Etwas in mir liebt die Tatsache, dass er aufgetaucht ist und seinen Besitzanspruch an mich geltend gemacht hat. Und ich lege es vermutlich auch darauf an – ich fordere definitiv mein Glück heraus, aber wenn man bedenkt, wie schön es ist, mit ihm zu tanzen, will ich noch gar nicht weg hier.

Ich bin mir sicher, er ist hergekommen, um mich wieder in einen

Flieger zurück nach Chicago zu verfrachten. Ich rechne fest damit, dass er mich ans Bett fesselt, wenn wir zurück sind. Oh, verdammt, diese Vorstellung macht mich an.

Aber es ist auch so unfassbar herrlich, endlich wieder mit meinen Freundinnen zusammen zu sein. Ich bin mehr ich selbst, als ich es seit einem Jahr gewesen bin. Mit meinen Freundinnen kann ich lachen und Spaß haben.

„Maxim", beginne ich, klinge atemlos. „Können wir bitte ... noch ein bisschen bleiben?"

Er kreist mit seinen Hüften, bringt auch meine dazu, auf seinem Bein zu kreisen. Ich bin mir ziemlich sicher, dass mein Slip völlig durchnässt ist. Vermutlich hinterlasse ich auf seiner Hose noch einen feuchten Fleck. „Ja, wir können bleiben", sagte er, schaukelt mit mir in seinen Armen leicht zur Musik hin und her. „Ich bin nicht den ganzen Weg hergekommen, um dann nicht deine amerikanischen Freundinnen kennenzulernen."

Ich atme erleichtert aus. Ich hatte nicht damit gerechnet, dass er so entgegenkommend sein würde.

Aber dann sagt er: „Ich habe ja noch den ganzen Tag morgen Zeit, um dich zu bestrafen."

Vermutlich sollte ich mir Sorgen machen, und das tue ich auch – ein bisschen. Aber vor allem rührt das Flattern in meinem Bauch von meiner Erregung her. Vielleicht liegt es an dem samtigen, dunklen Schnurren in seiner Stimme, als er mir das sagt.

Ich wage es, zu ihm aufzuschauen und einen vorsichtigen Blick auf seinen Gesichtsausdruck zu werfen. Er ist schwer zu lesen. Maxim starrt mit unergründlichen dunklen Augen auf mich hinunter. Vielleicht mit einem Anflug von Nachsicht.

Ich stelle mich auf die Zehenspitzen und lege meine Lippen auf seine. Es ist ein zurückhaltender Kuss. Nicht mein üblicher, aufreizender Mist. Ein echter Kuss – verängstigt und sinnlich.

Er küsst mich nicht zurück, lässt mich einfach mein Ding machen, was die ganze Sache noch unerträglicher macht. Ich bin daran gewöhnt, diejenige zu sein, die von Männern geküsst wird. Diejenige, die den Kuss entweder verweigert oder annimmt. Nicht diejenige, die sich so bloßstellen muss, darauf hoffen muss, dass ihre Geste anerkannt wird. Diese Verletzlichkeit schmerzt.

Ich löse mich vorsichtig von ihm und er blickt auf mich hinunter. „Ist das deine Entschuldigung?", fragt er.

Ich nicke.

Er streicht mit seinen Fingerknöcheln über meine Wange. Seine andere Hand liegt noch immer fest auf meinem Arsch, als ob er jedem Mann hier zeigt, dass ich zu ihm gehöre. „Das ist gut", murmelt er und senkt seinen Mund auf meinen, auf die gleiche langsame, erforschende Art und Weise, wie ich ihn geküsst habe. Seine Lippen gleiten über meine. Er schmeckt nach Pfefferminze und Wodka.

Als er seine Zunge in meinen Mund gleiten lässt, spüre ich seinen Schwanz an meinem Bauch anwachsen.

„Ich habe etwas für dich", sagt er, als er den Kuss löst. Er steckt die Hand in seine Jackentasche.

Ich weiß nicht, was ich erwartet hatte – Handschellen? Ein Lineal, um mir Schläge auf die Handflächen zu versetzen? Ein Halsband, an das er eine Leine befestigen kann? –, aber es ist eine kleine Ringschatulle. Er nimmt meine linke Hand und zieht mir den Ring meines Vaters vom Finger, lässt ihn lose in seine Tasche gleiten, als ob er nicht mehr bedeuten würde als eine Münze. Ich warte ab, die Vorfreude in diesem Moment verschlägt mir fast die Luft.

Ich bin noch immer am Zittern – ob es an der Angst über sein plötzliches Erscheinen liegt oder an dem Kuss oder an dem Ring, den er mir gleich geben wird, kann ich nicht mit Sicherheit sagen. Er öffnet die Schatulle und holt einen großen, wunderschönen Ring hervor.

Grazil, aber riesig, wenn das Sinn ergibt. Der Smaragd in der Mitte ist enorm und fantastisch, aber der Fingerreif ist schmal und mit den gleichen winzigen Diamanten besetzt, die auch den Smaragd einfassen.

Maxim steckt mir den Ring an den Finger und er passt perfekt. Ich bin mir nicht sicher, wie er das eingefädelt hat. „Gefällt er dir?"

Ich nicke. Ich glaube, unter anderen Umständen hätte ich vielleicht so getan, als ob er mir nicht gefallen würde – ich hätte ihm diesen Sieg nicht gegönnt. Aber er hat mich überrascht. Er ist hier aufgetaucht, wie ich erwartet hatte, aber er hat keine Szene gemacht oder dem Kerl eine reingehauen, der mich angefasst hat. Und anstatt zu schimpfen und zu zetern und Bestrafungen austeilen, hat er einen wunderschönen Ehering hervorgezaubert.

Ein aufmerksames, teures Geschenk, das ich tatsächlich gerne tragen werde. Der Ring passt zu mir und ehrlich gesagt liebe ich ihn.

„Was ist das?" Ashley greift nach meiner Hand und hält sie hoch, damit die anderen den Ring auch bestaunen können. Sie kreischen und drängen sich um uns.

„Ist das dein Ehering?", fragt Kayla.

„Ist das Maxim?", fragt Sheri im selben Augenblick.

„Leistet ihr uns für einen Toast Gesellschaft?", fragt Maxim. Er ist so verdammt weltmännisch – so charmant. Dafür hasse ich ihn ein wenig, weil ich früher schon auf seinen Charme hereingefallen bin. Aber ich liebe es auch, weil er den Charme extra für meine Freundinnen aufdreht, die mir sehr viel bedeuten. Es ist nicht so, dass ich es unbedingt brauche, dass sie ihn mögen – ich habe ihnen schon alles über die mittelalterliche, arrangierte Ehe berichtet –, aber ich will, dass sie sehen, womit ich es zu tun habe.

Und vielleicht würde es mir auch nichts ausmachen, wenn sie ihn mögen.

Er führt uns von der Tanzfläche. Natürlich ist unser Separee mittlerweile belegt, aber Maxim hält einen Hundert-Dollar-Schein zwischen seinen Knöcheln hoch und wir werden unverzüglich von einer Kellnerin gefunden. Von derselben Kellnerin, die vorhin eine dreiviertel Stunde gebraucht hat, um an unseren Tisch zu kommen.

„Eine Flasche Moët und sechs Gläser."

Die Kellnerin verliert völlig den Verstand bei seinem Anblick. Oder vielleicht ist es auch nur sein Geld, aber wie auch immer, sie strahlt heller als eine Tausend-Watt-Birne und führt uns zu einer Ecke an der Bar, wo sie die Flasche entkorkt und uns in einem Sektkübel mit Eis hinstellt. Sie beginnt, den Sekt in die Gläser zu füllen, aber Maxim übernimmt, hebt sein Kinn und schenkt ihr sein sexy Mann-von-Welt-Grinsen, um sie zu entlassen.

Sie klimpert mit den Wimpern und verschwindet, lässt ihn wissen, dass er sie einfach rufen kann, wenn er noch etwas braucht. Er greift nach ihrem Arm und sie beugt sich viel zu nahm zu ihm, während er um noch etwas bittet. Ich knirsche mit den Zähnen. Vielleicht bin ich ja ebenso besitzergreifend wie Maxim.

„Auf meine wunderschöne Braut", sagt Maxim, nachdem er uns allen Champagner eingegossen hat und sie uns verteilt hat.

„Herzlichen Glückwunsch euch beiden", sagt Kayla.

„Auf euch beide", stimmen die anderen mit ein.

„*Na Sdorowje*", sage ich, erinnere sie an den russischen Ausdruck für *Prost*.

„*Nastrovja*!", rufen sie unisono zurück – sogar Kimberly. Die anderen müssen es ihr beigebracht haben, was mich lächeln lässt – meine Anwesenheit wurde geehrt und erinnert.

Maxims und meine Blicke treffen sich und mein Magen flattert. „*Na Sdorowje.*" Wir stoßen an. Er schüttet sein Glas in einem Zug runter, dann benutzt er es, um damit gestikulierend auf uns zu deuten. „Erzählt mal – wie habt ihr euch alle kennengelernt? Seid ihr alle Schauspielerinnen?"

Kayla lächelt. „Ich schon." Sie legt ihren Arm um meine Schulter. „Wir haben die ganzen vier Jahre zusammen studiert. Und diese beiden haben wir im vorletzten Jahr kennengelernt, als wir als Promoterinnen gearbeitet haben." Sie deutet auf Ashley und Sheri. „Im letzten Jahr haben wir dann alle zusammen gewohnt. Und das hier ist unsere Ersatz-Sasha." Sie hebt das Kinn und nickt in Richtung von Kimberly. „Sie ist unsere neue Mitbewohnerin und arbeitet auch für die Promotion-Firma."

„Es gibt keinen Ersatz für Sasha", sage ich und verschütte ein paar Tropfen meines Champagners, als ich den Arm in die Höhe strecke, damit sie mich bewundern können. „Nichts für ungut, natürlich." Ich zwinkere Kimberly zu, auch wenn ich mir sicher bin, dass sie weiß, dass ich nur Spaß mache.

„Was für Promotionen?" Maxim sieht verwirrt aus.

„Wir haben uns in winzige Kostüme geschmissen und neue Produkte für ihre Markteinführung promotet." Ich zucke mit den Schultern. „Wie zum Beispiel neuen Alkohol oder Energy-Drinks oder Proteinriegel. Sie haben bar gezahlt und es hat Spaß gemacht."

„Das will ich wetten, dass ihr Spaß hattet." Diesmal bin ich sicher, Nachsicht in Maxims Augen zu entdecken. „Eine Runde Kurze?"

Warum ist er so nett zu mir?

Das macht mich wahnsinnig nervös, ich warte nur darauf, dass die Bombe platzt.

„Verdammt, ja!", rufen meine Freundinnen und Maxim hält einen weiteren Hundert-Dollar–Schein in die Luft und wird augenblicklich bedient.

„Sechs Tequilas, Cazador. Mit Salz und Limette."

„Tequila!", jubeln meine Freundinnen. Ihre Ausgelassenheit ist ansteckend. Ich fange an, mich zu entspannen, und vergesse meine Nervosität wegen Maxim.

Die Tequilas kosten mehr als die hundert Dollar, also zieht er eine weitere Note aus seinem Portemonnaie. Während er mit der Kellnerin spricht, formt Ashley mit dem Mund die Worte: *Er ist heiß.*

Ich werfe heimlich einen Blick auf ihn, bin übertrieben stolz, dass meine Freundinnen so denken.

Er *ist* heiß. Er trägt ein gestärktes Designerhemd, an dem er die obersten zwei Knöpfe geöffnet hat, hat einen perfekten Kalifornien-Look. Als ob er gewusst hätte, dass er heute Abend in einen noblen Club gehen würde. Aber so zieht er sich immer an – wenigstens in den Wochen, seit wir geheiratet haben.

„Ich mag ihn", platzt Kayla viel zu laut heraus, beugt sich verschwörerisch über die Bar.

„Er passt zu dir", stimmt Sheri zu und deutet mit dem Finger auf mich. Sie wackelt schelmisch mit den Augenbrauen. „Lass ihn arbeiten. Ich wette, er ist gut."

Maxims Aufmerksamkeit wandert wieder zu uns und meine Freundinnen grinsen ihn alle verschmitzt an. Er schaut sich die ganze Szene mit einem Grinsen an. „Ich wette, ihr Ladys kommt in jede Menge Schwierigkeiten." Sein Blick fährt zur Seite und plötzlich zieht er an meiner Hand. „Kommt, da ist gerade ein Tisch frei geworden."

Wir setzen uns eilig in Bewegung, um das perfekte, runde Separee zu ergattern, genau so eins, wie wir zuvor schon hatten. Eine andere

Gruppe versucht ebenfalls, das Separee an sich zu reißen, aber Maxim dreht sich zu ihnen um und versperrt mit seinem Körper den Weg.

„Auf keinen Fall, Kumpel." Einer der Typen aus der Gruppe versucht, Ärger zu machen. „Wir haben die ganze Zeit auf diesen Tisch gewartet."

Ich winde meinen Arm um Maxim und spreche mit dem Kerl. „Leg dich nicht mit einem Russen an", sage ich und lasse meinen Akzent extra dick klingen. „Er wird mit dir sonst noch den Fußboden wischen."

Maxim rührt sich nicht. Er sagt kein Wort. Er starrt den Kerl einfach nur mit einem Blick an, der Glas zerschneiden könnte.

„Komm." Die Frauen in der Gruppe des Möchtegern-Helden ziehen ihn davon.

Ich rutsche in das Separee und Maxim setzt sich auf den äußersten Platz. Unser Beschützer.

„Du liebst einfach Drama, oder etwa nicht, *sacharok*?" Er scheint überhaupt nicht aus dem Konzept gebracht zu sein.

Seine Kritik trifft mich ein wenig zu sehr – das war es, was mein Vater mir immer vorgeworfen hat – Aufmerksamkeit zu heischen. Eine Drama-Queen zu sein. „Was?"

„Nichts. Du solltest nur wissen, wenn du dich in diese Dinge einmischt, verdoppelst du nur die Chancen, dass ich jemanden verletze."

„Wieso das?"

Meine Freundinnen hören zu und ich werde unruhig, denke, das ist eher keine Sache, die wir vor ihnen besprechen sollten.

Maxim scheint allerdings eher amüsiert zu sein. Er zuckt lässig mit den Schultern. „Weil ich sie umbringen *muss*, wenn sie dir gegenüber respektlos sind."

Bei diesem Kommentar stoßen meine Freundinnen ein beeindrucktes *ooooh* aus. Ich nehme an, es gehört zu der verzückten Sorte. Vor allem, weil sie nicht begreifen, dass er vermutlich *wortwörtlich umbringen* meint.

Ich werde davor gerettet, antworten zu müssen, als unsere Kellnerin erscheint – oder sollte ich besser sagen, *seine* Kellnerin, weil sie definitiv nur Augen für ihn hat.

Sie stellt jedem von uns ein Glas Tequila hin, zusammen mit einem kleinen Teller Limettenschnitze und einem Salzstreuer.

Maxim greift nach dem Salzstreuer, bevor ich ihn erwischen kann. „Body Shots. Ich wähle die Stelle."

Ich blinzle ihn an. Ich weiß, was Body Shots sind. Ich habe sie früher schon zusammen mit dämlichen College-Jungs gemacht. Aber niemals mit einem heißen, virilen Mann neben mir. Dem Kerl, mit dem ich verheiratet bin. Der Mann, bei dem meine Befangenheit durch meine Freundinnen und den Alkohol schon deutlich gesunken ist.

Ich zögere, warte darauf zu sehen, wo er das Salz hinstreuen wird, aber er wählt einen vollkommen harmlosen Stelle – die Haut zwischen Daumen und Zeigefinger. Er leckt die Stelle ab und streut etwas Salz darauf, dann nimmt er einen Limettenschnitz zwischen seine Zähne.

Und währenddessen schauen meine Freundinnen gebannt zu, warten darauf, ihren Tequila zu trinken und dass sich die Show vor ihren Augen entfaltet.

Maxim bringt seine Hand zu meinen Lippen. Ich lecke das Salz ab, stürze meinen Tequila hinunter und beiße in die Limette zwischen seinen Lippen, während meine Freundinnen johlen und kreischen.

„Teilst du den? Weil ich da dran auch gern mal lecken würde", sagt Kimberley mit einem Zwinkern.

Ich weiß, dass sie nur einen Witz macht – vermutlich versucht sie mich dazu zu bewegen, Sex mit Maxim zu haben, aber ich kann den Hieb der Eifersucht nicht verleugnen, der mich mitten in die Brust trifft. Das, zusammen mit meinem neu gefundenen Exhibitionismus, lässt mich nach einer Limette und dem Salzstreuer greifen. „Komm und hols dir, mein Großer." Ich reibe mir die Limette über mein Dekolletee, dann streue ich Salz darüber. Ich werfe Maxim einen „*Na, traust du dich?*"-Blick zu, auch wenn ich keinen Zweifel daran habe, dass er sich, natürlich, trauen wird.

Und genau, er macht eine riesige Show daraus und ich stehe im Mittelpunkt – genauso, wie es mir gefällt. Langsam nähert er sich mir, leckt mit der Zunge über das Salz. Dann noch einmal und dann ein drittes Mal, bevor er mit der Zunge unter den Ausschnitt meines Kleides gleitet und meinen Nippel neckt.

„Mmmh." Er taucht wieder auf und blickt mir unverwandt in die Augen, während er seinen Tequila runterkippt. Aber er saugt nicht an der Limette zwischen meinen Zähnen. Er küsst mich wie verrückt, dreht und drückt die Limette zwischen unseren Lippen, während er meinen Hinterkopf festhält, damit ich nicht entkommen kann.

Als er endlich aufhört, spucke ich den zerstörten Rest der Limette auf den Tisch und schnappe nach Luft.

Kayla fächert sich Luft zu. „Oh mein Gott. So macht man das also."

„Ihr seid dran." Maxim zwinkert ihnen zu und meine Freundinnen streuen sich das Salz auf ihre eigenen Hände und kippen ihre Tequilas.

Wie von Zauberhand erscheint eine Runde Wasserflaschen – Maxim muss sie vorhin schon bei der Kellnerin bestellt haben.

„Lasst uns tanzen", schlage ich vor, seltsamerweise betrunkener, nachdem ich eine halbe Wasserflasche ausgetrunken habe.

Maxim steht auf, um mich vorbeizulassen. „Soll ich mitkommen oder soll ich hier bleiben und den Tisch für uns sichern?"

Ich lege meine Hand auf seine Brust, falle versehentlich direkt auf ihn, als ich für eine Sekunde die Balance verliere. Warum ist er so verdammt nett zu mir?

Oh Mist. Das habe ich laut ausgesprochen. Ich muss definitiv den Tequila raustanzen.

Ich stelle mich auf die Zehenspitzen und drücke ihm einen schnellen Kuss auf dem Mund. „Danke, dass du unseren Tisch sicherst", sage ich und schlängle mich zusammen mit Kayla und Ashley auf die Tanzfläche. Die beiden anderen bleiben mit Maxim am Tisch. Als ein paar Schritte zwischen uns liegen, drehe ich mich zu ihnen herum und deute mit dem Zeigefinger auf sie. „Keine Body Shots, während ich weg bin. Er gehört mir."

Maxims amüsiertes Lächeln sendet Wellen der Hitze in meinen Bauch und durch meine Oberschenkel.

Gut aussehender Ehemann.

NEUNTES KAPITEL

 *axim*

MEINE BRAUT und ihre Freundinnen genießen die Aufmerksamkeit, die ihnen auf der Tanzfläche entgegenschlägt. Ich bin ein besitzergreifender Mann – extrem besitzergreifender. Und als dieser *mudak* sie begrapscht hat, war ich verdammt eifersüchtig. Aber ich bin keiner der Typen, die ihre Frauen verschleiern müssen und sie nicht ihre gottgegebenen Körper zeigen lassen. Vor allem nicht, wenn es sie anmacht, ihn zu zeigen.

Die beiden tanzen, dann kommen sie zurück an den Tisch. Ich drücke ihnen das Wasser in die Hand, dann bestelle ich eine weitere Runde Cocktails. Das nächste Mal, als sie die Tanzfläche stürmen, bin ich mit dabei. Es gibt zwei stufenhohe Plattformen an der Wand, auf denen man tanzen kann, und dorthin ziehe ich die Gruppe mit. Ich halte Sashas Hand, damit sie nicht die Balance verliert, und deute mit meinem Kinn in Richtung der Plattform. Es sind schon Gäste darauf am Tanzen, aber ich verströme genug Autorität – als ob mir der Schuppen gehören würde und ich allein entscheiden könnte, wer auf den Minibühnen tanzen darf – und die Leute entscheiden, herunterzuspringen.

Sasha liebt es. Sie klettert hinauf und hilft ihren Freundinnen hoch. Voller Begeisterung bewegen sie ihre Körper zur Musik. Sie schaut mit einer Mischung aus beschwipster Lust und Exhibitionismus in ihren Augen auf mich hinunter. „Kommst du auch hoch?", ruft sie mir über die Musik zu.

Ich schüttle den Kopf. „Ich halte Wache."

Ihre Freundinnen lieben das. Sie johlen und kreischen. Aber ich habe das nicht um des Effektes willen gesagt. Ich stehe wirklich Wache.

Von hier unten aus kann ich ihre Slips und den kurzen Minikleidern aufblitzen sehen und jeder Kerl, der das als ein grünes Licht versteht, sich an sie ranzumachen, wird meine Faust zu spüren bekommen.

Es ist eine Kunst, zu wissen, wann man eine Party verlassen sollte, wenn Alkohol mit im Spiel ist. Man will gerade nach dem Höhepunkt verschwinden, wenn noch alles perfekt und lustig ist, aber man nicht zu betrunken ist.

Ich schaue den Frauen zu, bis ihre Ausgelassenheit zu schwinden scheint, dann hebe ich sie von der Plattform und führe sie nach draußen, um frische Luft zu schnappen. Als sie sich etwas abgekühlt haben, schlage ich vor, dass es an der Zeit ist, zu gehen.

Sasha holt ihre riesige Handtasche von der Garderobe und ich setze ihre Freundinnen in das erste Taxi, das vor dem exklusiven Club wartete. Ich gehe zum Fenster des Fahrers und stecke ihm hundert Dollar zu. „Das ist für die Fahrt. Wenn sie nicht sicher zu Hause ankommen, finde ich dich und bringe dich um."

Sasha versetzt mir einen Klaps auf den Arm, als der Taxifahrer kurz nickt und den Geldschein annimmt.

„Sowas kannst du nicht sagen."

„Natürlich kann ich das", erwidere ich. „Habe ich gerade getan." Ich winke ein zweites Taxi für uns heran.

Sasha schüttelt den Kopf. Sie befindet sich irgendwo zwischen beschwipst und völlig betrunken und alle ihre Bewegungen sind übertrieben und langsam. „Weil du ein Mann bist und deine Autorität raushängen lassen kannst. Nie im Leben könnte ich s-sowas je tun und ernst genommen werden." Ich fange ihren Ellenbogen ein, als sie über den Bürgersteig schwankt, dann schiebe ich sie auf die Rückbank des Taxis und setze mich neben sie.

„Château Marmont", weise ich den Fahrer an.

Sasha hat noch immer an der Ungerechtigkeit der Sache zu knabbern. „Ich glaube, ich habe noch nicht einmal die Kellnerin dazu bringen können, uns angemessen zu bedienen. Und das ist auch noch *mein* Geld, was du da rausschmeißt."

„Es war mein Geld", korrigiere ich sie.

„Wie auch immer, du hast immer noch alle Macht. Ich habe keine."

Mich mit ihr in eine philosophische Diskussion zu verwickeln, wenn sie in so einem Zustand ist, ist vermutlich eine dumme Idee, aber ich tue es trotzdem. Sie hat recht – den Alphamann zu spielen ist einfach, wenn man einer ist, aber sie sieht sich selbst als viel schwächer, als sie ist. „Macht ist nichts, was nach Geschlecht getrennt ausgeteilt wird. Und es ist *definitiv* nichts, was einem von anderen verliehen wird. Es ist eine Entscheidung, die man für sich selber trifft. Entweder reagierst du auf alle anderen oder du forderst deine eigene Macht ein."

„Richtig. Wie meinst du denn, dass ich meine Macht hätte einfordern sollen, als mein Vater mir verkündet hat, dass er mich mit dir verheiratet oder ich sonst mein Vermögen verliere? Hm? Hätte ich ihm sagen sollen, dass er mich am Arsch lecken kann? Ist es das, was du getan hättest?"

Da hat sie allerdings recht.

Ich aber auch.

„Nein, Sasha. Aber du bist jetzt mit mir verheiratet und du hast eine Wahl. Du kannst mich weiterhin anfeinden und sticheln – davonrennen und mich zwingen, dir hinterherzurennen – versuchen, mich im Machtkampf zu besiegen. Oder du kannst entscheiden, dass du mir ebenbürtig bist, und deine Forderungen stellen. Sag mir, was du von mir brauchst, damit es funktioniert."

Sie blinzelt mich mit riesigen Augen an, verstummt für einen Moment. Dann sagt sie: „Ich will aber nicht, dass es funktioniert."

Ihre Worte treffen mich wie ein Zementblock gegen meine Stirn.

„Was ist denn die Alternative, *sacharok*? Wir lassen uns scheiden und das Vermögen fließt an Vladimir? Oder wir trennen uns und einer der Männer deines Vaters kidnappt oder ermordet dich wegen deines Geldes?"

„Ich habe meine Forderungen gestellt." Sie haut mir mit dem Handrücken auf den Arm. „Ich habe dich gebeten, mich in Moskau bleiben zu lassen. Und wie ist das für mich gelaufen? Hm? Ah ja, ich erinnere mich, es ist damit geendet, dass du mich wie einen Sack Kartoffeln aus dem Haus getragen hast!"

Meine Mundwinkel zucken, als ich an ihre Streitlustigkeit zurückdenke, „Meine Fähigkeit, dein Leben zu schützen, ist vermutlich der einzige Grund, weshalb dein Vater mich ausgewählt hat. Dich in Moskau zu lassen, würde das nicht ermöglichen."

„Okay. Dann habe ich mein eigenes Schlafzimmer verlangt. Und was ist da passiert?"

Das Taxi hält vor unserem Hotel. Ich bezahle den Fahrer und er öffnet Sashas Tür für sie. Ich gehe um das Auto herum, um ihre Hand zu nehmen.

„Ich habe dir nicht getraut, nicht doch abzuhauen. Und aus gutem Grund, scheinbar."

„Reden wir hier also wirklich nur von Sex, wenn du mir sagst, dass ich einfordern soll, was ich brauche?", fragt Sasha, als wie die Lobby betreten.

Ich lege lächelnd meinen Zeigefinger über ihre Lippen, weil sie zu laut spricht, und sie kichert.

„Ist es das?", fragt sie erneut, als ich sie den Korridor hinunterführe. „Du willst, dass ich Sex verlange? Meine Freundinnen sind der Meinung, dass ich das tun soll."

Ich öffne unsere Zimmertür und sie blickt sich um, bemerkt erst jetzt ihre Umgebung. „Wo sind wir?"

„Château Marmont."

Sie dreht sich um und breitet ihre Arme aus. „Hier wollte ich schon immer mal wohnen."

Ich komme auf sie zu, lege meine Hände leicht um ihre Taille. „Und jetzt bist du hier."

Sie schwankt ein wenig, blinzelt. Es ist vermutlich falsch, meine Frau zu verführen, wenn sie betrunken ist, aber ich bin hart wie Stein, seit sie sich mir in dem Club um den Hals geworfen hat.

„Wie verlangst du es denn?", fordere ich sie auf und lasse meine Hand ihre Hüften hinuntergleiten, bis ich zu dem sehr kurzen Saum ihres Minikleids komme. Ich ziehe es ein Stück über ihre Hüfte.

„Siehst du, die Sache ist die, ich denke nicht, dass du es verdient hast", erwidert sie.

Andererseits ist ihre Beschwipstheit der ideale Zeitpunkt, um herauszufinden, was für Intrigen sie schon heimlich in ihrem wunderschönen Kopf ersponnen hat.

„Du hast recht", stimme ich ihr zu. „Ich habe es nicht verdient. Nicht, nachdem du dich mir so schön dargeboten hast und ich dich abgewiesen habe." Während ich spreche, ziehe ich langsam ihr Kleid über ihren Arsch, dann ihren Oberkörper hinauf und über ihren Kopf.

Da. Wir haben es ausgesprochen. Vielleicht können wir es jetzt ein für alle Mal hinter uns lassen.

Sie sieht in ihrem pinken BH und dem passenden Stringtanga umwerfend aus. Kurvig, üppig, perfekt.

Sashas Fassung scheint ein wenig ins Schwanken zu geraten, vermutlich, weil ich sie ausgezogen habe und wegen der Erinnerung. Aber sie ist meine feurige Braut, also öffnet sie die Schnalle ihres BHs, lässt ihre Brüste befreit hervorspringen. Sie ist eine Doppel-D und so verflucht prachtvoll mit ihrer blassen Haut und den pinken Nippeln. Sie lässt den BH zu Boden fallen, dann hebt sie ihr Kinn und nimmt stolz ihre Brüste in die Hände. „Tja, das ist es, was du dir hast entgehen lassen, Max. Und du wirst keine zweite Chance bekommen."

„Sasha, ich wollte dich damals und ich will dich auch jetzt." Ich trete einen Schritt auf sie zu, knöpfe mein Hemd auf und lasse es zu Boden gleiten. „Wenn du nicht erst siebzehn gewesen wärst und die Tochter des *pachans*, hätte ich auf dieser Reise jede einzelne Nacht mit dir verbracht." Ich ziehe mein Unterhemd über den Kopf. „Glaub mir."

Ihr Kiefer verkrampft sich, als ob sie mir nicht glauben würde, aber ich weiß, dass ich jetzt ihre Aufmerksamkeit habe. Ich sage das Richtige, endlich.

Ich lege es darauf an und berühre sanft ihre Taille. Lasse meine Finger unter den Bund ihres Tangas gleiten. Ich bewege ihn nicht. Es ist nur eine Andeutung dessen, was ich tun könnte. „Süße, dein Vater hätte mich umgebracht. Und nicht auf eine nette, schnelle Art und Weise. Er hätte mir die Eier abgeschnitten. Jeden einzelnen Finger, der dich angefasst hat. Dann hätte er mir die Kehle durchgeschnitten und zugeschaut, wie ich verblute."

Sie schüttelt den Kopf und zieht ihre schmollenden Lippen ein. Aber anstatt zurückzuweichen, lehnt sie sich gegen mich, ihre Nippel streifen meine nackte Brust. „Du hast mich nicht einfach nur abgewiesen. *Du hast es meinem Vater erzählt.*" Sie schlägt mir auf die Brust. Der Vorwurf und der Verrat in ihren Augen schneidet mir direkt ins Herz. Vor allem, als ihr Tränen in die Augen steigen. „Weißt du, was er getan hat?" Sie versucht, mich fortzuschieben, aber ich bewege mich nicht von der Stelle. „Er hat mir ins Gesicht geschlagen und mich eine Hure genannt." Sie ohrfeigt mich.

Ach, fuck. Mein Herz schmerzt für sie. Igor war ein verfluchter Verlierer von Vater. Ich nehme ihr Gesicht in meine Hände, als ob ich das Brennen dieser längst vergangenen Ohrfeige lindern könnte.

„Niemand wird dir je wieder ins Gesicht schlagen – das verspreche ich dir. Nicht, wenn sie leben wollen."

Sie blinzelt eilig.

„Fuck, Süße. Es tut mir leid. Es tut mir so leid. Aber ich musste es ihm sagen." Ich lasse meine Hände nun schwer auf ihre Hüften sinken und manövriere sie rückwärts zum Bett. „Igor war so verdreht, ich hatte Angst, es wäre ein Test. Dass er dir gesagt hätte, du solltest mich verführen, um meine Loyalität auf die Probe zu stellen. Ob ich seine Gesetzte achte. Und selbst, wenn es kein Test war, wäre ich ein toter Mann gewesen, sobald irgendjemand ihm gesagt hätte, dass sie dich meine Kabine betreten oder verlassen gesehen hätten. Da war keine Anschuldigung, auf die ich einfach warten wollte – ich musste den ersten Schritt machen. Du hast meinen Kopf riskiert, indem du in mein Zimmer gekommen bist."

Ich halte sie an, bevor ihre Kniekehlen das Bett berühren. Ich will sie so schnell es geht in die Horizontale bringen, aber diese Unterhaltung ist zu wichtig, als sich zu hetzen. Wir hätten es schon am Tag unserer Hochzeit besprechen sollen.

„Ich verzeihe dir nicht", sagt sie schmollend und ich kann ihre Lüge riechen.

„Gib mir einen zweiten Versuch", bitte ich sie. „So, wie ich es erinnere, lagst du in der Mitte meines Bettes." Ich hebe ihre Hüften hoch und setze sie aufs Bett. „Nur, dass du den nicht anhattest." Ich greife nach dem Tanga, lasse mir Zeit für den Fall, dass sie protestiert.

Das tut sie nicht. Ihre Pupillen weiten sich, als sie sich auf das Bett zurücklegt, sich auf den Ellenbogen abstützt und mir zusieht, wie ich den winzigen Stofffetzen ihre Beine hinunterziehe.

Sie ist nicht vollkommen gewachst, sondern hat einen ordentlichen rotbraunen Streifen Haare. Ihr Bauch flattert.

„Wunderschön", murmle ich. „Du warst schon damals wunderschön, aber jetzt bist du noch viel schöner."

„Was hat sich geändert?" Ihre Stimme klingt heiser.

Ich spreize ihre Knie, lege mich zwischen ihre Beine. „Jetzt kann ich dich haben."

Sie versucht, ihre Knie zusammenpressen, sie um meine Ohren zu drücken. „Das habe ich nicht gesagt."

Ich fange an, sie zu lecken, und sie schnappt nach Luft, presst ihre Schenkel noch fester zusammen. Ich greife nach ihren Beinen und fahre mit meinen Händen darüber. „So habe ich es nicht gemeint. Nur, dass du jetzt erwachsen bist und Igor tot." Die Wahrheit ist, ich hatte mir in jener Nacht nicht einmal gestattet, sie anzuschauen, als ich sie in meinem Bett vorfand. Ich meine, ich habe sie natürlich gesehen, aber ich habe meinen Verstand gezwungen zu ignorieren, was ich gesehen habe. Ich wurde nicht mal ansatzweise hart, weil ich wusste, dass es falsch war.

So falsch.

Ich schiebe ihre Knie wieder auseinander und gleite mit meiner Zunge über ihre pinke Öffnung, dann sauge ich an ihrem Kitzler.

Ich versuche, mit dem Zeigefinger in sie einzudringen, aber sie ist verdammt eng. Sie winselt leise. Als ich aufschaue, um ihr Gesicht zu sehen, sehe ich, dass ihr Gesichtsausdruck leicht alarmiert scheint.

Gänsehaut breitet sich über meinen Armen aus, als es mir klar wird – meine Braut ist also doch noch Jungfrau.

„W-wolltest du mich nicht bestrafen?" Ihre Wangen werden rot – ob vor Erregung oder Scham kann ich nicht sagen.

Ich weiß, dass sie mich ablenken will, aber ich liebe es verflucht noch mal, dass sie gefragt hat. Das ist schon das zweite Mal, dass sie mich an ihre Bestrafung erinnert. Ich fange an zu glauben, dass es ihr ebenso gut gefällt wie mir. Eine Bestrafung kommt ihr vermutlich sicherer vor, als mich diese Pussy erobern zu lassen – vor allem, wenn sie eine Jungfrau ist, wie ich vermute.

Ich grinse. „Ich wollte bis morgen warten, wenn du nüchtern bist, aber wenn du deine Bestrafung jetzt haben willst, bin ich gerne bereit, dafür zu sorgen."

Ich gebe ihr keine Gelegenheit, um zu antworten, ich schiebe einfach meine Hand unter ihre Hüfte und drehe sie auf den Bauch. Sie spreizt die Beine wie ein braves, kleines Mädchen. Ich verabreiche ihrem Arsch ein paar Hiebe und reibe ihn.

Fuck. Sasha *ist* ein braves Mädchen. Sie mag den lieben langen Tag das unanständige Mädchen gespielt haben, aber letztendlich hat sie ihre Pussy absolut unbefleckt gelassen, weil Igor es ihr befohlen hatte. Sie hat mich reingelegt. Sie hat alle reingelegt. Aber ihr koketter Akt war nur eine Manipulation gewesen. Und unter diesen ganzen Fassaden ist meine Braut unschuldig.

Sie hat sogar Igor reingelegt, weil er klipp und klar behauptet hat, sie wäre keine Jungfrau mehr.

Er war ein Idiot.

Ich senke meine Finger zwischen ihre weichen Schenkel und reibe sie. Ihre Pussy trieft, gierig nach Aufmerksamkeit. Ich verreibe die Feuchtigkeit über ihren Kitzler, dann gleite ich wieder hinunter. Ich verabreiche ihr mehrere harte Schläge. „Das ist dafür, weil du zugelassen hast, dass dieser *mudak* dich anfasst", sage ich und benutzte das russische Wort für Arschloch. „Das ist es, was ich nicht so schnell verzeihen werde." Ich streichle sie wieder, necke ihren Schlitz mit meiner Fingerspitze, bevor ich ihn hineinschiebe.

Sie spreizt die Beine weiter, kippt ihren Arsch nach hinten, um mir besseren Zugang zu gewähren. „Ich wollte ihm gerade den Ellenbogen in die Rippen stoßen, als du aufgetaucht bist."

Langsam pumpe ich mit meinem Finger in sie hinein, mit der anderen Hand versetze ich ihr ein paar Schläge auf den Arsch. „Das ist besser die verfickte Wahrheit."

Sie stöhnt auf. „Ist es." Ihr Akzent wird dicker.

Ich ziehe meinen Finger aus ihr heraus und wärme ihren Arsch mit einer weiteren Kaskade von Schlägen. Ich beginne ganz leicht und steigere dann nach und nach die Intensität, bis sie sich zu winden beginnt und nach meiner Hand greifen will. Ich greife mir ihr Handgelenk und biege ihr den Arm auf den Rücken. „Das ist dafür, dass ich deinetwegen in ein verfluchtes Flugzeug steigen musste, um dich wieder einzufangen." Ich haue auf die Rückseite ihrer Beine und sie schreit auf, verflucht mich auf Russisch. Ihre Porzellanhaut leuchtet pink und ich kann meinen Handabdruck erkennen. Ich kann den Anflug von Besitzgier, die ich bei ihrem Anblick verspüre, nicht verleugnen.

Ich lasse meinen Mittelfinger zwischen ihre Beine gleiten und presse gleichzeitig meinen Daumen zwischen ihre Arschbacken, um ihr Arschloch anzustupsen. Sie zieht ihre Arschbacken zusammen und versteift sich bei dieser Invasion.

Ich haue mit meiner freien Hand auf ihren Arsch und fahre fort, meinen Mittelfinger in ihren engen Schlitz zu schieben, während ich mit meinem Daumen leicht Druck ausübe. Ich spreize ihre Backen und lasse einen Tropfen Spucke hinunterfallen, um meinen Vormarsch zu erleichtern.

„Was machst du – *oh!*" Sasha schnappt nach Luft, als ich auch in ihr Arschloch eindringe. Sie keucht, ihre Hüften heben sich, um meinen Finger tiefer in sie gleiten zu lassen. Ich knie mich neben sie, um besseren Zugriff zu bekommen, schiebe meine Finger in ihre beiden Löcher. Ich wechsle mich ab, fülle erst ihre Pussy, dann ihren Arsch, während sie sich unter mir windet und unverständlich aufstöhnt. Ich schiebe meine freie Hand unter ihre Hüfte, finde ihren Kitzler und ihre Hüften schnellen empor, ihre Beine spreizen sich noch weiter. Sie ist so wunderschön – völlig hingegeben, ergeben, empfänglich. Ich versuche, einen zweiten Finger in ihren engen Schlitz gleiten zu lassen, während ich ihren Kitzler umkreise.

„Maxim." Sie klingt alarmiert. Sie muss kurz vor dem Orgasmus sein.

„So ist es richtig, *sacharok*." *Sag meinen verfluchten Namen.* Ich bin gleichzeitig schockiert darüber, wie weit wir seit gestern gekommen sind, und verblüfft, wie richtig es sich anfühlt. Wie befriedigend es ist, meine widerwillige Braut meinen Namen in ihrem verzweifelten, geilen Ton krächzen zu hören.

Ich pumpe gleichzeitig in ihre beiden Löcher und sie drängt sich gegen mich, damit ich tiefer in sie eindringen kann, biegt ihren Rücken durch. Mein Schwanz drängt gegen meinen Reißverschluss, aber jetzt, da ich weiß, dass sie noch Jungfrau ist, kann ich sie nicht nehmen. Nicht heute Abend, nachdem sie getrunken hat. Das wäre falsch – auch wenn sie meine Frau ist.

„Maxim – *Gospodi*." Sie zieht ihre beiden Löcher um mich zusammen, zieht meine Finger tiefer in sich hinein, als sie mit einem erstickten Schrei kommt. Ich reibe weiter ihren Kitzler, bis ihre Muskeln sich nicht mehr zusammenziehen und pulsieren. Bis sie auf das Bett sinkt und alle Anspannung ihren Körper verlässt.

Ich beuge mich über sie und beiße in ihre Schulter, dann küsse ich sie auf den Rücken. „Braves Mädchen. Du hast deine Bestrafung so gut über dich ergehen lassen, Süße." Ich ziehe meine Finger aus ihr heraus, gehe ins Badezimmer, um mich zu waschen und ihr einen nassen Waschlappen zu bringen. Sie ist schon fast eingeschlafen, der Alkohol und der Orgasmus tragen sie bereits ins Traumland. Ich schaffe es, sie unter die Decke zu bewegen, dann ziehe ich mich aus, mache das Licht aus und schlüpfe zu ihr unter die Decke.

Sie ist vollkommen nackt und liegt direkt neben mir.

Alles in mir will sich über sie legen und sie ficken, bis das Bett bricht, aber irgendwie schaffe ich es, meine Lust zu zügeln.

Ich gebe mich stattdessen damit zufrieden, meine prächtige, ungezogenen Bratwa-Prinzessin von hinten zu umarmen und meine Hand besitzergreifend über ihre triefend nasse Pussy zu legen.

„Diese Pussy gehört mir", knurre ich in ihr Ohr, auch wenn sie schon fast schläft. Ich streichle ihre geschwollene, glitschige Scham. „Du wirst feucht für mich, hab ich recht? Nur für mich."

Ihr Atem scheint kurz zu stocken und sie bewegt sich, drängt ihren Rücken gegen meinen schmerzenden Schwanz.

„Ich bin der einzige Mann, der jemals wissen wird, wie verdammt süß sie ist. Wie es sich anfühlt, wenn sie geschwollen und geil ist. Wie sie schmeckt, wenn du an meinen Lippen bebst."

Sie stößt ein stöhnenden Seufzer aus.

„Du warst ein braves Mädchen, dich für mich aufzusparen."

Ihr Atem stoppt.

Nach einem Augenblick dreht sie sich zu mir und ihre Finger tasten in der Dunkelheit nach meiner Brust. „Wie hast du es herausgefunden?"

Ich ziehe sie an mich, ignoriere das mächtige Bedürfnis, unserer Ehe zu vollziehen. Zwischen diese milchigen Schenkel zu stoßen, bis sie heiser ist vor Schreien. „Habe ich recht?"

Sie winselt und vergräbt ihr Gesicht in meiner Schulter und nach einer Weile geht ihr Atem wieder langsamer und gleichmäßig und mir wird klar, dass sie eingeschlafen ist.

Aber es ist Antwort genug. Meine Braut ist unschuldig.

Aber nicht mehr für lange.

Ich werde sie entjungfern, bevor wir zurück in Chicago sind.

ZEHNTES KAPITEL

asha

NACKT WACHE ich in einem Hotelzimmer im Château Marmont auf, Maxims großer Körper an meinem entlang ausgestreckt, seine Hand liegt auf meiner Brust, sein Schwanz zuckt gegen meinen Arsch.

Gospodi

Mein Gesicht wird heiß, als ich mich an letzte Nacht erinnere. Wie viel meines wahren Selbst ich offenbart habe – meine Verletzung über seine Abweisung. Meine *Jungfräulichkeit*.

Hilfe!

Hat er deshalb letzte Nacht keinen Sex mit mir gehabt? War er ein Gentleman?

Mein Magen zieht sich zusammen, als mir klar wird, dass es genau das gewesen sein muss.

Und ich möchte nicht von Maxim als Gentleman denken. Ich will weiterhin glauben können, dass er ein übler Typ ist.

Das macht die Dinge einfacher.

Eine arrangierte Ehe zu navigieren mit einem Kerl, den ich tatsächlich haben will? Einem Kerl, dessen Liebe ich brauche wie meinen nächsten Atemzug?

Das ist eine ganz andere Geschichte. Eine Geschichte, in der ich mich viel zu leicht verfangen könnte.

Ich will nicht wieder zu dieser erbärmlichen, klammernden, aufmerksamkeitsheischenden Teenagerin werden. Ich habe sie verdammt noch mal gehasst.

Also drehe ich den Spieß um. Ich kann nicht hier in seinem Bett warten, zitternd wie eine Blume, um herauszufinden, wie es sich anfühlt, von meinem Mann entjungfert zu werden, den mein Vater mir aufgezwungen hat. Ich werde nicht die mittelalterliche Prinzessin spielen. Ich drehe mich um und drücke Maxim auf den Rücken, meine Hand auf seiner tätowierten Brust.

Er reißt die Augen auf und starrt mich an, Neugierde funkelt in seinem Blick.

Ich bin daran gewöhnt, dass er den ersten Schritt macht. Er ist der Angreifer. Ich ducke und verziehe mich. Und so, für eine Sekunde, warte ich auf seine Reaktion. Ich erwarte, dass er irgendwas sagt. Mir sagt, dass ich weitermachen oder aufhören soll. Aber seine Lider werden schwer, während er abwartet, und mit einem Mal habe ich alle Macht.

Um diese Macht zu behalten, muss ich so tun, als ob er jemand anderes wäre – einer der College-Burschen, die ich in irgendwelchen Bars aufgegabelt habe, oder einer der dummen Soldaten meines Vaters. Irgendein Kerl, der mich die Ansagen machen lässt. Ich fahre mit meinem Fingernagel seine Brust hinunter und setze mich rittlings auf ihn. Ich spiele mit seinen Nippeln, bis sie emporstehen, dann krabbele ich langsam zurück und ziehe die Decke mit mir.

Sein Schwanz springt empor und begrüßt mich. Ich greife nach dem Schaft und senke meinen Mund hinunter, beobachte, wie Maxims Augen dunkler werden. Mit meiner Zungenspitze schnelle ich über seine Eichel – nur ein Necken.

Ein Muskel in Maxims Kiefer zuckt – wie der Beginn eines Knurrens, aber dann entspannt er sich schnell wieder. Dieser Anblick lässt mein Herz schneller schlagen.

Es ist nicht Maxim. Es ist irgendein Boy-Toy. Jemand, mit dem ich einfach spielen kann.

Ich drücke den Ansatz seines Schwanzes und lecke um seine Eichel herum. Ein Lusttropfen tritt aus dem Schlitz und ich lecke ihn ab. Ich kann Maxims Ungeduld spüren. Er mag es nicht, geneckt zu werden. Oder vielleicht tut er es doch – ich kann es nicht sagen. Vielleicht bin ich nur nervös. Aber ich höre auf, es hinauszuzögern, und nehme so viel von seinem Schwanz in den Mund, wie ich kann.

Er stöhnt auf, krallt seine Faust in die Laken neben ihm.

Angespornt lasse ich meinen Kopf über seinem angeschwollenen Schwanz auf- und niedergleiten, höre zu, wie sein Atem abgehackter geht.

„Genau so, Süße", brummt er, legt seine Hand auf meinen Hinterkopf und drängt mich, ihn tiefer zu nehmen.

Er hat wieder die Kontrolle, aber ich fange an, anzugeben, plötzlich irgendwie verzweifelt, ihm zu beweisen, dass ich weiß, was ich tue. Ich schenke ihm meinen allerbesten Blowjob – und Männern einen zu blasen, ist eine Fähigkeit, die ich sehr viel geübt habe.

Mit einer Hand massiere ich seine Eier und seine Prostata, mit der anderen reibe ich seinen Schwanz, kompensiere die Länge, die ich nicht mehr in meinen Mund bekomme. Ich lasse meine Zunge kreisen, lutschte heftig. Ich wechsle schnelles, kurzes Lecken über seine Eichel damit ab, seinen Schwanz tief bis in die Tasche meiner Wange gleiten zu lassen, manchmal bis in meinen Rachen.

Seine Oberschenkel spannen sich unter mir an, er stöhnt immer häufiger meinen Namen. Seine Hand krallt sich in meine Haare, zerrt an meiner Kopfhaut.

Es ist respektlos – kein Mann hat das je zuvor mit mir gemacht und ich hasse es ein wenig. Aber ich liebe es auch. Das ist so typisch Maxim – alles, was er ist. Aggressiv, herrisch, selbstbewusst. Es macht mich an – mehr, als es mich jemals angemacht hat, einem Mann einen zu blasen. *Viel* mehr.

Ich verwöhne seinen Schwanz, als ob ich ihm gefallen will. Ich weiß nicht, ob ich versuche, irgendwas zu beweisen, oder ob ich dem Mann wirklich gefallen will. Ich weiß nur, dass ich ihn so heftig lutsche, dass mein Kiefer wehtut, und ich höre nicht auf, selbst als meine Augen tränen, weil er tief bis in meinen Rachen eindringt.

„Fuck, Sasha, *fuck*", knurrt er. „Ich komme gleich."

Ich nehme ihn nicht aus dem Mund. Ich schlucke wie ein braves Mädchen. Ich lecke ihn sauber, dann setze ich mich auf seine Beine, wische mir den Mund ab, beobachte ihn, wie er mich beobachtet.

„Süße." Er streckt seine Hand nach mir aus, aber ich stehe vom Bett auf und gehe ins Bad, lasse meine Hüften schaukeln, um meinen nackten Hintern zu präsentieren. Ich schließe die Tür und mache die Dusche an. Mein Herz hämmert.

Scheiße. Ich bin dieser Sache nicht gewachsen. Mein Körper ist absolut heiß und erregt. Ich habe noch nie im Leben so dringend Sex haben wollen. Etwas in mir wünscht, Maxim würde mich einfach an sich reißen und mit mir machen, was er will.

Aber ein anderer Teil von mir ist am Durchdrehen.

Absolut am Durchdrehen.

Ich weiß nicht einmal, warum ich überhaupt durchdrehe. Ich steige unter die Dusche und wasche meinen ganzen Körper, als ob Seife und Shampoo irgendwie diese nagende Unruhe abwaschen könnten.

Und dann wird es mir klar: Ich kann das mit Maxim nicht machen.

Es ist viel zu furchteinflößend. Denn wenn er mich nicht hasst, wenn ich mich nicht länger weigere, mit ihm zu schlafen …

Dann sind wir etwas anderes. Dann sind wir meine Eltern – der Bratwa-Boss und seine Frau.

Ich bin seine Frau, nicht seine Geliebte, aber es ist trotzdem das Gleiche. Maxim ist genau wie mein Vater. Und ich? Tief in meinem Innern?

Ich fürchte, ich bin genauso bemitleidenswert wie meine Mutter.

Was, wenn ich genauso bedürftig und klammernd bin, wie sie es war? Wenn ich die ganze Zeit nur darauf warte, dass er mir Fetzen seiner Aufmerksamkeit zuwirft. Immer bereit bin, für ihn zu funktionieren, ihm zu gefallen, vom Moment an, wenn er durch die Tür kommt, bis zum Augenblick, in dem er mich wieder verlässt. Ihre Aufgabe war es, schön auszusehen, ihn im Bett zu befriedigen und seine Befehle zu befolgen.

Sie hat diese Rolle bis zur Perfektion gespielt und er hat ihr trotzdem keinen Pfennig hinterlassen. Er hat ihr nur seinen Handlanger hinterlassen, als ob sie irgendein Besitzstück gewesen wäre, das man einfach weiterreicht.

So, wie er mich Maxim weitergereicht hat.

Also werde ich nicht so wie sie sein. Ende der Geschichte. Ich werde mich nicht in Maxim verlieben und mich ihm zu Füßen werfen und um seine Aufmerksamkeit betteln. Ich werde einen Weg finden, mit ihm zu leben, ohne mein Herz zu verlieren.

Ich stelle das Wasser aus und steige aus der Dusche, lasse mir Zeit damit, mich abzutrocknen. Ich will die Tür nicht öffnen und aus dem Badezimmer kommen. Ich weiß nicht, ob ich schon in der Lage bin, Maxim gegenüberzutreten – ich bin nicht sicher, ob mein Herz gestählt genug ist. Meine Finger liegen auf dem Türknauf und ich lehne mit hämmerndem Herzen meinen Kopf gegen die Tür. Aber als ich mich endlich dazu durchringe, die Tür zu öffnen, sehe ich, dass er wieder eingeschlafen ist. Der Orgasmus muss ihn wirklich entspannt haben.

Auf Zehenspitzen schleiche ich durchs Zimmer und ziehe die Sachen an, die ich gestern auf dem Flug getragen habe, suche meine restlichen Sachen zusammen. Ich weiß, dass ich nicht weit kommen werde. Ich weiß, dass er mich sofort finden wird, egal, ob es ein paar Minuten oder ein paar Stunden dauert. Aber ich muss abhauen.

Ich schnappe mir meine Handtasche und schleiche zur Tür.

„Noch einen Schritt und ich versohle dir den Arsch, bis er blau ist."

ELFTES KAPITEL

 axim

S ASHA ERSTARRT AUF DER S TELLE , als sie meine Warnung hört, dann schließt sie die Tür.

Sie hat mich verflucht noch mal verarscht.

Frauen. Man kann ihnen einfach nicht trauen. Sie lügen und manipulieren. Gerade noch hat sie mir den heißesten Blowjob in der Geschichte der Blowjobs beschert, und ich hatte dummerweise geglaubt, das hätte bedeutet, dass wir vorankommen.

Aber nein. Es war alles nur eine Manipulation.

Diese verfluchte Frau.

Ich setze mich auf und schwinge meine Beine aus dem Bett. „Komm her."

Sie hebt das Kinn an. „Ich fühl mich hier ganz wohl, danke."

Meine Lippen zucken, aber ich unterdrücke mein Lächeln. Ihre Angst sollte mich nicht so amüsieren. Nur, dass sie meinen Schwanz anschwellen lässt und Gedanken an Bestrafungen voller Sex meinen Verstand überfluten und meine Irritation beruhigen.

Ich klopfe auf das Bett neben mir. „Komm her, *sacharok*", beschwatze ich sie. „Ich beiße auch nicht zu dolle." Ich grinse. „Dich jedenfalls nicht."

Ihr Kiefer verspannt sich, aber sie lässt ihre große Handtasche zu Boden fallen und kommt zum Bett, wie ich ihr befohlen habe.

Tief in ihrem Innern ist sie ein braves Mädchen, erinnere ich mich.

Oder vielleicht auch nicht. So hatte ich ihre Jungfräulichkeit interpretiert, aber vielleicht ist das nur eine weitere ihrer weiblichen Manipulationen. Sie hat sich nie jemandem hingegeben, weil sie nicht teilt. Sie benutzt Blowjobs, um die Männer in ihr Netz zu locken, aber sie erhalten niemals den Preis.

Ich knirsche mit den Zähnen.

„Wo wolltest du hin?"

Ihr arroganter, Verzogenes-Gör-Ausdruck legt sich wieder einmal über ihr Gesicht, als sie den Mund öffnet, und ich fahre sie an: „*Lüg mich verdammt noch mal nicht an!*", bevor sie auch nur ein Wort herausbringt.

Sie schließt den Mund und Angst und Verletzlichkeit flackern über ihr Gesicht.

„Die Wahrheit", verlange ich. „Oder vielleicht war das die falsche Frage. Vielleicht ist die richtige Frage, *warum* haust du ab?"

Sie blinzelt mich an, dann wendet sie den Blick ab. Ihre Lippen schmollen und ich will sie am liebsten auf der Stelle abknutschen, erinnere mich, wie sie sich über meinen Schwanz gelegt haben. „Ich ... Ich brauchte nur etwas Abstand", gibt sie mit einem Seufzer zu.

Ich bin zwischen Irritation und Verständnis hin- und hergerissen.

„Abstand ist ein Luxus, den keiner von uns beiden im Augenblick hat", blaffe ich sie an, dann zügle ich meine Ungeduld. „Hör mir zu. Dein Vater ist gerade gestorben. Die Organisation ist instabil – extrem instabil. Du hast den Großteil seines Vermögens geerbt. Ich nehme an, es gibt Dutzende von Männern, die gerade einen Plan aushecken, wie sie an dein Vermögen kommen, bevor sich der Staub gelegt hat. Dein Vater hat dich aus verschiedenen Gründen an mich gebunden. Zum einen hat dich diese Ehe aus dem Land gebracht, was es deutlich schwieriger macht, dich umzubringen. Zweitens weiß ich, wie ich dich beschützen kann. Viele der Männer in Moskau erinnern sich an meinen Ruf." Ich fahre mit meinem Finger über die Tinte auf den Fingerknöcheln meiner anderen Hand, Zeichen für jeden einzelnen Mord.

Sie sitzt regungslos da, ihr schmollender Mund verspottet mich.

„Ich lasse Dima jeden verfolgen, der aus Russland ins Land kommt, und gleiche diese Daten mit den bekannten Mitgliedern der Bruderschaft ab. Er schreibt gerade ein Programm dafür, aber bis das steht und bis wir wissen, wie sich die Dinge im Moskau entwickeln, muss ich dich immer im Auge behalten. Tut mir leid, Süße. Ich bin auch nicht begeistert davon."

Ihr Blick fällt zu Boden und ich spüre ihr Nachgeben.

„Komm her." Ich lege ihr den Arm um die Taille und ziehe sie auf meinen Schoß. Zunächst sitzt sie steif da. Ich ziehe ihr Beine auseinander, sodass sie außerhalb meiner Knie entlangführen, und lasse meine Fingerspitzen leicht ihre inneren Oberschenkel hinaufgleiten. Sie bebt, ihr Hintern spannt sich gegen meinen Schwanz an.

Sie trägt ein weiteres dieser hautengen Kleider – ein anderes als gestern Abend. Dieses ist zwangloser, aus einem weichen, dunkelgrauen Jersey-Stoff. Es rollt sich ihre Schenkel hinauf, als ich es hochschiebe.

„Ich weiß nicht, ob du mich bestrafst oder ob du bestraft werden willst, Süße, aber du musst dir ein anderes Spiel suchen. Dieses hier ist zu gefährlich, *da*?"

Sie atmet stockend ein. Ich habe eine Wirkung auf sie – so viel weiß ich. Letzte Nacht, trotz ihres absolut dreisten und provokativen Schritts, nach Los Angeles abzuhauen, war sie nervös gewesen, als ich aufgetaucht bin. Ich konnte spüren, wie sie zitterte, als sie sich auf der Tanzfläche auf mich geschmissen hatte.

Ich fahre fort, sacht ihre Schenkel zu kitzeln, gleite mit meinen Fingern hinauf und hinab, mit jedem Mal ein wenig höher zwischen ihre Beine.

„Wo wolltest du hin, Sasha?"

„Ich will noch nicht weg aus L.A.", sagt sie. Ich kann ihren wilden Herzschlag in ihrem Rücken spüren.

„Nein?" Ich lasse meine Lippen sacht über die Haut ihres Nackens gleiten. „Dann hättest du einfach darum bitten müssen, noch bleiben zu dürfen. Glaubst du, ich hätte dir irgendwas ausschlagen können, nachdem du mit so einen Wahnsinns-Blowjob beschert hast?"

„Ich sollte nicht fragen müssen", murmelt sie.

Bevor meine Irritation wieder aufwallt, erinnere ich mich daran, wie frei und glücklich sie gestern Abend mit ihren Freundinnen ausgesehen hatte. Es stimmt. Sie sollte ihr Leben leben können, wie sie will. Ihr eigenes Glück finden. „Solltest du nicht", stimme ich zu. „Aber das ist nicht unsere Realität. Wenn sich die Dinge beruhigt haben, lasse ich dich von der Leine – das verspreche ich dir. Bis dahin, arbeitest du mit mir zusammen."

Sie windet sich auf meinem Schoß.

„Wir können noch einen Tag bleiben." Ich lasse meine Finger über den Bund ihres Höschens streichen und ihr Bauch zittert. „Was wolltest du noch machen, während du hier bist?"

„Ich wollte meine Freundinnen wieder sehen."

„Natürlich."

„Und an den Strand fahren. Und shoppen."

Ich schiebe meinen Finger unter ihren Slip und streiche über ihre weiche Haut dort. „Ich will auch ein paar Dinge einkaufen." Ich lasse meine Stimme grübelnd klingen. „Sachen, die ich für deine Bestrafung brauche. Instrumente, um dir den Hintern zu versohlen." Ihr Arsch zieht sich auf meinem Schoß zusammen. „Sachen, die ich in deinen jungfräulichen Arsch stecken kann. Gleitgel, damit du meinen Schwanz schön tief nehmen kannst. Ein Seil, um dich zu fesseln."

Scheinbar hat ihr das die Sprache verschlagen. Ich bin mir nicht mal sicher, ob sie noch atmet.

„Und jetzt dreh dich rum und lass mich eine dieser Entschuldigungen hören, die du mir gestern Nacht versprochen hast."

Für ein paar Augenblicke bewegt sie sich nicht. Dann dreht sie zögerlich den Kopf zu mir um. Steht auf und wendet sich zu mir um, setzt sich rittlings auf meinen Schoß. „Hatte ich das?" Ein Schnurren liegt in ihrer Stimme – aber auch genug Verletzlichkeit, um mich nicht wütend über ihren Akt werden zu lassen. Immerhin habe ich sie darum gebeten, ihn zu spielen. Sie senkt ihre Lippen auf meine, ein unfassbar süßer Kuss. Nicht verängstigt, aber auch nicht aggressiv. Beinah ... unschuldig.

Ich weiß, dass sie nicht vollkommen unschuldig ist, aber plötzlich frage ich mich, ob sie auch ihre Küsse anderen Männern vorenthalten hat.

Viele Leute, die keine Intimität mögen, haben Sex, ohne sich zu küssen. Mein Mitbewohner Pavel, zum Beispiel.

Ich küsse sie zurück, halte ihren Kiefer fest, um den Kuss zu vertiefen. Sie windet sich auf meinem Schoß. Mit meiner Hand greife ich mir ihren Arsch und zerre ihre Hüften über meine, damit ihre Mitte über meinen härter werdenden Schwanz reibt. Sie schaukelt mit ihrem Becken, reitet mich.

Als ich mich von ihren Lippen löse, blinzelt sie mich mit großen Augen an.

„Zeit für deine Bestrafung."

Ihr Blick ist eine Mischung aus Argwohn und Erregung.

Ich bringe ihr Hand an meine Lippen und küsse sie. „Ich werde es kurz machen", verspreche ich. „Und du wirst eine Belohnung für deine Unterwerfung erhalten."

Meine Worte haben die gegenteilige Wirkung, die ich erhofft hatte. Jetzt scheint sie wirklich verunsichert zu sein. Ich kann mir vorstellen, dass ihr Stolz die Unterwerfung noch weniger reizvoll erscheinen lässt als die Schmerzen. Ich neige meinen Kopf und küsse durch das Kleid hindurch ihre Brust. „Das kommt runter." Ich zerre ihr das Kleid schon über den Kopf, bevor ich zu Ende gesprochen habe.

Sie wehrt sich nicht. Sie sitzt noch immer rittlings auf meinem Schoß, etwas missmutig, etwas unterwürfig.

Sehr sexy.

Es wird mir zum ersten Mal wirklich bewusst.

Diese verfickt heiße Frau ist *meine Frau*. Was das Aussehen angeht, ist sie das komplette Paket – mit einem üppigen Körper, dem Gesicht eines Filmstars und herrlichen, dicken rotbraunen Haaren. Sie könnte als Schauspielerin Erfolg haben. Natürlich hält ihre Heirat mit mir sie von dieser Karriere ab.

Sie ist voller Leben und Lebendigkeit – unfassbar kess. Definitiv eine Handvoll.

Aber noch viel wichtiger – das gehört alles mir.

Diese heiße Frau gehört mir.

Ich knabbere durch ihren BH hindurch an ihrem Nippel, während ich die Schnalle öffne. Wieder reibt sie in ihrem winzigen Tanga über meinen Schwanz. Ich küsse ihre Schulter, dann dränge ich sie zum Aufstehen.

Ich drehe mich herum und werfe ein paar Kissen in die Mitte des Bettes. „Höschen aus. Leg dich über die Kissen."

In ihren Augen flammt Beunruhigung auf. „Was hast du vor?"

Das habe ich ehrlich gesagt noch nicht entschieden. Ich improvisiere. Ich gehe durch das Zimmer, entdecke meinen Gürtel, der zu dünn und peitschenartig aussieht. Da sind diese Plastikstangen vom Vorhang – mit dem man ihn auf und zu zieht. Ich nehme einen ab und schlage ihn auf meine Hand. Es brennt. Er würde einen schönen Abdruck hinterlassen.

Sie ist noch nicht auf ihre Position gekrabbelt. Ich nehme an, sie ist kurz davor, mir in die Nase zu boxen und davonzurennen, wenn ihr meine Antwort nicht gefällt.

„Ich werde dir drei Schläge mit dieser Rute versetzen. Und dann werde ich dich um den Verstand ficken."

Ihre Brust hebt und senkt sich und ihre herrlichen Titten schaukeln sanft.

Ich komme auf sie zu – verführerisch, nicht streng. Ich streiche ihr eine Haarsträhne hinter das Ohr und küsse sie in die Kuhle an ihrem Hals. „Du hast dich für mich aufgespart", murmle ich anerkennend.

Sie weicht einen halben Schritt zurück. „Nicht für dich."

„Für mich", bestehe ich. „Wir wollten uns damals beide gegenseitig und wir mussten beide warten."

Sie kommt ein Stückchen auf mich zu und diese zögerliche Lust flackert noch immer in ihren Augen. „Ich habe nicht gesagt, dass ich Sex mit dir haben würde." Sie klingt atemlos.

Ich trete so nah vor sie, dass ihre Nippel meine Brust streifen. Mein Mund schwebt über ihrem. „Ich werde dich nicht zwingen."

Ihr Blick sucht nach meinem.

Ich gestatte meinen Lippen, nach oben zu kippen. „Aber ich werde dich bestrafen. Das Ficken ist nur die Belohnung." Ich lasse meine Hand leicht über ihren Arsch gleiten.

Sie zittert und legt ihre Hände auf meine Brust, als ob sie mich fortschieben will, aber das tut sie nicht. „Du bist krass."

„Tut mir leid."

„Tut es nicht."

„Tut es dir denn leid?" Ich ziehe eine Augenbraue hoch.

Sie schüttelt langsam den Kopf.

„Hmm."

Wir stecken in einer Sackgasse. Ich kann mich nicht entscheiden, ob ich wirklich die Bestrafung durchziehen will – nicht ohne eine klare Erklärung ihrer Zustimmung. Die anderen Male wollte sie, dass ich ihr den Arsch versohle – sie hat mich förmlich darum gebeten.

„Gib dich mir hin, Sasha", beschwöre ich sie.

Sie beäugt die Rute in meiner Hand. „Nur drei Schläge?"

„Ich werde vorsichtig sein."

Ein weiterer Schauer überkommt sie und augenblicklich krabbelt sie auf das Bett.

Befriedigung lässt meinen Schwanz sich aufstellen. Ich teste die Rute ein paar Mal auf meinem Oberschenkel, um die Stärke richtig einzuschätzen, dann lasse ich sie auf Sashas Arsch niederfahren.

Sie stößt einen Schrei aus – der niedlichste Schrei, den ich je in meinem Leben gehört habe. Wieder wäscht eine Flut von Lust durch mich hindurch.

Das ist meine Frau.

Sie gehört mir.

Ich kann diese Schreie für den Rest meines Lebens aus ihr herauskitzeln. Ich muss sie nur davon überzeugen, dass die Heirat mit mir nicht das Schlimmste war, was ihr je passiert ist.

Ich massiere das Brennen des ersten Hiebes aus ihrem Hintern und versetze ihrer Arschbacke einen sanften Klaps, dann versetze ich ihr einen weiteren Hieb mit der provisorischen Rute.

Wieder schreit sie auf, zieht ihren Arsch zusammen, ihre Fersen schnellen in die Höhe.

Ich fange eins ihrer Fußgelenke ein und streichle über ihren Unterschenkel. „Du hast deine Stilettos für mich angelassen", murmle ich anerkennend. „Das ist so verfickt heiß."

Sie wirft mir über ihre Schulter einen Blick zu.

„Neue Regel. So wirst du ab jetzt immer bestraft – nackt, bis auf deine Stilettos."

„Du bist verrückt", sagt sie, aber ich kann das Lächeln in ihrer Stimme hören.

„Du bist heiß. Meine sehr heiße Frau." Ich versetze ihr den letzten Hieb, um die Sache zu beenden, dann massiere und knete ich das Brennen aus ihrem Arsch. Ich steige hinter ihr auf das Bett, um ihren Arsch mit beiden Händen zu bearbeiten. „Braves Mädchen. Bist du bereit für deine Belohnung?"

Ich warte nicht auf ihre Antwort, ich spreize einfach ihre Beine und ziehe ihre Hüften zurück, um mit meinem Mund an ihren Schlitz zu kommen. Sie ist schon jetzt triefend feucht. Ich lecke und sauge an ihren Labia, dringe mit meiner Zunge in sie ein, dann wandere ich nach oben und umkreise ihren Anus.

Sie stößt wieder diesen Aufschrei aus und ihr Anus flattert, aber ich halte sie fest, damit sie der Lust nicht ausweichen kann.

Nach einem Augenblick beginnt sie, zu stöhnen. Noch eine kleine Weile und sie beginnt, auf Russisch zu lallen. „Maxim … Maxim. Was machst du da? *Gospodi*, das ist so gut."

„Bist du bereit für meinen Schwanz, meine Schöne?"

Ich bin überrascht, als sie ohne zu zögern „Ja" antwortet.

Ihr Unterwerfung allein wäre genug, um mich kommen zu lassen. Ich will ohne Kondom in sie hineinstoßen, aber auch wenn ich weiß, dass ich sauber bin und sie Jungfrau ist, wäre das falsch. Sie mag meine Frau sein, aber sie will vermutlich nicht gleich schwanger werden.

In meinem Portemonnaie finde ich ein Kondom und rolle es auf meinen Schwanz. Als ich zurückkomme, mache ich sie erst wieder mit meiner Zunge heiß. „Auf die Knie, Süße. Den Oberkörper auf die Kissen.

Vermutlich bin ich ein Arsch. Das erste Mal einer Frau sollte auf dem Rücken liegend sein, sie sollte ihrem Liebhaber in die Augen schauen können. Aber so ein Paar sind wir nicht. Augenkontakt wäre zu viel der Verletzbarkeit zwischen uns. Heftig und bestrafend ist, was sie mag. Wie ich es ihr besorgen will.

Wir haben keine Märchen-Ehe.

Zumindest noch nicht.

Vielleicht eines Tages.

Mit einer so heißen Frau sollte ich mich bemühen, dass wir das erreichen. Ich bin immerhin Mittelsmann. Ich kann alles einfädeln.

Selbst mit einer Frau, die mich nicht will.

Sie nimmt die Position ein, beweist, dass meine Instinkte richtig waren. Ich drücke ihren Arsch, während ich meinen Schwanz in Stellung bringe, ihn über ihren Schlitz gleiten lasse. Sie war eng, als ich sie gestern Abend mit meinem Finger gefickt habe. Auch wenn sie ordentlich feucht ist, spucke ich in meine Hand und verreibe den Speichel auf meinem Schwanz.

„Bist du okay?", frage ich leise, auch wenn ich noch nicht in sie eingedrungen bin.

„Tu es."

Das ist mein Mädchen. Sie hat noch nie um den heißen Brei herumgeredet. Ich wende etwas mehr Druck an, dränge beharrlicher gegen ihre Öffnung.

Sie drängt zurück, biegt ihren hübschen Arsch in die Höhe und bietet sich mir dar.

„So ist es richtig, Süße." Ich entscheide, dass es besser ist, schnell zu machen – das Pflaster einfach abzureißen, wie man so schön sagt. Ich greife nach ihren Hüften und dringe in sie ein. Ich kann spüren, wie ein Widerstand weicht. Sie schreit auf. Ich greife um ihre Hüfte und reibe ihren Kitzler, bewege mich in ihr. Nur ein wenig – ein paar Zentimeter raus, ein paar Zentimeter rein. Nur, um ihr ein wenig Lust zu bescheren, um dem Schmerz entgegenzuwirken. Ich streichle ihren Rücken, drücke ihren Arsch.

„Alles okay", keucht sie nach einem Moment. „Es ist gut."

Ich pumpe ein bisschen mehr, mache langsam und zärtlich, lasse ihr Zeit, sich an meinen Ständer zu gewöhnen. Mit meiner Fingerspitze fahre ich fort, ihren Kitzler zu umkreisen.

Sie summt vor Lust und greift mit ihren Fingern zwischen ihre Beine, presst sie über meine Hand.

„Brauchst du es hier?", frage ich und reibe fester. Gleichzeitig stoße ich tiefer und eine Woge der Lust überrollt mich.

„Oh!", schreit sie auf. „Ja."

„Ja, hier?" Ich reibe ihren Kitzler. „Oder, ja, härter?" Ich stoße mit mehr Gewalt in sie hinein.

„Härter", murmelt sie.

Oh verdammt. Ich will nicht, dass sie das bereut, aber ich kann schon jetzt spüren, wie sich meine Kontrolle verabschiedet. Sie ist so verdammt eng. So heiß.

Und gehört ganz und gar mir.

Darüber bin ich noch immer nicht hinweg. Jedes Mal, wenn es mir in den Sinn kommt, will ich jede nur erdenkliche schmutzige Sache mit ihr anstellen.

Ich kralle meine Finger ihre Hüften und stoße ein paar Mal gleichmäßig in sie hinein. Dann klatsche ich mit meinen Lenden gegen ihren Arsch, unserer Körper knallen aneinander, meine Eier fliegen gegen ihren Kitzler.

„Ja!", keucht sie.

„Spreiz deine Knie weiter", befehle ich ihr.

Als sie es tut, verändert sich der Winkel und ich kann noch tiefer in sie eindringen. Ich stöhne auf. „Du fühlst dich so gut an, Sasha."

„Mehr", lallt sie. „Härter."

Das Zimmer beginnt, sich zu drehen. Hitze rauscht in meine Lenden. Ich beuge mich über ihren Oberkörper, stütze mich auf einer Hand ab, um tiefer und mit mehr Kraft in sie zu stoßen. Ich ficke sie härter. Schneller. Mein Atem geht abgehackt oder vielleicht ist es auch ihrer. Meine Schenkel beginnen, mit dem Verlangen, zu kommen, zu beben.

Sie ist noch nicht gekommen, also halte ich mich zurück. Mit meiner freien Hand reibe ich heftig ihren Kitzler.

„Härter!", befiehlt sie.

Ich verliere die Kontrolle. Ein düsteres, leises Lachen bricht aus mir hervor, als ich ihre Befriedigung aufgebe und sie nur noch für meine eigene Erlösung reite. Ich bedecke ihren Körper mit meinem, knalle gegen diesen herrlichen Arsch und hämmere tief, tief, noch tiefer in sie hinein, bis Lichter vor meinen Augen tanzen und ich komme wie eine verfickte Lokomotive.

Als ich wieder zu mir kommen, bemerke ich ihre roten Haare in meiner Faust, mein Mund auf ihrem Nacken.

Ein klein wenig erschrocken drehe ich sie auf den Rücken.

S<small>ASHA</small>

I<small>CH DACHTE IMMER</small>, einem Mann einen zu blasen, würde mir ein Gefühl der Macht geben, aber ich hatte keine Ahnung, wie unglaublich es sein würde, zu sehen, wie er in mir völlig die Kontrolle verliert.

Kein Wunder, dass Sex Frauen Macht gibt. Kein Wunder, dass das die Waffe ist, die wir am besten führen. Denn Maxim hat sich in ein Tier verwandelt, kurz bevor er kam. Diese kühle, gepflegte Fassade war vollkommen verschwunden und er bestand aus nichts mehr als rohem, maskulinem Begehren.

Jetzt, als er auf mich hinunterstarrt, sehe ich Besorgnis in seinen Zügen. Er weiß, er hat die Kontrolle verloren – hat an meinen Haaren gezogen und mich so heftig gefickt, dass ich nicht mehr gerade laufen werde. Er macht sich Sorgen um mich, das sehe ich.

Ich lächle, erinnere mich an seine Worte. *Glaubst du, ich hätte dir irgendwas ausschlagen können, nachdem du mit so einen Wahnsinns-Blowjob beschert hast?* Wie ist es jetzt? Jetzt, wo er in mir gekommen ist? Also, in einem Kondom, aber trotzdem in mir. Eilig wirft er das Kondom weg, ohne seine Augen von meinem Gesicht abzuwenden.

Er erwidert mein zögerliches Lächeln, dann platziert er einen Kuss zwischen meinen Brüsten. Er nimmt einen meiner Nippel in den Mund und massiert die andere Brust. „Tut mir leid, dass du nicht gekommen bist, Süße. Ich werde es wiedergutmachen."

Er ist süß.

Ich mag es, wenn er süß ist. Ich will es aber nicht mögen. Ich will mich seinem Charme widersetzen. Weil ich mich schon früher in diesen Mann verliebt habe und es mich zerstört hat.

„Ich mochte es trotzdem", gebe ich zu. „Ich bin nicht gekommen, weil ..."

Er hebt den Kopf und blickt mir in die Augen.

Ich spüre, wie mein Gesicht heiß wird. Ich zucke mit den Achseln. „Das ist alles neu für mich. Ich war ganz fasziniert von deinem Orgasmus und dann habe ich meine Gelegenheit verpasst." Ich weiß nicht, warum ich schon wieder so viel preisgebe. Ich schätze, ich zerschmelze in der Wärme seiner ungeteilten Aufmerksamkeit.

Seine Augen funkeln dunkel auf. „Du wirst noch jede Menge Gelegenheiten bekommen. Gib mir nur ein paar Minuten." Er nimmt meinen anderen Nippel in seinen Mund. Ich fahre mit meinen Fingern durch seine Haare und genieße die zügellosen Empfindungen, die er in mir hervorruft. Ich bin nicht gekommen, aber ich habe den Orgasmus nicht vermisst. Es hat sich trotzdem großartig angefühlt – sowohl die körperlichen als auch die chemischen Belohnungen. Meine Stimmung ist ebenso euphorisch wie seine. Ich bin erfüllt von einem wohligen, lustvollen Gefühl. Sogar von Liebe. Nicht, dass ich verliebt bin – nie im Leben –, aber das allgemeine Gefühl von Liebe.

Seine Küsse wandern meinen Bauch hinunter und er spreizt meine Beine. Ich schließe die Augen, als seine Zunge meinen Schoß erforscht.

„Mhmm." Lust. Ich kann verstehen, wie Paare einen ganzen Tag miteinander im Bett verbringen. Jetzt verstehe ich, wie guter Sex Menschen glauben lässt, sie wären verliebt.

Auf diese Art hat meine Mutter meinen Vater all die Jahre umgarnt. Auch wenn es für ihn nicht genug war, um sie als mehr als nur ein weiteres Objekt zu betrachten, das ihm dient und gefällig ist. Ein Objekt, das man einfach weiterreicht.

Maxims Lippen finden meine Kitzler und saugen daran. Im selben Augenblick dringt er mit zwei Fingern in mich ein und beginnt, meine innere Wand zu streicheln.

„*Gospodi!*", rufe ich aus, biege meinen Rücken durch. Die Empfindungen sind so intensiv. So erotisch. Meine Finger krallen sich in die Laken, als er nicht nachlässt. Er lutscht einfach weiter, streichelt weiter.

„Maxim!" Meine Beine zucken unter ihm.

Er pumpt mit seinen Fingern in mich hinein, berührt mit jedem Stoß meine innere Wand.

Ich schreie auf und ziehe an seinen Haaren, verliere den Verstand, und dann komme ich – eine schnelle, kurze Explosion.

Maxim löst seinen Mund von meinem Schlitz und reibt meinen Kitzler stattdessen mit seinem Daumen.

Meine Augen rollen mir in den Kopf. Ein weiterer kurzer, aber intensiver Orgasmus schießt durch mich hindurch und wieder zucken meine Beine. Dann noch ein letztes Nachbeben.

Mein Magen knurrt und Maxim kichert. „Zeit fürs Frühstück, meine Schöne." Er klettert vom Bett. „Aber lass uns erst unter die Dusche. Komm." Er nimmt meine Hand und zieht mich ins Badezimmer und unter die Dusche, wo er mich wie eine Königin behandelt, mich von Kopf bis Fuß einseift, mich von oben bis unten abküsst und liebkost.

Ich seife seinen Schwanz ein, der sofort wieder steif wird, und dann presst er mich gegen die Fliesen, fickt mich rau und heftig, zieht sich raus, um auf meinem Bauch zu kommen. Bis wir die Dusche verlassen, sind meine Beine weich wie Butter und ich bin mir nicht mehr sicher, ob ich noch sprechen kann.

Maxims Handy klingelt und er marschiert aus dem Badezimmer, wunderschön und nackt, mit diesen herrlichen Tattoos.

„*Da.*" Er antwortet auf Russisch. „Wer war es?" Dann, „*Bljad.*" Er beendet das Gespräch und blickt mich durch die offene Badezimmertür an. „Vladimir ist tot. Die Moskauer Bratwa befindet sich im Chaos. Du musst deine Mutter finden."

ZWÖLFTES KAPITEL

asha

MAXIM KLANG KURZ ANGEBUNDEN und mein Puls schießt in die Höhe.
Meine Mutter.
„Was soll das heißen? Wird sie vermisst?"
Maxim nickt, während er sich eilig anzieht. „Ja."
Ich schnappe mir meine Sachen und ziehe mich ebenfalls an. „Glaubst du, sie wurde umgebracht?"
Maxim zögert und das Adrenalin schießt mir durch die Adern, aber dann schüttelt er den Kopf. „Nein. Wenn der, wer auch immer Vladimir umgebracht hat, auch sie tot sehen wollte, dann hätten sie das in einem Abwasch erledigt. Sie ist lebend mehr wert, wenn sie an deinem Geld interessiert sind."
Mein Geld.
Mein Herz schlägt noch schneller. Das würde bedeuten, dass sie mich erst umbringen müssten.
Es ist das erste Mal seit dem Tod meines Vaters – das erste Mal überhaupt –, dass ich wirklich Angst um mein Leben habe. Maxim hat

versucht, mich zu warnen, aber ich habe mein ganzes Leben als Bratwa-Adel gelebt, mit Bodyguards, die jede meiner Bewegungen beobachtet haben. Die Drohung einer wirklichen Gefahr war mir nie bewusst.

Meine Finger zittern, als ich die Nummer meiner Mutter wähle.

Ich habe nicht mit ihr gesprochen oder kommuniziert, seit ich abgereist bin. Es ist erst ein paar Tage her, aber mir wird plötzlich klar, dass ich mich bei ihr hätte melden sollen. Sie hat immerhin gerade meinen Vater verloren. Ich war zu beschäftigt und zu sauer und habe mich selbst zu sehr bemitleidet, dass ich keinen Gedanken mehr für sie übrighatte. Ich bin eine verdorbene, schlechte Tochter.

Meine Mutter geht mit einem argwöhnischen Tonfall ans Telefon. Mit noch größeren Schuldgefühlen wird mir bewusst, dass sie nicht einmal meine neue amerikanische Telefonnummer hatte.

„Mama", rufe ich auf Russisch. „Geht es dir gut?"

„Sag ihr, sie soll nach Chicago kommen, wo wir sie beschützen können." Maxims Ausdruck ist düster und ernst. „Gib ihr deine Kreditkartennummer." Die Dringlichkeit in seiner Stimme beschleunigt meinen Puls noch weiter. Er klingt, als ob er Angst hätte, ihr könnte etwas zustoßen.

Ich gehe ins Badezimmer, um etwas Privatsphäre zu haben, nicht, dass ich versuchen würde, irgendwas vor Maxim zu verheimlichen. Ich will mich nur ganz auf meine Mutter konzentrieren können.

„Sasha, hast du schon die Neuigkeiten gehört?"

„Ja, bist du in Sicherheit?"

„Ich bin in Sicherheit, ja. Ich bin bei Viktor."

Viktor, ihr langjähriger Bodyguard. Der Bodyguard, von dem ich erst kürzlich erkannt habe, dass er Gefühle für meine Mutter hat. Gott sei Dank. Er wird sie beschützen.

„Wo bist du?"

„Das kann ich dir nicht sagen. An einem sicheren Ort."

„Was ist passiert? Was ist los? Mama ..."

„Es ist ein Coup. Viktor hat mich weggebracht, bevor es über die Bühne gegangen ist. Es gibt einen Machtkampf, wir werden sehen, wer als Sieger hervorgehen wird."

„Maxim hat gesagt, du sollst herkommen, weil er dich hier beschützen kann. Ich kann dir ein Flugticket kaufen."

„Natürlich würde er so etwas behaupten", sagt meine Mutter trocken.

Die Härchen auf meinen Armen stellen sich auf. Meine Finger werden eiskalt. „Was soll das heißen?"

„Überlege doch mal, Sasha. Erinnerst du dich an das Testament deines Vaters?"

„Ja." Vage. Ich erinnere mich, dass mein Geld nicht wirklich mein Geld ist, weil es an Maxim gegangen ist. Und das Geld meiner Mutter ist an Vladimir gegangen.

„Wer erbt die Ölquellen, wenn du stirbst?"

Ich versuche, mich an die Unterhaltung am Totenbett meines Vaters zu erinnern. „Vladimir?"

„Ja. Aber wenn er tot ist, gehen sie an mich. Also will dein Mann uns natürlich beide unter seine Fittiche nehmen. Wir sind seine Geldquelle."

Übelkeit rumort in mir und meine Knie werden weich. „Er will dich beschützen", insistiere ich. Aber plötzlich bin ich mir nicht mehr so sicher. Wie gut kenne ich Maxim tatsächlich?

Überhaupt nicht.

„Viktor beschützt mich. Und indem ich mich verstecke, sorge ich auch für deine Sicherheit. Jetzt, wo Vladimir beseitigt ist, ist der Weg zu den Ölquellen deutlich kürzer geworden. Wir können es nicht noch einfacher oder offensichtlicher für die Leute machen, sie sich unter den Nagel zu reißen. Hast du das verstanden, mein Schatz?"

„Ja." Mir ist eiskalt.

„Gut. Ist das deine neue Telefonnummer?"

„Ja."

„Ich melde mich wieder bei dir – von einem neuen Handy aus. Pass auf dich auf, mein Schatz. Und sei lieb zu deinem neuen Ehemann. Bring ihn dazu, sich in dich zu verlieben – das garantiert womöglich dein Überleben."

Tränen brennen in meinen Augen. Ist mein Leben wirklich so wenig wert?

Maxim will mich nicht umbringen.

Ich öffne die Badezimmertür und sehe ihn am Fenster stehen und eine Nachricht in sein Handy tippen. Er scheint nicht mitgehört zu haben.

Mein ganzer Körper ist am Zittern und ich suche in seinem Ausdruck nach irgendeinem Zeichen. Will mein Mann mich tot sehen? Wartet er ab, bis er meine Mutter gefunden hat, um uns dann beide umzubringen?

Ein Schauer läuft mir über den Rücken.

Nein. Meine Mutter ist paranoid, weil Vladimir umgebracht worden ist. Das bedeutet nicht, dass auch wir beide umgebracht werden sollen.

„Geht es ihr gut?"

Ich nicke, mein Kopf wackelt ein wenig unsicher auf meinem Hals herum. „Ja."

„Kommt sie her?"

„Nein. Sie sagt, sie ist in Sicherheit."

„Hat sie Schutz?"

„Ja." Ich habe furchtbare Angst, noch mehr zu sagen.

Maxim nickt. „Gut. Braucht sie Geld?"

„Ich glaube nicht."

Ich warte ab, aber das ist das Ende der Konversation. Er fragt nicht weiter oder versucht, mich zu überzeugen, meine Mutter herzuholen. Es klingt, als ob er ihr Geld geschickt hätte, wenn sie es gebraucht hätte.

Er kommt auf mich zu und winkt mich zu ihm. „Komm her, Süße." Ich rühre mich nicht von der Stelle, aber er zieht mich dennoch in seine Arme. „Du bist hier in Sicherheit. Niemand würde es wagen, dich in Ravils Territorium anzurühren. Wir würden sie verdammt noch mal zerstören. Ich verspreche dir, du bist in Sicherheit."

Das könnte genauso gut auch gelogen sein. Ich bin nicht dumm genug, um alles zu schlucken, was er mir vorsetzt. Tatsächlich werde ich ab jetzt sogar jedes seiner Worte auseinandernehmen. Aber es fühlt sich trotzdem gut an, von ihm im Arm gehalten zu werden. Die Hitze seiner Haut wärmt meine eisigen Glieder. Seine Stärke vermittelt mir ein Gefühl der Sicherheit.

Ich blicke auf. „Wer hat dich angerufen?" Ich hasse es, misstrauisch zu sein, aber es wäre dumm, nicht so viele Fragen zu stellen, wie mir nur einfallen.

„Ravil."

„Weiß er, wer Vladimir umgebracht hat?"

„Nein. Aber Vladimir wurde vergiftet, was ... seltsam ist."

„Warum?"

„Es ist feige. Jemand, der die Macht an sich reißen will, sollte seine Macht auch demonstrieren. Ihm eine Kugel zwischen die Augen verpassen, verstehst du?"

Erneut überkommt mich ein eisiger Schauer. „Was, wenn sie die Macht gar nicht an sich reißen wollen?" Meine Stimme zittert.

„Niemand kann dir etwas tun, Sasha", sagt er augenblicklich, errät meine Gedanken. „Aber wir sollten zurück nach Chicago, wo ich Verstärkung habe. Okay?"

Ich nicke.

„Tut mir leid." Es scheint ihm ehrlich leidzutun. „Ich weiß, dass du noch bleiben wolltest. Ich würde nur lieber auf Nummer sicher gehen, solange die Dinge in Aufruhr sind. Bis wir wissen, wie sich die Lage in Moskau entwickelt und Dima sein Überwachungsprogramm installiert hat, das uns sagt, wenn jemand aus der Moskauer Zelle ins Land kommt." Er blickt suchend in mein Gesicht. „Willst du mit deinen Freundinnen brunchen, bevor wir abfliegen? Oder einen Spaziergang am Strand machen?"

Ich will nicht so durchschaubar sein, aber ich falle zurück in seine Umarmung, bin erleichtert. Ein Mann, der seine Frau umbringen will, würde sich nicht die Mühe machen, erst mit ihr an den Strand zu fahren. Oder zum Brunch.

Er stößt ein überraschtes Lachen aus. Ich weiß, dass die Umarmung mir nicht ähnlich sieht. Seit dem Tag unserer Hochzeit habe ich hochnäsig getan. Aber wie auch immer. Der abartige Bastard hat es nicht anders verdient.

Seine Hand gleitet unter meine Haare, legt sich um meinen Hinterkopf, dann kippt er mein Gesicht nach oben. Der Kuss, den er mir gibt, scheint bedeutsam. Wichtig. Es ist kein Necken, kein Besitzergreifen. Bestimmt, aber nicht rau. Als ob wir eine neue Ebene in unserer Beziehung erreicht hätten.

Als er sich von meinen Lippen löst, fragt er, „Brunch oder Strand?"

Weil ich immer noch ich selbst bin, klimpere ich mit meinen Wimpern und lege es darauf an. „Beides?"

Sein Grinsen ist gleichermaßen wissend als auch nachsichtig. „Okay, Süße. Aber spätestens heute Abend *werden* wir in einem Flugzeug nach Chicago sitzen."

„Auf geht's", flöte ich, erfreut darüber, dass es zu stimmen scheint. Er *würde* mir nach gutem Sex tatsächlich alles zugestehen.

Meine Mutter hatte recht. Vermutlich würde es ihn auch davon abhalten, mich umzubringen, falls das sein Plan war.

Aber ich kann nicht glauben, dass es so ist.

Meine Mutter ist einfach nur paranoid.

Und mein Vater hat ihm vertraut. Das wird mir zum ersten Mal wirklich klar. Maxim hat es mir von Anfang an gesagt – dass mein Vater ihn ausgewählt hat, weil er mich am besten beschützen kann.

Ich habe es nicht geglaubt. Ich dachte, er hätte Maxim ausgewählt, um mich zu demütigen und zu bestrafen. Aber jetzt, da die Gefahr näher kommt, ändert sich meine Sichtweise. Vielleicht hat mein Vater den Mord vorausgesehen, die Machtkämpfe und das Chaos nach seinem Tod. Mich außer Landes zu schicken, war klug.

Solange er mich nicht einem Mörder in die Arme geschickt hat.

Aber das würde er nie wissentlich tun. Und auch wenn er Maxim verbannt hat, hat er ihm trotzdem immer vertraut. Und Maxim hat seinen *pachan* genug respektiert, um ihm den letzten Wunsch zu erfüllen. Entweder das, oder er ist nur auf mein Geld aus.

Wenn ich es doch nur mit Sicherheit wissen könnte.

∽

Maxim

. . .

Nur Kayla schafft es, uns zum Brunch zu treffen, aber sie scheint ohnehin Sashas engste Freundin zu sein. Wir treffen uns in einem Café direkt am Strand in Santa Monica. Die ganzen Menschen um uns herum machen mich ganz nervös, aber ich habe meine Pistole hinten in den Bund meiner Hose gesteckt und mein Hemd darüber hängen. Ich erwarte eigentlich keinen Ärger – zumindest noch nicht –, aber man kann nie wissen.

Irgendwas an Vladimirs Tod stimmt nicht. Die Tatsache, dass sein Mörder sich nicht einfach identifiziert und die Ansage gemacht hatte, dass er jetzt das Sagen hatte, kommt mir seltsam vor. Ich muss wissen, was los ist, um die Oberhand hinsichtlich jeglicher Bedrohungen zu behalten, die gegen Sasha gerichtet sein könnten.

Kayla taucht auf, noch immer genauso niedlich und gut gelaunt wie gestern Abend. Sie wirft Sasha die Arme um den Hals und dann auch mir, als ob wir alte Freunde wären. Ich küsse sie zur Begrüßung auf die Wange und halte ihnen beiden die Tür auf wie ein perfekter Gentleman.

„Oh mein Gott, ich habe, glaube ich, gerade eine Agentin gefunden", sprudelt es aus Kayla in dem Augenblick hervor, als wir uns setzen. „Sie ist hauptsächlich auf Werbung spezialisiert, aber egal. Ich nehme, was ich kriegen kann."

Sasha greift über den Tisch und nimmt ihre Hand. „Oh mein Gott, erzähl mir alles. Wie hast du sie gefunden? Wie hat das funktioniert?"

Ich höre mit halbem Ohr zu, während die Frauen sich in die Geschichte über eine Zufallsbekanntschaft heute Morgen beim Friseur vertiefen, die zu einem Casting geführt hat.

Wir werden von der Kellnerin unterbrochen und bestellen unser Essen. Ich ordere Mimosas mit ihrem besten Champagner und die beiden Frauen strahlen.

„Wenn das also klappen sollten, dann hab ich das tatsächlich dir zu verdanken." Kayla strahlt Sasha an, nachdem die Kellnerin wieder gegangen ist.

„Wie kommt's?"

Kayla blickt mich mit ihren großen blauen Augen an. Sie hat dieses umwerfende *Buffy-im-Bann-der-Dämonen*-Aussehen – eine niedliches

All-American-Duracell-Häschen. „Sasha ist diejenige, die mir Monique empfohlen hat, unsere Friseurin. Ich kann sie mir eigentlich überhaupt nicht leisten, aber Sasha hat herausgefunden, dass sie die beste in ganz L.A. ist, und in ihrem Salon trifft man jeden. Ich meine, es hat sich fast so angefühlt, als ob Monique quasi meine Agentin für die Agentin war. Weißt du, wie ich meine? Sie hat uns vorgestellt, während wir mit Folien im Haar nebeneinander saßen."

Sasha rutscht auf ihrem Stuhl hin und her und betrachtet ihre Fingernägel. „Tja, freut mich für dich, aber – ich bin auch so verdammt eifersüchtig, du blöde Kuh."

Etwa zieht sich in meiner Brust zusammen. Sasha hatte Träume gehabt. Vielleicht hatte ich gehofft, dass es nicht so wäre – dass ihr Schauspielstudium nur ein Zeitvertreib während ihre Collegezeit war. Sasha könnte diese Agentur vermutlich kaufen, wenn sie wollte, sie könnte ihre eigenen Filme produzieren, aber ich bezweifle, dass das für sie so aufregend wäre, wie ihren Hollywood-Traum zu erfüllen. Entdeckt zu werden. Vorsprechen. Die Rolle perfekt zu spielen. Groß rauszukommen. Diese Erfahrungen konnten nicht gekauft werden.

Aber es gibt kein Problem, das nicht gelöst werden kann. Das ist meine Devise und sie hat mich noch nie enttäuscht. Also muss ich mir etwas überlegen. Etwas, dass die Stimmung meiner Braut in Chicago aufhellt.

Unsere Drinks werden gebracht und ich hebe mein Champagnerglas in Kaylas Richtung. „Auf neue Chancen."

„Für uns alle", erwidert Kayla und wir stoßen an.

Sasha wirft mir einen verstohlenen Blick zu. Das macht sie schon die ganze Zeit, seit wir aus dem Hotel ausgecheckt haben und ich einen Fahrer für den Tag angeheuert habe. Im Augenblick sitzt er in seinem Auto irgendwo in der Nähe und passt auf unser Gepäck auf.

Ich greife unter dem Tisch nach ihrer Hand und drücke sie, und Sasha blickt mich mit einem überraschend verletzlichen Blick an. Als ob etwas in ihr mir die Tür vor dem Gesicht zuschlagen will und etwas anderes in ihr alles von mir haben will – mehr, als sie vermutet, dass ich geben will.

Das erschüttert mich. Nicht, weil ich ihr nicht alles geben würde, was sie braucht. Ich meine, ich hatte noch nicht darüber nachgedacht, aber vermutlich würde ich das tun. Ich bin erschüttert, weil ich dieses wirre Gefühl des Verliebens in ihren Augen wiedererkenne. Es spiegelt das in meinen Augen wider.

Ich hatte es mit ihr zusammen bis zu diesem Augenblick nicht gespürt, weil Verlieben außer Frage stand. Sie war eine Aufgabe für mich. Eine Pflicht. Ein Job. Ich wurde nicht verletzlich, indem ich sie geheiratet habe. Ich wurde reich. Mein Herz war nie Teil der Gleichung.

Aber nachdem ich ihre Schale geknackt hatte – nachdem die Dinge ernst geworden waren –, war es unmöglich, nichts für sie zu empfinden. Sie hat sich mir heute hingegeben. Nicht nur Sex. Ich glaube nicht, dass die Jungfräulichkeit einer Frau irgendein enormes Geschenk ist. Ich glaube nicht, dass es etwas ist, was Sasha für ihren Ehemann aufsparen musste. Aber Fakt ist, dass sie es getan hat. Und ich hatte das Privileg, sie ihr zu nehmen.

„Guckt euch an, ihr beiden Turteltäubchen", gurrt Kayla.

Sasha zieht ihre Finger aus meinen und nimmt ihre Champagnerflöte in die Hand. „Na ja, er scheint gar nicht so schlecht zu sein, was Ehemänner angeht." Sie sagt es nur daher und Kayla lacht, aber ihre Bemerkung lässt etwas in mir aufleuchten.

Ich zwinkere ihr zu. Vielleicht wird mehr aus uns werden als eine arrangierte Ehe.

Kayla schaut mich an und lässt ihr Gesicht ernst werden. „Du bist besser gut zu ihr", warnt sie.

Meine Mundwinkel zucken amüsiert. „Oder was?"

„Oder ich mache dich fertig."

Ich nicke und bekreuzige mich über meinem Herzen. „Sie ist sicher bei mir. Versprochen."

~

Sasha

. . .

Maxim ist verdammt süß mit Kayla. Ich hatte vorher noch keinen Freund, aber Kayla, Sheri und Ashley schon, und ich weiß aus Erfahrung, dass ein Typ, der geduldig daneben sitzt, während die Mädels sich unterhalten, eine Seltenheit ist.

Aber Maxim zeigt sich von seiner besten Seite, er ist charmant mit Kayla, ohne zu flirten. Behandelt den Brunch wie eine Fortsetzung der Party gestern Abend, mit Champagner und Orangensaft. Er lässt uns beide zwei Stunden verweilen, bevor er endlich eine Handvoll Geldscheine auf den Tisch wirft und aufsteht.

Ich bin mir sicher, er wird mir sagen, dass wir sofort zum Flughafen aufbrechen müssen, aber nachdem wir uns von Kayla verabschiedet haben, flechtet er seine Finger in meine. „Willst du ein bisschen am Strand entlang laufen?"

Ich schlucke und nicke, blicke verstohlen in sein attraktives Gesicht.

Gospodi. Ich will mich nicht in diesen Mann verlieben.

Ich kann nicht wieder so zerstört werden. Und schlimmer noch – er will mich womöglich sogar tot sehen, auch wenn ich das nicht glaube.

„Strandpromenade oder direkt am Wasser?"

„Am Wasser", hauche ich. In der Nähe des Meeres zu wohnen, war eins der Highlights meiner Zeit in L.A. Das Wetter, der Ozean, die Kultur, das alles war so anders als in Moskau gewesen. Als ich hier gelebt habe, habe ich immer so getan, als wäre ich jemand anderes. Eine gebürtige Kalifornierin, die sich um nichts anderes Gedanken macht als um ihr Aussehen, ihre Gesundheit und ihr Schauspiel.

Wir gehen an den Strand hinunter und ziehen die Schuhe aus. Maxim rollt seine Hose hoch. Seine Hemdsärmel waren schon bis zu den Unterarmen aufgerollt und er hatte jedem Gast im Restaurant einen Blick auf seine sehnigen, tätowierten Arme geboten.

Maxim nimmt unsere Schuhe in eine Hand, mit der anderen greift er nach meinen Fingern. Der Strand ist belebt, laut, es wimmelt nur so von perfekten Körpern und Familien mit kleinen Kindern.

„Ich habe es geliebt, hier zu wohnen", gebe ich zu. Ich weiß nicht, warum ich das mit ihm teile. Warum ich glaube, dass es Maxim überhaupt kümmern würde.

Er wirft mir einen Blick zu. „Das merke ich."

Bei diesen einfachen Worten bleibt mir kurz die Luft weg. Er ist aufmerksam. Was, wenn ich ihm wirklich nicht egal bin? Oder anfange, ihm nicht egal zu sein? Diese Vorstellung bringt mein Herz zum Rasen und meine Hände werden feucht, als ob ich noch immer ein Teenager wäre.

„Ich wünschte, ich hätte dich damals besucht."

Ich blicke zu ihm auf. Der Wind zerzaust seine sandblonden Haare. Er passt hierher, mit seinen breiten Schultern und dem durchtrainierten Körper. Dem teuren Hemd mit den beiden geöffneten Knöpfen am Hals. Er müsste sich nur ein bisschen von der Sonne bräunen lassen und sich ein paar Strähnchen ins Haar machen lassen und er würde aussehen wie der König von Kalifornien. „Wirklich? Warum?"

Sein einer Mundwinkel verzieht sich kurz, dann verblasst das Lächeln wieder. „Ich wette, du warst ein ganz schöner Anblick."

Ich stoße ihn mit meiner Hüfte an, unterbreche unser entspanntes Spazieren, als er kurz aus dem Tritt kommt und sich fangen muss. „Was soll das denn heißen?", verlange ich mit einem Lachen. Ich fische nach Komplimenten – ich kann nicht anders. Ich war schon immer hungrig nach Aufmerksamkeit und hier bekomme ich sie endlich.

„Es hat mir gefallen, dich mit deinen Freundinnen zu sehen." Er hebt unsere verschränkten Hände an seine Lippen und küsst meine Finger. „Ich durfte dein wahres Ich sehen."

Es ist mir fast peinlich, wie feucht meine Hand wird. Wie heftig mein erbärmliches Herz hämmert.

„Ich weiß nicht einmal, wer mein wahres Ich ist", höre ich mich sagen. Das ist die Wahrheit, auch wenn ich nicht genau weiß, wo sie herkommt.

„Das war dein wahres Ich", sagt Maxim, als ob er es mit Sicherheit wüsste. Als ob er schon jetzt in meine zerbrochene Seele schauen könnte. So einfach.

„Was war es?"

„Lustig. Lebendig. Der Mittelpunkt der Party. Aber auch großzügig. Du bist eine gute Freundin – das sehe ich. Ihr unterstützt euch. Ihr wollt für die anderen die beste Version eurer Selbst sein."

Ich muss an meine Eifersucht über Kaylas Karriere denken und verspüre einen Anflug von Schuldgefühlen.

Als ob Maxim meine Gedanken lesen könnte, sagt er: „Du wünschst dir, du würdest noch immer hier leben. Mit ihnen zusammen."

Seine Worte sind unerwartet und holen alte Erinnerungen in mir hoch. Meine Augen brennen und werden feucht. Ich blinzle schnell, werfe meine Haare in den Nacken und tue so, als ob ich ein Sandkorn ins Auge bekommen habe. „Hierzubleiben war nie eine Option." Meine Stimme bricht nur ein bisschen. „Ich wusste, dass es gestohlene Zeit war, die ganzen vier Jahre, die ich hier war. Ich hatte Glück, dass Igor mich überhaupt hatte gehen lassen."

„Er hat dich geliebt", sagt Maxim einfach.

Dieses Mal stürzen mir die unerwarteten Tränen nur so aus den Augen. Sie laufen mir über die Wangen, bevor ich sie aufhalten kann. „*Gospodi*", murmle ich und wische sie mit meinem Handrücken ab. „Da bin ich mir nicht sicher."

„Doch, hat er. Er war in vielerlei Hinsicht ein beschissener Vater, aber du warst sein einziges Kind und er hat dich sehr geliebt."

„Dann war das eine wirklich beschissenen Art der Liebe", sage ich verbittert, aber die Schuldgefühle wallen in mir auf. Das stimmt nicht ganz. Ich erinnere mich daran, wie er mich als kleines Mädchen in seine Arme gehoben hat. Mich in die Luft geworfen hat. Mich zum Lachen gebracht hat. Mich mit Geschenken und Süßigkeiten überhäuft hat. Ich habe mich auf seine Besuche gefreut, als ob er der verfluchte Weihnachtsmann wäre. Aber das ist total verdreht. Er hätte mein Dad sein sollen, nicht irgendein zauberhafter Pate, der auftaucht, wenn es ihm passt, und sich meine Liebe erkauft. Ich habe für seine Aufmerksamkeit gelebt, denn ich habe sie nicht oft bekommen.

Maxim zuckt mit den Schultern. „Ich bin mir sicher, es hätte besser sein können. Aber es hätte auch deutlich schlimmer sein können. Er war, wer er war. Meine Mutter war eine lügende Schlampe, die mich so ausgetrickst hat, dass ich jahrelang auf sie gewartet habe. Sie hätte es besser machen sollen, aber das hat sie nicht getan. Igor hat mir im Vergleich zu ihr mehr gegeben. Also lag meine Loyalität bei ihm."

„Deine Mutter hat dich ausgetrickst?", frage ich leise.

Maxim schaut an mir vorbei auf das Meer und geht ein paar Schritte ins Wasser, unsere Füße sinken in den weichen Sand ein. „Als sie mich zum Waisenhaus gebracht hat, hat sie mir gesagt, sie würde zurückkommen. Dass ich brav sein sollte. Also habe ich gewartet. Jahrelang. Bis ich endlich clever genug war zu verstehen, dass sie mich verarscht hatte. Durch die Lügen von Frauen ruiniert zu werden, scheint mein Ding zu sein." Er wirft mir einen bedeutungsvollen Blick zu und mein Innerstes überschlägt sich. Mein ganzer Körper wird heiß und kalt und ich wünschte, ich hätte sein Leben nie so ruiniert, wie ich es getan habe.

„Es tut mir leid –"

„*Nicht*." Er unterbricht mich mit dem harten, einsilbige Wort. Als ob er gerade zu viel preisgegeben hätte und es jetzt bereut.

Ich wage nicht, noch etwas zu sagen, auch wenn mein Atem in meiner Brust rasselt und festsitzt. Herausbrechen will.

Nach einem unerträglich langen Augenblick rettet Maxim mich, indem er weiter spricht. „Ich bin aus dem Waisenhaus abgehauen, als ich vierzehn war, und habe versucht, allein klarzukommen. Es war okay. Ich habe gelernt, Taschendieb zu sein, und habe in einem leerstehenden Gebäude geschlafen, in das ich eingebrochen war. Igor hat mich auf der Straße gefunden. Er hatte die Angewohnheit, verarmte Jungs von der Straße zu rekrutieren. Das Bratwa-Hauptquartier hatte warme Betten und Essen. Jede Menge Geld, um uns zu versorgen. Jedes Mitglied brauchte einen Laufburschen. Sie haben es verdammt noch mal geliebt, uns nach ihrem Bild auszubilden. Gewalttätig und gnadenlos, aber mit Regeln."

„Warst du der Laufbursche meines Vaters?"

Maxim nickte. „Ich habe vom Besten gelernt." Sein Lächeln ist traurig, als ob er den Mann nicht lieben würde, der er war. Oder vielleicht auch noch immer ist. „Ich habe aufgepasst. Ich habe zugehört und zugeschaut. Igor hat schnell herausgefunden, dass ich clever war, als ich anfing, die Probleme zu lösen, in die sich einige der Brigadiers selbst hineingebracht hatten. So habe ich meinen Ruf als Mittelsmann wegbekommen. Ich war zu jung für eine Führungsposition, also hat er mich als sein Stratege bei sich behalten. Hat mich losgeschickt, wenn es Probleme gab, um sie zu beseitigen."

„Du bist ihm dankbar."

Maxim nickte. „Ich werde ihm immer dankbar sein. Das Leben, das er mir ermöglicht hat, war so viel besser als das Leben, das ich hatte. Ich war ein Nichts und er hat mich zu einem mächtigen Mann gemacht."

„Und ich habe das ruiniert."

„Nein." Maxim hält inne und schaut auf das Meer hinaus. „Damals habe ich das geglaubt – aber nein." Er dreht sich zu mir um, schaut mich an, und ich muss all meinen Mut zusammennehmen, um nicht zusammenzuzucken. „Du hast mir einen Gefallen getan. Mein Leben hier ist zehnmal besser als in Russland. Ravil herrscht über ganz Chicago und er teilt seinen Reichtum großzügig. Ich bin glücklich hier."

Ich muss schlucken, aber es geht nicht. Ich will ihn fragen, ob er mir verziehen hat, aber die Worte stecken in meinem Hals fest.

„Wusstest du es? Dass ihm klar war, dass es nicht stimmte?"

„Nein." Maxim lässt meine Hand los und der Verlust wird mir für eine Sekunde bewusst, bis ich erkenne, dass er mir die Haare aus dem Gesicht streichen will. Mein Magen flattert, als seine Fingerknöchel federleicht über meine Haut streifen. „Aber ich habe mich das gefragt. Das erklärt, warum ich noch am Leben bin. Ich hatte angenommen, er wäre sich nicht sicher gewesen, und deshalb war er ausweichend und hat mich des Landes verwiesen." Er legt seine Hand um meinen Hals, sein Daumen streift leicht über meinen Nacken. „Aber er wusste es mit absoluter Sicherheit. Was, schätze ich, der Beweis seiner Liebe für dich ist."

Ich runzle die Stirn. „Wie genau?"

„Er hat dich nicht mit deiner Lüge konfrontiert. Er hat dich genug respektiert, um mich loszuwerden, weil du es so wolltest. Und vielleicht irre ich mich, aber ich glaube, er mochte mich verflucht gerne. Ich war sein Protegé. Nach seinem Bild geformt und all das."

Mein Gesicht wird rot. Ich hatte ihn verletzen wollen, aber ich hatte nicht gewollt, dass er verschwindet. Mein Vater hatte mich die meiste Zeit von seinen Leuten und seinen Geschäften ferngehalten, aber als er uns im nächsten Jahr mit in den Urlaub genommen hatte und Maxim nicht mitgekommen war, hatte ich den Verlust schmerzlich gespürt.

„Ich-ich war dumm und trotzig. Wenn er dich umgebracht hätte, hätte ich mir niemals verziehen."

Maxim streicht mit seinem Daumen über meine Unterlippe. „Das hat Igor vermutlich auch gewusst."

„Ich glaube, du hältst mehr von ihm, als er verdient hat."

Maxim schüttelt den Kopf. „Nein. Ich habe an seiner Seite viel gelernt. Er hat immer alle Möglichkeiten betrachtet, bevor er eine Entscheidung getroffen hat. Er muss entschieden haben, dass mich zu verbannen die beste Lösung für uns beide war. Genauso, wie er entschieden hat, dass es den Kreis vollenden würde, uns wieder zu vereinen."

Etwas Gewaltiges bewegt sich in mir. Ich bin mir nicht sicher, ob ich wirklich daran glaube, dass Maxim und ich heiraten sollten. Dass unsere Ehe eine Vollendung oder ein Abschluss ist. Ich vermute noch immer, dass mein Vater mich bestrafen wollte. Aber diese andere Möglichkeit ausgesprochen zu hören, ruft völlig neue Gedanken in mir hervor. Aber diese Gedanken sind gefährlich.

Vor allem nach der Unterhaltung mit meiner Mutter.

Maxim berührt meine Nasenspitze, um mit dieser unheimlichen Fähigkeit, die er zu besitzen scheint, meine Gedanken zu lesen. „Oder vielleicht ist es auch alles nur eine Ausgeburt seines schwarzen Sinns für Humor. Er lacht sich in seinem Grab gerade tot über uns."

Ich stemme die Hände in die Hüften. „Ich kann nicht erkennen, wieso diese Situation so furchtbar für dich sein sollte."

Unsere Schuhe fallen in den Sand und er schlingt einen Arm um meine Hüfte und hebt mich stürmisch hoch.

„Nein, du hast recht", murmelt er und lässt seine Lippen direkt über meinen schweben. „Im Augenblick scheint es alles andere als schlimm für mich zu sein." Er streift seine Lippen über meine. Meine Brüste pressen sich gegen seine Rippen und ich lasse meine Hand unter sein

T-Shirt gleiten, um diese steinharten Bauchmuskeln zu fühlen, die ich vorhin gesehen habe. „Ich habe eine heiße, reiche Frau." Er drückt meinen Hintern, zieht meine Hüften an sich. „Und sie mag eine Handvoll sein, aber sie zu bestrafen, ist möglicherweise das Highlight meines Lebens."

Das Highlight seines Lebens.

Das kann er nicht so meinen.

Ich meine ... Natürlich meint er das nicht. Das ist doch albern.

„Das Highlight deines Sexlebens?"

Maxim grinst. „Definitiv." Er knabbert an meiner Unterlippe.

Ich küsse ihn, meine Hand gleitet unter seinem T-Shirt auf seinen Rücken. Als ich dort die Waffe erspüre, zucke ich zusammen und ziehe meine Hand zurück.

Maxim hat seine Hand um meinen Hinterkopf gelegt und zieht mein Gesicht für einen richtigen Kuss an sein Gesicht heran. Seine Zunge streicht zwischen meine Lippen und er saugt an ihnen, ändert die Position, küsst mich erneut. Meine Nippel werden unter meinem BH ganz hart und ich atme schwer.

Auch wenn ich mich da unten wund anfühle, ertappe ich mich dabei, wie ich mich nach mehr Sex sehne. Ich will alles fühlen. Alle Positionen, alle Orgasmen. Die Drohungen von Maxim über Instrumente und Bondage.

„Zu dumm, dass wir schon ausgecheckt haben", hauche ich, als er den Kuss löst.

Seine Augen verdunkeln sich. „*Da.* Aber ich habe dich schon erschöpft, nicht wahr?" Sein Grinsen ist frech. Er beugt sich hinunter, um unsere Schuhe aufzuheben. „Ich muss dich für unsere nächste Runde erst nach Hause bringen." Er zwinkert mir zu. „Du hast den ganzen Flug, um dich zu erholen."

Sanft schiebe ich ihn fort. „Du bist ja ganz schön selbstsicher."

Er nimmt meine Hand und kehrt um, geht mit mir den Weg zurück, den wir gekommen sind. „Oh, ich habe keinen Zweifel, dass du mich antreiben wirst, *sacharok*. Sanftmütig liegt nicht gerade in deiner Natur, oder?"

Ich lächle, übermäßig glücklich darüber, dass er gerade die Dinge an mir zu schätzen scheint, die mein Vater nicht ausstehen konnte.

„Nein", bestätige ich.

„Kein Problem. Ich komme schon mit dir klar." Seine Worte klingen fast ein wenig beleidigt, aber die Wärme dahinter hält mich weiter auf meinem Hoch.

Die eigentliche Frage ist – komme ich mit ihm klar?

Und meine nagendste Angst ist, dass ich es nicht tue.

Dass ich, auf eine Art, diesem Mann nicht gewachsen bin.

Meinem Ehemann.

DREIZEHNTES KAPITEL

 axim

Wir nehmen den Nachmittagsflug und bis wir vor dem Kreml aus dem Taxi steigen, ist es schon Abend. Ich bin regelrecht aufgekratzt – so entfernt von der Stimmung, mit der ich gestern in das Flugzeug gestiegen war, um meine entkommene Braut wieder einzufangen.

Ich bin nicht so töricht zu glauben, ich hätte sie erobert, aber sie wird definitiv zahmer. Oder vielleicht bin ich auch nur Narr genug, um das zu glauben, nur weil ich sie endlich gevögelt habe. Ich weiß, dass Sex Männer in Idioten verwandeln konnte – Ravil ist das beste Beispiel dafür, der seinen schwangeren One-Night-Stand gekidnappt hat.

Wir fahren mit dem Aufzug ins Penthouse, wo wir Oleg antreffen, der aus der Tür kommt und nach Nikolais Eau de Cologne riecht.

„Was ist hier los?", frage ich. „Gehst du dein Mädchen singen hören?"

Oleg nickt kaum merklich. Mit ihm zu kommunizieren ist eher ein Gedankenlesen als alles andere.

„Was für ein Mädchen? Wo singt sie?" Sasha berührt Olegs muskulösen Arm. „Oleg, hast du eine Freundin?"

Es ist eine ganz unschuldige Berührung, aber etwas Primitives in mir ist erzürnt, als ich ihre Finger auf der Haut eines anderen Mannes sehe.

Ich greife mir ihr Handgelenk und ziehe es von Oleg fort, drehe ihr den Arm auf den Rücken. „Was habe ich dir darüber gesagt?", murmle ich in ihr Ohr. „Du fasst keine anderen Männer an, *sacharok*. Du willst nicht wirklich, dass ich Oleg einen Faustschlag versetze – ich glaube, wir wissen alle, wer diesen Kampf verlieren würde."

Sashas Lachen klingt kehlig. Sie windet sich in meinem Griff, aber es ist nur eine Show. Es gefällt ihr, festgehalten zu werden, das merke ich.

Ich kriege einen halben Ständer, wenn ich nur an die ganzen dreckigen Dinge denke, die ich mir ihr anstellen will.

Oleg beäugt uns skeptisch. Argwohn ist seine übliche Gemütslage, selbst mit uns, seinen Mitbewohnern und Bratwa-Brüdern.

Ich erkläre es Sasha. „Oleg hört jede Woche eine Band spielen. Die Sängerin findet er süß."

Mein Party-Mädchen erstrahlt, ihre leuchtend blauen Augen blicken mich an. „Können wir auch hingehen?" Ihre fragenden Augen wandern zu Oleg, dann zurück zu mir.

Meine Pläne gingen definitiv eher in die Richtung, sie in meinem Schlafzimmer einzuschließen und nie wieder herauszulassen, aber es ist unmöglich, ihr irgendwas auszuschlagen, nachdem sie mir ihre süße Seite gezeigt hat. Meine neue Braut wieder zu verzehren, muss eben warten.

Ich schaue Oleg an. „Ist das okay für dich?" Oleg steht im Rang unter mir, aber er ist unser Vollstrecker und kann einen Mann wortwörtlich mit seinen bloßen Händen zerquetschen. Ich werde ihm nicht blöd kommen, wenn es um eine Frau geht.

Er starrt uns einen Augenblick lang an, dann zuckt er mit seinen muskulösen Schultern.

„Okay. Wir treffen dich dort. Rue's Lounge?"

Oleg nickt.

„Ist es in Ordnung, wenn wir die anderen mitbringen?"

Oleg geht davon.

Das war zumindest kein *Nein*.

Ich zwinkere Sasha zu und öffne mit meiner Schlüsselkarte die Wohnungstür.

„Unsere Prinzessin wurde gefunden!", ruft Dima aus, der an seinem Computer im Wohnzimmer sitzt. Sein Zwillingsbruder sitzt zusammen mit Pavel auf der Couch, sie schauen sich *The Boys* an.

„Ja. Hast du das Elektroschockhalsband auftreiben können, damit sie nicht wieder davonwandert?", scherze ich.

Sasha fährt zu mir herum, um sicherzustellen, dass ich nur einen Witz mache, und ich grinse.

„*Mudak.*" Sie versetzt mir eine leichten Klaps mit dem Handrücken. „Wollt ihr Jungs mitkommen und Olegs Mädchen singen hören?"

Es gefällt mir, dass Sasha schon jetzt die Rolle der Freizeitkoordinatorin für meine Brüder übernommen hat. Sie ist kein Mauerblümchen, das darauf wartet, dass ich die Ansagen mache. Wenn sie ein Zimmer betritt, dann übernimmt sie das Kommando. Das liebe ich an ihr, aber ich habe das Gefühl, dass mir das unter Umständen auch teuer zu stehen kommen kann.

Zum Beispiel jedes Mal, wenn sie ganz unschuldig einen anderen Mann berührt.

„Klar, ich komme mit." Dima antwortet zuerst.

Pavel stellt den Fernseher aus. „Sicher." Er steht auf und Nikolai schließt sich an.

„Was ist mit Ravil und Lucy?", frage ich.

„Ich glaube, die sind beschäftigt." Nikolai wackelt mit den Augenbrauen und wir anderen stöhnen entnervt auf.

„Ja ..." Ich schaue Sasha an, frage mich erneut, warum ich diesem Ausflug zugestimmt habe, wenn ich sie jetzt auch nackt in meinem Bett haben könnte.

„Gebt uns zwanzig Minuten", sagt sie und rauscht zu meinem – unserem – Schlaftrakt davon.

Ich werfe den Jungs einen Blick zu, bevor ich ihr hinterhergehe. „Lasst uns fünfunddreißig sagen."

Ich erwische Sasha in meinem begehbaren Kleiderschrank, wo ich ihr das Kleid vom Leibe reiße. „Oh! *Gospodi*, Maxim." Sie fährt herum, um mich anzuschauen, ihre Hände liegen auf meiner Brust, ihre Augen sind weit vor Erstaunen.

Es ist einfach zu vergessen, dass sie unschuldig ist, aber ich kann es jetzt durch ihre gespielte Tapferkeit durchschimmern sehen. Es liegt ein Anflug von Verwunderung und Nervosität in ihrer Erregung.

Ich lasse meine Hand über ihren Arsch gleiten, mein Mittelfinger fährt den String ihres Tangas entlang in ihre Arschfalte. Ich liebkose ihren Nacken. „Ich will dich wieder haben, *ljublmaja*. Bist du noch zu wund?"

Anstatt zu antworten, kniet sie sich hin und knöpft meine Hose auf.

Fuck. Ich bin ein Arsch, denn das bedeutet, dass sie noch zu wund ist, aber ich kann nichts dagegen ausrichten, dass sich dieser volle Mund wieder um meinen Schwanz wickelt. Sie befreit meinen Schwanz und pumpt den Schaft, dann nimmt sie ihn tief in ihren Mund.

Ich kralle meine Finger in ihre Haare, dann zwinge ich mich, sie zu öffnen und stattdessen ihren Kopf zu massieren. „Zweimal an einem Tag. Ich komme mir vor wie ein verfluchter König." Meine Stimme klingt zwei Oktaven tiefer als üblich.

Sashas blaue Augen blicken auf. Sie weiß, dass sie verdammt gute Blowjobs gibt – ich kann es in dem Triumphfunkeln in ihren Augen erkennen.

Ich nehme ihre Haare in einen Pferdeschwanz zusammen, um ihr Gesicht besser sehen zu können. „So süß … und so verflucht gut." Mein Kopf fällt in den Nacken. Ich fange an, zu lallen, gebe mich voll und ganz den herrlichen Gefühlen ihrer kreisenden Zunge unter meinem Schwanz hin, ihre ausgehöhlten Wangen, die mich heftig lutschen. „Ich werde nicht lange durchhalten, *ljublmaja*." Ich weiß nicht, wann sie zu *meiner Geliebten* wurde. Noch vor einer Minute hat sie mir das Leben schwer gemacht und jetzt plötzlich wird sie meine ganze Welt.

Meine Oberschenkel beginnen, zu beben. Ich kann nichts dagegen ausrichten, ich fange an, die Führung zu übernehmen, ziehe ihren

Mund schneller über meinen Schwanz, stoße in ihren Hals. Ich schließe die Augen und lasse den Druck sich aufbauen, die Lust sich intensivieren.

„Fuck, Sasha", stoße ich aus. „Ich komme gleich."

Wie schon beim letzten Mal zieht sie sich nicht von meinem Ständer runter, sondern lutscht stattdessen umso stärker und schneller. Ich schreie auf und komme und sie schluckt jeden letzten Tropfen, bevor sie meinen Schwanz mit einem anzüglichen Grinsen aus ihrem Mund gleiten lässt.

Ich mache meine Hose zu und ziehe sie hoch, um ihr einen stürmischen Kuss aufzudrücken, dränge sie zurück, bis ihr Arsch an die Wand stößt. „Willst du jetzt meinen Mund auf dir spüren, Süße?"

Ich kann den Hunger und das Verlangen in ihrem Gesicht erkennen, aber sie schüttelt den Kopf. „Ein anderes Mal."

Ich küsse ihren Hals, gleite mit meiner Hand in ihren BH. „Tut mir leid, wenn ich heute Morgen zu heftig mit dir war."

„Du warst perfekt", murmelt sie.

Ich kippe ihr Kinn hoch und küsse sie erneut. Ich will sie verzehren. Sie so voll und ganz besitzen, dass sie nie wieder wegläuft. Sie dazu bringen, sich in mich zu verlieben.

Verdammt. Das ist es doch, oder nicht? Ich will, dass sich meine Frau in mich verliebt.

Wie zur Hölle ist das denn passiert? Wann ist das passiert?

„Komm. Ich will nicht verpassen, wie Olegs Freundin spielt." Sasha schiebt mich sanft mit einer Hand auf meiner Brust fort und ich stehle noch einen schnellen Kuss, bevor ich sie loslasse.

„Sie singt", korrigiere ich. Die Frau, die Oleg so gefällt, ist die Frontsängerin der Band. „Und sie ist nicht seine Freundin. Nur eine Frau, die er mag. Vielleicht kannst du ihm dabei helfen, ihre Nummer zu bekommen. Er hat so ausgesehen, als ob er mir die Visage polieren wollte, als ich das letzte Mal versucht habe, in seinem Namen mit ihr zu sprechen."

„Ooooh, das wir ein Spaß werden." Sasha wühlt durch ihre Koffer, zieht ein Paar Skinny Jeans und ein heißes Bustier heraus. Ein Paar High Heels, die das Outfit vervollständigen.

Ich ziehe mir ein frisches Hemd an und schaue ihr zu, wie sie durch das Zimmer flattert, ins Bad verschwindet, um sich fertig zu machen. Ich weiß nicht, warum ich von jeder ihrer Bewegungen so fasziniert bin. Wie schnell sie ihr Make-up auflegt. Wie sie sich die dicken Haare kämmt. Ihr Parfüm auf ihren Handgelenken und dem Hals verteilt. Ich fange eins ihrer Handgelenke ein und halte es mir unter die Nase. Es ist kein schwerer Duft – kein chemischer Parfümduft, bei dem ich mich abduschen will, nachdem sie mich umarmt hat. Es ist ein warmer Zitrus-Duft und wenn ich ihn rieche, möchte ich sie am liebsten auffressen.

„Bereit?"

„Ich wurde bereit geboren." Sie wirft mir dieses anzügliche Grinsen zu und ich schlinge meinen Unterarm unter ihren Arsch, hebe sie auf meine Hüften. Sie quietscht auf, als ich sie aus dem Zimmer in die Suite trage, wo Dima, Nikolai und Pavel auf uns warten.

Dima zieht eine Augenbraue hoch. „Ich habe gewonnen."

„Was gewonnen?" Ich lasse Sasha zu Boden gleiten und lege meinen Arm um ihre Taille.

„Die Wette. Sie haben nicht geglaubt, dass du, ähm, Sasha in kürzerer Zeit zum Bleiben überreden könntest, als Ravil es mit Lucy geschafft hat."

„Ihr fangt euch noch alle eine", warne ich und ziehe Sasha an diesen Deppen vorbei aus der Tür. „Ignoriere sie", sage ich ihr. „Wir wissen beide, dass ich noch überhaupt nichts gewonnen habe."

VIERZEHNTES KAPITEL

asha

RUE'S LOUNGE IST eine angesagte Hipster-Lounge – schäbig, aber sehr cool. Sie befindet sich im Keller eines Gebäudes in einer eher industriellen Gegend der Stadt. Die Band hat noch nicht zu spielen begonnen, aber Oleg hat schon einen Zweiertisch direkt an der Bühne belegt und hat ein Bier vor sich stehen.

„Hey, alles klar?" Ich berühre seine Schulter, bevor mir mit einem Lächeln einfällt, dass Maxim das nicht mag.

Ich bin übermäßig erfreut über seinen irrationalen Besitzanspruch. Vor allem, weil er mir nicht das Gefühlt gibt, eine Hure zu sein, sondern mir das Gefühl gibt, begehrenswert zu sein. *Wahnsinnig begehrenswert.*

Ich nehme auf dem leeren Stuhl neben Oleg Platz, während Maxim und die drei anderen sich Stühle von anderen Tischen heranziehen und wir uns alle um den winzigen Tisch quetschen. Augenblicklich erscheint eine Kellnerin und wir bestellen eine Runde Schankbier. Der Club beginnt sich langsam zu füllen.

Ich beuge mich vor, amüsiere mich bestens. Anders als die Männer meines Vaters sind diese Jungs hier freundlich. Ich bin die Frau ihres Mitbewohners, nicht die Tochter des Bosses. Hier herrscht eine ganz andere Stimmung. Sie scheinen Humor zu haben und sich alle gegenseitig zu mögen, als ob wir unsere eigene Version von *Friends* wären oder so. „Also, was ist die Geschichte mit Ravil und Lucy?"

Nikola und Pavel stöhnen auf und lehnen sich zurück. Oleg wendet kaum den Blick von der Bühne ab. Wie ein Hund, der auf seinen Besitzer wartet, auch wenn das Auto noch nicht mal in die Einfahrt gebogen ist. Dima schaut Maxim auffordernd an, dass er die Geschichte erzählen soll.

„Ravil hatte mit Lucy eine Art One-Night-Stand, letzten Valentinstag. In einem BDSM-Club in Washington D.C., eine anonyme Begegnung – keine Namen, keine Telefonnummern, die ausgetauscht wurden. Dann, vorgespult bis zu diesem Monat – Ravil will einen hochkarätigen Verteidigungsanwalt für einen unserer Männer anheuern. Als er das Büro betritt, trifft er auf Lucy, die mit seinem Kind schwanger ist."

Ich schlage mir die Hand vor den Mund. „Nein!" Außerdem will ich noch so viel mehr über diesen BDSM-Club erfahren, aber ich will die Geschichte nicht unterbrechen.

„Ravil dreht völlig durch. Normalerweise ist er ausgeglichen wie nur was. Ich meine, ich als Mittelsmann muss eigentlich überhaupt nie vermitteln." Maxim spreizt die Finger. „Mehr als die Hälfte der Operation ist legal. Gewalt wird nur angewendet, wenn unbedingt nötig."

„Also, was ist passiert?" Ich warte ungeduldig auf den Rest der Geschichte. Das ist spannender als ein Actionfilm.

Maxim zuckt mit den Schultern. „Er hat sie gekidnappt."

„Was?"

„Ja. Er war zutiefst beleidigt, dass sie ihm nichts von der Schwangerschaft erzählt hatte. Hat es wirklich persönlich genommen. Er hat sie also hier in die Suite gebracht und Oleg vor ihrer Tür stationiert, damit sie nicht abhauen kann. Hat ihr gesagt, dass sie im Homeoffice bleiben muss, bis das Baby auf der Welt ist."

Ich schüttle langsam den Kopf. „Das ist nicht richtig." Plötzlich mag ich Ravil nicht mehr besonders.

„Was du nicht sagst. Und es ist mein Job, dafür zu sorgen, dass uns so ein Mist nicht um die Ohren fliegt, richtig? Also habe ich es mir von allen Seiten angeschaut und habe nur eine Möglichkeit gefunden, es in Ordnung zu bringen."

Ich ziehe meine Augenbrauen hoch. „Welche Möglichkeit?"

„Sie dazu zu bringen, dass sie sich verliebt. Es war eindeutig, dass er schon Hals über Kopf in sie verknallt war. Ansonsten wäre er nicht so verletzt gewesen. Also war das meine einzige Lösung. Liebe."

Ich lehne mich zurück, bin erleichtert für Lucy. Und mehr als ein bisschen beeindruckt von Maxim.

War das auch seine Lösung für uns? Ich will ihn fragen, aber mein Stolz lässt es nicht zu.

„Und es hat funktioniert", beende ich die Geschichte für ihn.

„Beinah nicht. Aber ja. Gott sei Dank."

Die Band betritt die Bühne und ich sehe Olegs Körper reagieren. Er bewegt sich nicht, aber ich kann erkennen, wie sich sein ganzer Körper anspannt, die Intensität seines Blicks auf die einzige Frau in der Band ist fast beängstigend.

Sie ist eine Punk-Goth-Schönheit. Wie Blondie für unsere Zeit, ein platinblonder Bob mit Pony und dicker Lidstrich. Ihre Nase ist gepierct und sie hat den perfekten Knochenbau – eins dieser herzförmigen Gesichter, das sie bis ins hohe Alter wie ein Model aussehen lassen wird. Sie trägt einen Mikrorock und Netzstrumpfhosen, an den Füßen hat sie Doc Martens. Ihr Oberteil ist ein bauchfreies Madonna-Teil mit herausgerissenem Kragen, damit es über ihre Schulter herunterhängt. Sie verkörpert den Bad-Girl-Rock'n'Roll perfekt und ich liebe sie auf der Stelle.

Ich meine, wenn Oleg nicht so besessen von ihr wäre, hätte ich vermutlich kein zweites Mal hingeschaut. Sie ist mir oder meinen Freundinnen in keinster Weise ähnlich. Aber seine Besessenheit macht mich neugierig. Sie nimmt das Mikro in die Hand.

Die Lounge hat sich gefüllt, seit wir hier sind – eine Höhle voller Lachen und Stimmengewirr, weshalb wir fast rufen müssen, um uns zu verständigen. Die Gäste passen zur Band – ein bisschen grunge-punkig – und viele der Leute scheinen sich zu kennen. Als ob Oleg nicht der Einzige wäre, der regelmäßig diese Band spielen hört.

„Hallo Leute, danke fürs Herkommen", sagt sie. „Ich bin Story und wir sind die Storytellers."

Auch wenn sie ins Mikro spricht, hören die Leute nicht auf, sich zu unterhalten. Aber so ist das eben in einer Bar oder einer Lounge. Es ist kein Konzert, wo die Musiker die ungeteilte Aufmerksamkeit der Zuhörer genießen. Hier sind sie Hintergrundmusik.

Olegs buschigen Augenbrauen ziehen sich zusammen, als ob er deshalb hier ein paar Schädel einschlagen wollen würde.

Er stößt Nikolai den Ellenbogen in die Rippen und hebt seine Finger in einem Ring an die Lippen. Nikolai nimmt die Geste auf und schickt einen lauten Pfiff durch den Raum, der die Leute zum Verstummen bringt.

„Hey, danke", sagt Story und lächelt in unsere Richtung. Ihr Blick schweift herum, dann landet er wieder auf Oleg und sie scheint ihm ein besonderes, geheimes Lächeln zu schenken. „Und danke an Rue, dass wir heute wieder hier spielen dürfen, in unserem Lieblingsclub." Sie winkt und eine Frau mit jeder Menge Piercings und einem blauen Irokesenschnitt, die hinter der Bar steht, winkt zurück.

„Unser erster Song heißt ‚Let's Go'." Die Band beginnt, virtuos einen schnellen Song zu spielen. Die Songtexte von Story sind klug. Die Musik passt perfekt. Ich kenne mich nicht so gut in der Musikindustrie aus, aber ich bin überrascht, dass diese Leute nicht weit über Chicago hinaus bekannt sind. Sie sind großartig.

Wir sitzen und hören zu und ich wage es nicht, mich weiter mit Oleg zu unterhalten. Er ist eindeutig nur wegen der Band hier und ich will nicht unhöflich sein. Stattdessen beobachte ich die Band, beobachte Oleg und die anderen Jungs an unserem Tisch. Maxim beobachtet mich.

Ich beuge mich zu ihm herüber und drücke ihm einen Kuss auf die Wange. „Es ist toll hier."

Er zieht mich von meinem Stuhl auf meinen Schoß. „*Du* bist toll."

Ich lasse mich in seine Umarmung sinken. Es fühlt sich leicht und natürlich an und gleichzeitig aufregend.

Der nächste Song ist langsamer und Story steht ganz vorn am Rand der Bühne, um ihn zu singen. Genau wie ich scheint sie kein Problem mit der Aufmerksamkeit zu haben. Hier geht es nicht nur um Musik, es geht um den Austausch mit dem Publikum. Sie bemüht sich darum, eine Verbindung herzustellen – schaut den Leuten in die Augen, wenn sie singt, lässt ihr Gesicht ausdrucksstark sein, wenn sie ihre Liedtexte singt.

Ich kann verstehen, dass Oleg sich in diese Frau verliebt hat. Ich bezweifle allerdings, dass sie irgendein Interesse an ihm hat. Vermutlich scheint es nur so durch die Art, wie sie sich auf der Bühne gibt.

Wir hören uns Lied um Lied an und ich genieße den Abend.

Am Ende des zweiten Sets drängt sich eine betrunkene Masse auf der winzigen Tanzfläche rechts der Bühne. Wir haben Glück mit unseren Sitzplätzen, befinden uns direkt zwischen Bühne und Tanzfläche. Die Band beginnt einen Song zu spielen, der scheinbar ihr großer Gute-Laune-Hit ist. Das Finale. Die Zuhörer jubeln los, scheinen das Lied offensichtlich auswendig zu kennen. Story spaziert zum Rand der Bühne, in der Nähe von unserem Tisch, und schmettert ihren Song. Dann geht sie die Stufen zur Bühne hinunter und mischt sich unter die Tänzer auf der Tanzfläche.

Olegs Rücken wird kerzengerade, seine muskulösen Hände ballen sich zu Fäusten, als ob er ein Türsteher wäre, der gleich jeden rausschmeißt, der sie anfasst.

Aber sie berührt die Tänzer. Sie bilden hinter ihr eine Schlange und tanzen in einer verrückten Polonaise durch die Lounge, singen lauthals mit. „Komm." Ich springe auf die Füße.

Maxim schenkt mir sein nachsichtiges Lächeln und erhebt sich langsam von seinem Stuhl, deckt meinen Rücken, als ich mich in die ausgelassene Schlange einreihe. Story schlängelt die Truppe zwischen den Tischen durch. Anstatt zurück auf die Bühne zu wandern, stellt sie sich auf meinen leeren Stuhl, dann klettert sie auf unseren Tisch. Die Menge jubelt.

Sie hält sich an Olegs Schulter fest, um die Balance nicht zu verlieren. Im Augenblick, als sie ihn berührt, schießt seine Hand nach oben, um ihre Hüfte festzuhalten. Sie schlingt ein Bein über seine breite Schulter und setzt sich rittlings auf ihn.

Die Menge johlt – ich vermute, über ihre Dreistigkeit, auf ihrem Publikum herumzuklettern wie auf einem Klettergerüst.

Olegs Ellenbogen beugt sich, um sie mit seiner Hand auf ihrem unteren Rücken zu sichern. Als er langsam aufsteht, ertönen noch mehr Rufe und Johlen und einige der sehr betrunkenen Gäste beginnen, auf die Schultern der anderen zu klettern, als ob sie sich gegenseitig von dort oben runterschmeißen wollten. Oleg trägt seine Königin zur Mitte der Tanzfläche, wo ihre Gefolgschaft um sie herumschwirrt und ihre königliche Stellung bewundert, in die Oleg sie gebracht hat.

Die Band spielt noch drei Zugaben, bevor Oleg sie wieder sanft auf der Bühne abstellt, und die gesamte Lounge rastet aus und applaudiert ihm, der Band und vor allem Story, ihrer faszinierenden Frontsängerin.

„*Gospodi!*", rufe ich Maxim zu. „Ist das hier immer so?"

Maxim und seine Mitbewohner blicken sich fassungslos an. „Ich habe sowas hier noch nie erlebt."

Oleg kommt zurück und setzt sich wieder auf seinen Platz, sein Gesicht ist ausdruckslos, aber unter seinem Dreitagebart ist eine leichte Röte zu erkennen.

Die Jungs wollen mit ihm einschlagen, aber er ignoriert sie, verschränkt die Arme vor der Brust und beobachtet weiter seine Angebetete. Sie ist außer Atem, lacht und bedankt sich beim Publikum. Verspricht, nächste Woche wieder hier zu sein.

Story und die anderen Bandmitglieder verbeugen sich und winken, dann beginnen sie, ihr Equipment einzupacken – scheinbar sind sie noch zu unbekannt, um eigene Techniker zu haben.

Die Neonröhren an der Decke gehen an. „Letzte Runde!", ruft Rue von der Bar.

Maxim bestellt eine weitere Runde für uns alle, zieht mich zurück auf seinen Schoß.

Als Story von der Bühne kommt, wartet eine ganze Masse von Leuten auf sie, aber so, wie ich nun mal bin, stehe ich auf und winke ihr zu, als ob wir uns kennen würden.

Sie erwidert meinen Blick und lächelt.

„Sie kommt her", sage ich Oleg.

Für eine Sekunde glaube ich, dass er abhauen will. Er rutscht auf seinem Stuhl vor, um aufzustehen, aber Dima und Nikolai legen ihm entschieden die Hände auf die Schultern und drücken ihn zurück auf den Stuhl. „Bleib cool", sagt Nikolai.

Story kommt an unseren Tisch. Ihr Lächeln ist neugierig, als ob sie nicht ganz sicher ist, ob wir uns womöglich *tatsächlich* kennen oder was ich sagen werde.

„Hey, tolles Konzert", sage ich und strecke ihr meine Hand hin. „Ich bin Sasha." Sie gibt mir die Hand. „Du warst fantastisch. Ich musste herkommen und es mit eigenen Augen sehen, weil mein Freund Oleg hier ganz begeistert von euch ist." Ich deute auf Oleg.

„*Oleg*." Sie wiederholt seinen Namen, als ob sie ihn schon die ganze Zeit hatte wissen wollen. Sie streckt ihm ihre Hand hin.

Jetzt schnellt er von seinem Stuhl auf und diesmal lassen die Zwillinge es auch zu. Er nimmt ihre Hand in seine, als ob er sie nie wieder loslassen wollte.

„Wir wurden uns noch nicht offiziell vorgestellt."

„Er ist stumm, aber nicht taub", erkläre ich, weil sie offensichtlich darauf wartet, dass er etwas erwidert. „Er liebt eure Musik. Wir alle", füge ich hinzu und deute auf den Rest der Jungs, die grüßend ihre Hände heben.

„Woher kommt ihr?", fragte sie.

Mein Akzent ist dicker, wenn ich getrunken habe. „Russland."

„Ihr alle?" Sie schaut Oleg an, der noch immer nicht ihre Hand losgelassen hat.

„Ja."

„Willst du was trinken?", fragt Maxim sie, der neben mir steht. Als Oleg die Stirn runzelt, fügt Maxim hinzu, „Oleg ist immer für einen Drink nach dem Konzert zu haben. Jederzeit."

„Heute geht es leider nicht, aber vielleicht das nächste Mal." Sie zieht ihre Hand aus Olegs Umklammerung. „Danke, dass ich heute Abend meinen Spaß mit dir haben durfte. Du bist wirklich kein Spielverderber."

„Das Vergnügen war ganz seinerseits", füllt Maxim die peinliche Stille, die entsteht, als ihr klar wird, dass Oleg nicht antworten kann.

Nachdem sie gegangen ist, sinkt Oleg auf seinen Stuhl und starrt grimmig auf den Tisch.

„Du kannst uns nicht umbringen. Das war allein Sashas Schuld", sagt Maxim und zwinkert mir zu. „Meine brillante Frau."

Seine brillante Frau.

Mir wird von diesen drei Worten ganz warm, die ich nie erwartet hätte, aus Maxims Mund zu hören. Ich setze mich auf seinen Schoß, küsse ihn. Ich habe das Gefühl, angekommen zu sein, als ob alles leicht und einfach ist – wie während meiner Zeit am College.

Vielleicht hatte Maxim recht.

Vielleicht hat mein Vater einen Mann für mich ausgewählt, von dem er geglaubt hat, dass er mich glücklich machen könnte.

Nein, da schreibe ich ihm zu viel zu. Aber wenigstens scheint es so, als ob sein bescheuerter Plan für mich nicht das Schlimmste war, was je passiert ist.

FÜNFZEHNTES KAPITEL

axim

AM NÄCHSTEN TAG kommt Ravil zu mir, als Sasha gerade in unserem Schlafzimmer ist.

Bei allem Prunk des Penthouse haben wir dennoch keine Arbeitszimmer. Deshalb hat Dima sich im Wohnzimmer eingerichtet. Ravil hat für Lucy einen Schreibtisch in seiner Suite ausbauen lassen, aber seiner steht ebenfalls im Wohnzimmer. In der Vergangenheit hat das wunderbar funktioniert. Wir sind alle im selben Geschäft. Niemand brauchte Privatsphäre, um seine Geschäfte zu betreiben. Aber jetzt, wo Frauen bei uns wohnen, vermute ich, dass sich das ändern wird.

In den unteren Stockwerken des Kremls gibt es jede Menge Büros und Konferenzräume, also könnten wir dort einfach ein Büro einrichten.

„Irgendwelche Neuigkeiten von Galina?"

„Sasha hat mit ihr gesprochen. Es geht ihr gut, aber sie ist untergetaucht. Viktor ist bei ihr."

„Viktor wer?" Ravil sieht misstrauisch aus.

Ich zucke mit den Schultern. „Er war einer der Brigadiers. Ich glaube, er war einer der Bodyguard von Galina und Sasha. Wer weiß, vielleicht waren sie Geliebte."

„Ah."

„Wie entwickeln sich die Dinge in Moskau?"

„Leonid Kuznetsov und Ivan Lebedev stellen beiden einen Machtanspruch. Ob sie Igors Zelle unter sich aufteilen werden oder einer den anderen umbringt, wird sich zeigen."

„Hmm. Ich würde auf Kuznets wetten, was meinst du?" Ich erinnere mich an den *pachan* der Zelle, Leonid Kuznetsov. Intelligent und rücksichtslos. Ein bisschen zu gierig, ein bisschen zu stolz, aber er würde einen ordentlichen Anführer abgeben.

„Ich auch, ja. Er bittet uns um Hilfe."

„Hast du sie ihm gegeben?"

„Ja. Ich habe lieber mit ihm zu tun als mit Lebedev. Der Mann ist unvernünftig."

„Stimmt. Es sieht also nicht so aus, als ob Galina oder Sasha in den Coup involviert wären? Hast du irgendwas darüber gehört?"

„Das scheint niemanden zu kümmern. Bis auf den ursprünglichen Anruf, dass Galina verschwunden wäre, hat niemand sie mehr erwähnt. Nein, ich glaube nicht, dass sie etwas damit zu tun hatten."

Ich stoße erleichtert den Atem aus, den ich angehalten habe, seit Ravil mich mit diesen Neuigkeiten in Kalifornien angerufen hatte. „Fuck sei Dank."

„Allerdings." Ravil mustert mich. „Fügt sie sich langsam?"

Ich muss an meine wunderschöne Braut denken, wie sie heute Morgen auf dem Rücken in unserm Bett gelegen hat, die Beine über meine Schultern gelegt, und meinen Namen gestöhnt hat. „Wir scheinen zurechtzukommen."

Ravils Mundwinkel zucken. „Gut. Das ist besser für alle."

„Was du nicht sagst", erwidere ich trocken. Für eine Weile hatte es sich angefühlt wie eine Gefängnisstrafe, Sasha zu heiraten. Ich weiß, dass es ihr genauso vorgekommen war. „Ich überwache sie permanent, bis Dima eine Art Alarmsystem entwickelt hat, dass uns wissen lässt, ob irgendwelche Bratwa-Mitglieder ins Land kommen. Selbst ohne Sasha ist das ein gutes System für uns."

„Ja. Wir können es nicht gebrauchen, dass Ivan jemanden herschickt, um hier sein eigenes Team an unserer statt zu etablieren. Ich habe bereits die Sicherheitsvorkehrungen im Gebäude erhöht, direkt, nachdem Vladimir umgebracht worden war."

Ich nicke, bin nicht überrascht. Ravil ist ein kluger Mann.

„Sasha wir nicht wieder versuchen, abzuhauen?"

Möglicherweise wird sie das tun. Ich bin nicht so dumm zu glauben, dass ich sie zähmen kann oder dass sie mir vertraut. Wir scheinen uns im Augenblick gut zu verstehen, aber ich weiß aus eigener Erfahrung, dass sich das auch im Handumdrehen ins Gegenteil wenden kann. Trotzdem, als sie abgehauen ist, ist sie nicht weit weg gerannt und sie wusste, dass ich ihr hinterherkommen würde. Anders gesagt, sie ist nicht ernsthaft abgehauen, sie hat mich nur auf Trab halten wollen.

„Ich habe sie unter Kontrolle."

Die Schlafzimmertür geht auf und Sasha kommt in ihren Laufshorts aus dem Zimmer. „Ich gehe laufen." Sie hat diese hochnäsige Miene aufgesetzt, die sie auch präsentiert hatte, als sie zuerst hier angekommen war.

„Aber nicht allein."

Sie ignoriert mich und marschiert zur Tür. „Dann beeil dich besser."

Fuck. Ich habe bereits meine Laufsachen an, weil ich so etwas schon geahnt hatte, aber ich überschlage mich dennoch, meine Schlüsselkarte und mein Portemonnaie zu schnappen. Im Flur vor dem Penthouse hole ich sie ein, lege meinen Arm um ihre Taille und ziehe sie an mich. „Hey. Hey. Was ist los?"

Als sie sich von mir losreißen will, presse ich sie gegen die Wand und halte ihre Handgelenke neben ihrem Kopf fest. *„Sacharok*. Was ist passiert?" Ich versuche, in ihr in die Augen zu schauen, aber sie scheint durch mich hindurchzuschauen. Ich lasse mein Gesicht in ihren Nacken fallen, liebkose ihn. „Warum hältst du mich so auf Trab? Was habe ich falsch gemacht?"

Ihr Atem rasselt für einen Augenblick zwischen uns. „Was hast du über mich erzählt?" Ihr Ton ist vorwurfsvoll.

Ach, fuck. Ich versuche mich zu erinnern, was ich zu Ravil gesagt habe. Was sie gehört haben könnte.

Ich halte ihre Handgelenke fest und blicke ihr direkt in die Augen. „Ich war nicht respektlos. Ich schwöre auf dem Grab deines Vaters."

Sie stößt einen kleinen, trockenen Lacher aus und will den Blick abwenden, aber dann schauen ihre Augen wieder in meine. Sie ist verunsichert. Ich weiß nicht, was sie so verdammt unsicher macht. Vor einer halben Stunde befanden wir uns noch in vollkommener Glückseligkeit nach dem Höhepunkt, Sasha schnurrend in meine Arme gekuschelt. Aber ich verstehe es. Niemand mag es, wenn über einen gesprochen wird. Vermutlich verstärkt das nur ihr Gefühl, nicht die Kontrolle über ihr eigenes Leben zu haben.

„Ravil hat gefragt, ob du wieder abhauen wirst. Ich habe gesagt, ich hätte dich unter Kontrolle. Es tut mir leid. Ich wollte es *wirklich* nicht vermasseln. Habe ich deine Gefühle verletzt?"

Ich presse ihr einen Kuss auf die Schläfe, ihre Wange. Auf ihre Nase.

„Wie hast du mich unter Kontrolle?", fragt sie trotzig. Sie schmollt, aber ich spüre, dass ihr Schutzpanzer langsam einreißt.

„Hey." Ich stelle mich so, dass sie mich anschauen muss, als sie den Blick abwendet. „Es tut mir leid. Ich habe nichts weiter damit gemeint, als dass ich hinter dir herrennen werde, wenn du wieder abhauen solltest. Aber das weißt du schon längst, oder etwa nicht, *ljublmaja*?"

„Warum hat er das gefragt?"

Meine Augen werden schmal. „Worum geht es hier?"

„Ignoriere mich nicht. Ich will wissen, warum ihr beiden über mich gesprochen habt."

Ich lasse ihre Handgelenke los und richte mich auf, erkenne, dass hier etwas ernsthaft nicht in Ordnung ist. Sie macht sich wirklich Sorgen über etwas.

„Ravil ist mein *pachan*. Wir besprechen unsere Geschäfte. Du bist jetzt Teil unseres Geschäfts. Wenn jemand es auf dich abgesehen haben sollte, dann wird Ravils Zelle – meine Zelle – diejenige sein, die sich darum kümmern muss. Das ist alles."

Sie schluckt und nickt, aber ich bin mir nicht sicher, ob ich sie überzeugen konnte.

„Hör zu. Ich verstehe, dass es schwer ist, zu vertrauen. Diese Ehe hat uns beide blind erwischt und unsere Leben haben sich von einem Augenblick auf den anderen auf den Kopf gestellt. Das tut mir leid. Aber ich plane keine weiteren Überraschungen. Ich werde keine Entscheidungen für dich treffen, es sei denn, um dich zu beschützen. Du hast mein Wort."

Der Kampfgeist entweicht langsam aus Sasha und sie lehnt sich an die Wand, als ob sie sich von ihr stützen lassen würde.

„Sind wir okay?"

Sie nickt, sieht aber ein wenig unsicher aus.

„Willst du noch immer laufen gehen?"

Sie nickt eifrig. „Definitiv."

Ich drücke auf den Fahrstuhlknopf und deute ihr an, voranzugehen, als die Türen aufgleiten. „Nach dir, *sacharok*."

SASHA

DER KNOTEN in meinem Solarplexus löst sich nur ein wenig, als ich Maxims Versprechen höre. Zusammen betreten wir den Aufzug und ich muss meine Anspannung wegatmen.

Ich hasse es, in ständigem Argwohn zu leben. Ich wünschte, meine Mutter hätte nie ihre Vermutung geäußert, Maxim könnte es auf mein Geld abgesehen haben, weil mich schon die kleinste Sache völlig paranoid machen kann.

Nicht, dass es als *die kleinste Sache* zu kategorisieren ist, dass sie mit gedämpften Stimmen über mich getuschelt haben. Ich glaube, ich hatte guten Grund, ihm zu misstrauen.

Meine Mutter hatte mir heute Morgen von einer neuen Nummer

geschrieben, dass sie noch immer in Sicherheit wäre, dass ich sie aber nicht kontaktieren sollte. Sie hat mir geraten, ein Prepaidhandy zu besorgen, hat mich gewarnt, das Maxim Zugriff auf alle meine Handydaten hatte, sogar, wenn ich Nachrichten löschte.

Natürlich, ich weiß, dass sie recht hat. Ich wusste in dem Moment, dass er ein Ortungschip in mein Handy eingebaut hatte, als er es mir gegeben hat.

Das Problem ist – wie soll ich denn an ein Prepaidhandy kommen, wenn mein Mann mich keine Minute aus den Augen lässt? Und selbst, wenn meine Mutter falsch liegt – selbst, wenn ich Maxim vertrauen kann –, ist das überhaupt ein Leben?

Ich kann nicht mehr viel länger so erstickt werden, ohne verrückt zu werden. Ich weiß, dass Maxim gesagt hat, es wäre nur vorübergehend, aber ich weiß nicht, ob ich das glauben kann. Oder wie lange „vorübergehend" dauern wird.

Als wir auf der Straße stehen, laufe ich los, nehme dieselbe Route, die er mir das letzte Mal gezeigt hat. Er läuft neben mir her, akzeptiert mein Schweigen, wirft mir aber musternde Blicke zu.

Ich weiß es zu schätzen, dass er mich wahrnimmt. Ich versuche nicht, Dinge vor ihm zu verheimlichen – wenn das der Fall wäre, würde ich denken wollen, dass meine Schauspielkünste ihn davon abhalten würden, zu verdammt viel zu sehen. Aber ich muss zugeben, es fühlt sich gut an, dass er mir so viel Aufmerksamkeit schenkt.

Und Zuwendung.

Es ist schwer, meiner Mutter zu glauben, wenn ich daran denke, wie aufmerksam Maxim bisher war. Andererseits, wenn ich seine goldene Gans bin, dann sollte er besser auch aufmerksam sein. Er sollte mich besser um den kleinen Finger wickeln, damit ich die Leine nicht spüre.

Ich laufe weiter, als ich sollte – nach ein paar Tagen Pause und den späten Abenden und dem Alkohol ist mein Körper nicht auf der Höhe, aber es fühlt sich trotzdem gut an. Ich schwitze meine Anspannung heraus. Der Knoten in meinem Magen löst sich mit meinem gleichmäßigen Atmen.

Wir kommen zurück und duschen – aber nicht zusammen. Maxim

scheint zu bemerken, dass ich nicht in der Stimmung bin. Als er aus der Dusche kommt, ein Handtuch um die Hüften gebunden, konfrontiere ich ihn.

„Ich will ein Auto."

Er spielt wieder Mr. Cool – sein Gesicht verrät nichts. Er lässt das Handtuch fallen und zieht ein Paar Boxerbriefs an. „Du willst deine Freiheit."

Ich spüre mich wieder wahrgenommen. „Ja."

„Hast du einen Führerschein?"

„Ja. Ich habe ihn in Kalifornien gemacht."

„Okay." Er nickt. „Dann lass uns ein Auto kaufen." Seine Stimme ist reserviert, als ob er ein Zugeständnis machen würde.

„Wirklich?"

„Natürlich. Ich habe zwar noch keinen Zugriff auf dein Erbe, aber ich kann es vorstrecken. Wir kaufen dir irgendwas Protziges. Ein Cabrio? Wie wär's mit einer Corvette?"

Ich bin sprachlos. Ich hatte nie erwartet, dass er zustimmen würde. Vor allem nicht so schnell. „Lambo."

„Also ein Lamborghini." Er kommt in nichts als seinen Boxerbriefs auf mich zu. Er kriegt einen Ständer, als er näher kommt. „Du wirst wahnsinnig heiß in deinem Lambo aussehen." Seine Lider sind schwer und er nimmt mich um die Taille und zieht mich an seinen Körper.

„Mmmh." Ich schnurre und schaue zu ihm auf. Ich hatte seine Zustimmung nicht erwartet. Es kommt mir wie ein weiterer Beweis dafür vor, das er in gutem Glauben handelt.

Nicht vorhat, mich umzubringen.

„Aber Sasha?"

„Ja?"

„Lambos sind schnell." Seine Lippen zucken in ein Lächeln. „Bitte zwing mich nicht, dir hinterherzurennen." Seine Hand fällt auf meinen Arsch, drückt ihn. „Versprichst du, brav zu sein?"

Lust wallt bei dieser Andeutung von Bestrafung durch mich hindurch. Ich erinnere mich daran, wie heiß meine letzte Bestrafung war. Wie sehr mir seine Spiele gefallen. „Versprochen", murmle ich, auch wenn ich es nicht ganz meine.

„Hmm." Er glaubt mir nicht, weil er klug und scharfsinnig ist.

Ich schenke ihm ein verwegenes Grinsen. „Können wir los?"

Er drückt mir einen Kuss auf den Mund. „Absolut, *prinzessa.*"

Ich entspanne mich und schlinge meine Arme um ihn, drücke mein Gesicht auf seine Brust. Er kann nicht böse sein.

Das kann er nicht sein.

Ich weiß, dass meine Mutter sich irrt.

SASHA

MAXIM KAUFT mir ein Lamborghini-Cabrio Huracan in electric blue, von dem er sagt, dass es zu meinen Augen passt. Nachdem wir den Papierkram erledigt und die Schlüssel erhalten haben, hilft er mir auf den Fahrersitz, seine Augen glühend vor Lust.

„Sehe ich heiß aus?", frage ich, denke an seine Worte.

„Wie ein Filmstar." Er geht zur Beifahrerseite. Ich weiß, dass es ihn umbringen muss, nicht selbst zu fahren. Er ist ein absoluter Alphamann. Ein Kerl, der es liebt, selbst zu fahren, aber sich anstandslos und lässig auf den Beifahrersitz gleiten lässt.

Ich starte den Motor und wir fahren vom Parkplatz des Autohändlers, zeigen die Papiere an der Schranke vor. Anstatt zurück zum Penthouse zu fahren, fahre ich einfach ziellos los. Maxim hatte recht gehabt – ich will meine Freiheit.

Es fühlt sich fantastisch an, Auto zu fahren.

Maxim sagt nichts, gibt mir keine Anweisungen, eine weitere Überraschung. Ich drücke die Stimme meiner Mutter zur Seite, die mich ermahnt, er würde sich nur bei mir einschmeicheln, bis er mein Geld hat.

„Wolltest du ein Filmstar werden, Sasha?", fragt Maxim.

„Was?" Ich werfe ihm einen Blick zu und bemerke, dass er mich eingehend mustert.

„Du hast Kayla gesagt, du wärst eifersüchtig, weil sie eine Agentin hat. Wie läuft das eigentlich? Hast du was gehört?"

Im Ernst? Der Kerl will wirklich den neuesten Tratsch über meine Freundinnen wissen?

„Die Agentin hat sie unter Vertrag genommen." Kayla hatte mir die Neuigkeiten gestern Abend geschrieben.

„Toll für sie. Aber was ist mit dir, Sasha?"

Ich lache trocken auf. „Na ja, das ist ja offensichtlich unmöglich."

„Wegen mir?"

„Was?" Ich schaue ihn überrascht an. „Nein. Aber welche Chance habe ich, nur die kleinste Rolle zu ergattern? Ich habe einen russischen Akzent. Ich muss zwölf Kilo abnehmen. Und ja, ich wohne auch nicht in L.A."

„Was ist mit den Schauspieljobs hier? Auf der Bühne? Oder sogar in Werbefilmen?"

Ich werde unruhig. Maxims Worte lösen einen Aufruhr der Gefühle in mir aus. Die ganzen aufgestauten, unterdrückten Hoffnungen und Träume, die ich gehegt habe, seit ich ein kleines Mädchen war. Mein Traum, in einer Seifenoper mitzuspielen. Einer Fernsehserie. Oder ja, auch auf der Bühne zu stehen. Nichts davon war jemals eine tatsächliche Möglichkeit. Während ich auf der USC war, konnte ich so tun als ob, konnte meinen Zeh ins Wasser tauchen und mir wünschen, meine Zukunft sähe anders aus, dass ich jemand anderes wäre, aber ich habe immer gewusst, dass diese Zeit enden würde.

„Es ist nicht so einfach, wie du denkst", fahre ich ihn an, auch wenn es natürlich nicht seine Schuld ist, dass ich unruhig und aufgebracht werde. „Und der Akzent ist trotzdem noch ein Problem."

„Dann besorgen wir dir eben einen Stimmcoach. Viele Schauspieler aus anderen Ländern feilen an ihrem amerikanischen Akzent. Schau dir doch nur mal Alicia Vikander an, diese Schwedin aus dem letzten Bourne-Film."

Ich blinzle, mein Gesicht wird heiß. Er drängt gegen meinen Widerstand. Den Widerstand, den ich einsetze, um mich selbst davor zu schützen, Dinge zu wollen, die ich nicht haben kann.

„Ich wüsste nicht mal, wie man in der Theaterszene von Chicago einen Fuß in die Tür bekommt."

„Melden wir dich für Schauspielkurse an. Dadurch wirst du einen Fuß in die Tür bekommen. Du wirst Leute kennenlernen, von Vorsprechen hören. Wir können alle örtlichen Theater besuchen, um eine Vorstellung davon zu bekommen, was gut ist und was nicht."

Gerade noch bin ich einfach die Straße entlanggefahren, jetzt plötzlich bin ich am Schluchzen.

„Sasha!" Maxims alarmierte Stimme schneidet durch das Rauschen in meinen Ohren. „Fahr hier ab, *ljublmaja*. Fahr hier ab." Er deutet auf eine Abfahrt, dann auf eine Einfahrt zu einem Parkplatz.

Ich halte das Auto an und lasse meine Stirn auf das Lenkrad fallen, schluchze wie ein Baby.

„Fuck. Was habe ich gesagt? Sasha? Schau mich an, Süße."

Ich versuche, ihn anzuschauen, aber ich breche hier gerade völlig zusammen. Die Definition eines absoluten Desasters. Ich weiß nicht einmal, warum ich weine. Ich bin nicht traurig. Ich bin nur vollkommen überwältigt. „Niemand hat je meine Träume unterstützt", stoße ich hervor, versuche, ihn durch meine Tränen zu erkennen. *„Niemand."*

Mir wird bewusst, dass das stimmt. Meine Mutter war keine schlechte Mom, aber sie war realistisch. Sie hat mir beigebracht, dass mich mit einem Mann zu arrangieren meine einzige Möglichkeit war. Und ihre emotionale Energie hat sich immer auf meinen Vater konzentriert. Natürlich hatte mein Dad mir verboten, in Russland zu schauspielern, und mir klargemacht, dass ich nach dem College nach Hause zurückkommen würde, Ende der Geschichte.

Meine Freundinnen im College – na ja, sie hätten mich nie runtergezogen, aber es gab schon einen Anflug von Konkurrenz. Wir wollten alles das Gleiche, nur dass sie viel bessere Chancen hatten als ich. *Ich* hatte für sie die Nebenrolle gespielt, weil ich wusste, dass das nie mein Weg sein würde.

„Glaubst du …" Es war schwierig zu sprechen, vor lauter Schluchzern und Schluckauf. „Glaubst du wirklich, ich könnte schauspielern? Ich meine, du hast mich nie gesehen."

„Ich *weiß*, dass du es kannst, Süße." Er nimmt mein Gesicht in beide Hände und wischt mir mit den Daumen die Tränen aus dem Gesicht. „Es gibt nichts, was du nicht kannst. Du bist wahnsinnig talentiert. Du bist intelligent. Du bist wunderschön. Und jetzt hast du sogar einen Arsch voll Geld zur Verfügung, um dir ein Team zusammenzustellen, das dich unterstützt. Nichts wird dich aufhalten, *ljublmaja*."

„Tut mir leid", krächze ich. „Ich weiß nicht, warum ich weine. Das ist albern."

„Mir tut es leid, dass du nicht unterstützt wurdest. Aber jetzt stehe ich hinter dir. Wir sorgen dafür, dass es passiert. Okay?"

Ich kann kaum glauben, was er mir sagt. Etwas in mir denkt noch immer, dass er keine Ahnung hat, wovon er spricht. Ich meine, das Theatergeschäft ist unbarmherzig. Ich kann nicht einfach da auftauchen und sagen „Hier bin ich", und einen Job bekommen. Aber dieser kleine Hoffnungsschimmer – die Vorstellung, dass ich mich ein bisschen ausprobieren könnte. Eine winzige Rolle in einem Laientheater zu spielen – das klingt besser als nichts. Selbst im schlimmsten Falle könnte ich mein Geld nutzen, um eine Förderin des Theaters zu werden und als Patronin in diese Welt einzutauchen.

Ich klimpere ihm mit meinen tränenverhangenen Wimpern zu. „Warum würdest du das für mich tun? Macht es das nicht schwer, mich zu beschützen?"

Maxim schüttelt völlig überzeugt den Kopf. „Niemand wird dich anrühren. Bei mir bist du in Sicherheit. Dafür werde ich sorgen. Ich Chicago zu leben ist vielleicht nicht perfekt für deine Karriere, aber du kannst jederzeit nach L.A. fliegen, wenn es so weit ist. Jetzt gerade ist es womöglich genau das Richtige für dich, hier anzufangen. Und wer weiß, richtig?"

„Wow." Endlich verstummen meine Schluchzer und mein Atem geht ruhiger. „Ich glaub es einfach nicht."

„Tut mir leid, dass ich nicht früher mit dir darüber gesprochen habe."

Ich starre in seine dunklen Augen, ziehe aus ihnen Kraft. Meine ganze Welt hat sich gerade verwandelt. Meine Realität hat sich ein zweites Mal vollkommen auf den Kopf gestellt, nur diesmal könnte ich nicht begeisterter sein. Es kommt mir vor, als hätte er mir gerade auf einem Silbertablett ein ganz neues Leben überreicht.

„*Spassibo*", flüstere ich. Danke.

Er streichelt mit seinen Knöcheln sacht über meine Wange. „Ich habe dir gesagt, es gibt nichts, was ich nicht für dich tun würde."

Ich stoße ein tränennasses Lachen aus. „Das hast du mir nur gesagt, damit ich dich mit Blowjobs versorge."

Er grinst mich an und deutet auf das Auto. „Und schau, was ich dir geschenkt habe."

Ich schüttle den Kopf, kann es immer noch nicht glauben. „Warum bist du so nett zu mir?"

Maxim wird still. Als er endlich spricht, bin ich sicher, dass er die Wahrheit sagt. „Weil du mir gehörst", sagt er einfach.

Ich blinzle. „Obwohl du mich nicht haben wolltest?"

Er starrte mich an. Kein Anflug eines Lächelns auf seinem Gesicht. Nichts von dem lässigen, flapsigen Charme. „Ich habe dich vielleicht nicht gewollt, als wir geheiratet haben. Aber jetzt will ich dich", sagt er mit absoluter Ernsthaftigkeit.

Ich glaube ihm.

„Womöglich will ich dich auch", flüstere ich und neue Tränen schimmern in meinen Augen.

Er deutet mit dem Kinn auf die Zündung. „Fahr dein neues Auto. Ich mag es, dich glücklich zu sehen."

Ich lächle und setze zurück. „Du wirst heute Abend den besten Blowjob deines Lebens erhalten."

„Mmm." Maxim rückt durch seine Hose seinen Schwanz zurecht, ein selbstgefälliges Grinsen auf den Lippen. „Ich sehe dich *wirklich* gern auf den Knien."

SECHZEHNTES KAPITEL

 asha

ICH HÄNGE auf der Couch herum und schaue zusammen mit Dima, Nikolai und Pavel *Game of Thrones*. Maxim, Ravil und Oleg sind irgendwo in Geschäftsangelegenheiten unterwegs.

Ich hatte noch keine wirkliche Gelegenheit, mich mit Lucy zu unterhalten – sie ist entweder am Arbeiten oder sie und Ravil schließen sich in ihrem Schlafzimmer ein. Als ich sie also in einem Bademantel und mit einem Handtuch in der Hand zur Wohnungstür gehen sehe, frage ich sie, wo sie hinwill.

„Zum Pool auf dem Dach." Sie streichelt über ihren Babybauch. „Der ist zurzeit meine Rettung."

Ich werfe Nikolai und Pavel einen anklagenden Blick zu. „Niemand hat mir erzählt, dass es auf dem Dach einen Pool gibt."

„Es gibt auf dem Dach einen Pool", bietet Pavel an.

Ich versetzte ihm mit dem Handrücken einen Klaps und springe vom Sofa auf. „Kann ich mitkommen?"

„Natürlich."

„Gib mir eine Minute", sage ich und sause in mein Schlafzimmer, um mir meinen Bikini anzuziehen und ein Handtuch zu schnappen.

Pavel pfeift anerkennend, als ich mit dem Handtuch um meine Hüften aus dem Zimmer komme, dann zuckt er zusammen. „Sorry. Bitte sag Maxim nicht, dass ich das getan habe. Ich will nicht, dass mir der Schwanz abgeschnitten wird."

„Oh prima. Etwas, womit ich dich erpressen kann, wenn ich das nächste Mal was aus der Küche will." Ich grinse und gehe zu Lucy.

Sie ist blond, vermutlich etwa zehn Jahre älter als ich, und sehr seriös. Nicht unfreundlich, aber niemand, der immerzu lächelt.

Als wir aus der Tür gehen, murmle ich: „Ich kann nicht glauben, dass mir niemand von dem Pool erzählt hat. Ich weiß, ich stehe unter Ausgangssperre, aber das wäre doch wohl sicher genug gewesen."

Lucy wirft mir aus dem Augenwinkel einen Blick zu. „Wie kommst du damit zurecht, eingesperrt zu sein?"

„Ich bin es leid." Ich zucke mit den Schultern. „Aber ganz ehrlich, ich bin an Einschränkungen gewöhnt. Mein Vater hatte immer Leute abbestellt, damit sie mir folgen und auf mich aufpassen."

Lucy führt mich eine kurze Treppe hinauf, dann auf ein wunderschönes Dach, auf dem sich ein Schwimmbecken und ein Whirlpool befinden. Sonnenschirme und Pflanzkübel mit Blumen und kleinen Bäumen umgeben den Pool und es gibt sogar eine kleine Fläche mit Kunstrasen. „Und mit Maxim verheiratet zu sein? Ich habe gehört, das war nicht gerade deine Wahl."

Oder seine. Den Teil lässt sie weg.

Sie öffnet eine Kiste, die neben dem Pool steht, und zieht ein Paddelboard heraus, das sie mir hinhält.

Ich nehme es entgegen und sie holt ein zweites Board für sich selbst heraus.

„Nein, das war es nicht. Was hast du gehört?"

Sie zögert. Ich nehme an, sie ist zu höflich, um über Privatangelegenheiten zu sprechen. Aber ich will wissen, was Maxim den Jungs erzählt hat. Was sie von mir denken.

„Ich weiß, dass du die Tochter des Bosses in Moskau bist. Und dass er deine Heirat mit Maxim arrangiert hat."

„Ja." Ich folge ihr, als sie die Stufen ins Wasser hinuntersteigt. Das Wasser ist angenehm – gerade kühl genug, um erfrischend zu sein, aber ohne meinen Körper in Schock zu versetzen und mich frieren zu lassen. Lucy legt sich das Paddelboard unter die Brust und schwimmt wie ein Frosch durch das Wasser. Ich tue es ihr gleich.

„Klingt so, als ob Maxim und dein Vater früher mal ein sehr enges Verhältnis miteinander hatten." Sie wirft mir einen Blick zu, um sich zu vergewissern. „Und ich habe gehört, dass sie sich überworfen haben, aber Maxim ihm weiterhin die Loyalität gehalten hat."

Ich nicke. „Ich habe die Verwerfung verursacht. Hast du das auch gehört?"

„Nein. Ravil hat keine Einzelheiten erzählt, sofern er sie kennt."

Etwas des Drucks auf meiner Brust lichtet sich. Ich sollte es ihr gestehen, aber ich schäme mich zu sehr.

„Ich habe gehört, du bist auch nicht freiwillig hierhergekommen."

„Nein", sagt Lucy. Als sie am Ende des Pools angekommen ist, wendet sie und schwimmt diesmal mit einem Kraulbeinschlag zurück. „Aber Ravil ist mir ans Herz gewachsen. Vielleicht wird es dir mir Maxim auch so gehen."

„Er ist herrisch und dominant, aber tatsächlich ein viel größerer Gentleman, als ich erwartet hatte." Die Erinnerung daran, wie Maxim mit einem Ring für mich in L.A. aufgetaucht ist und erlaubt hatte, dass ich im Club bleibe und mit meinen Freundinnen tanze, zieht mir das Herz fast schmerzhaft zusammen. Er ist ein besserer Mann, als ich es verdient habe. „Ich dachte wirklich, er würde mich aufknüpfen und meine Leber zum Frühstück verspeisen."

„War es so schlimm zwischen euch beiden?"

„Ja."

„Ladys." Ich schaue auf und entdecke Ravil, der am Rand des Pools steht und bewundernd seine Freundin betrachtet. Er nimmt in einer der Sonnenliegen Platz und schaut uns zu, als wäre er ein Rettungsschwimmer.

Lucy schwimmt an den Rand des Pools neben ihm und legt das Paddelboard ab. Ich schwimme zu ihr.

„Hast du von deiner Mutter gehört, Sasha?", fragt Ravil.

In meinem Kopf beginnen die Alarmglocken zu schrillen und die Härchen in meinem Nacken richten sich auf. „Nein", lüge ich. Ich habe noch immer kein Prepaidhandy kaufen können, weil Ravil mich nicht allein aus dem Haus lässt, aber meine Mom hat mich von verschiedenen Nummern aus angerufen und mir Nachrichten geschickt, mich immer gewarnt, mich vor Ravil und Maxim in Acht zu nehmen.

Ich habe noch nicht viel mit Ravil gesprochen. Wenn ich ehrlich bin, muss ich zugeben, dass er mir ein wenig Angst macht. Er ist der *pachan*, wie mein Vater es war. Auch wenn er theoretisch im Rang unter meinem Vater steht, glaube ich, dass er ebenso viel Macht hat. Das bedeutet, dass seine Männer nach seinen Befehlen leben und sterben.

Er könnte Maxim befohlen haben, mich als Braut zu akzeptieren, weil er die Kontrolle über die russischen Ölquellen haben wollte. Er könnte Pläne schmieden, mich umzubringen, von denen Maxim nichts weiß. Oder er und sein Mittelsmann könnten zusammen einen Plan ausgeheckt haben.

Ich will nicht so denken, aber seine Frage über meine Mutter scheint zu spitz gewesen zu sein.

Er mustert mich auf eine Art und Weise, wie es auch mein Vater immer getan hat. Als ob er mich völlig durchschauen würde.

Ich tauche mit dem Kopf unter Wasser, um die Tatsache zu verstecken, dass sein Starren mich nervös macht. Als ich wieder auftauche, schaut er mich noch immer an.

„Du weißt nicht, wo sie ist?"

„Nö." Ich versuche, beiläufig zu klingen.

„Es scheint, als ob niemand weiß, wo Galina ist", erklärt er mir. „Sie ist in dem Moment verschwunden, als Vladimir umgebracht wurde."

Mein Mund wird trocken. Mein Herz hämmert. Ich presse meine Lippen zusammen, um nicht die Stille zwischen uns mit Informationen zu füllen, die ich nicht verraten sollte.

„Manche Leute glauben, sie hätte was mit seinem Tod zu tun."

„Was?" Das überrumpelt mich. „Das ist doch lächerlich. Warum –

weil sie verschwunden ist? Natürlich ist sie verschwunden – es war nicht mehr länger sicher für sie ohne Vladimirs Schutz."

„Sein Mord war seltsam. Niemand seiner Feinde oder seiner potenziellen Nachfolger hat sich dazu bekannt. Und er wurde vergiftet – nicht gerade der Bratwa-Stil. Wir sind meistens etwas ... offensichtlicher."

Lucy stößt ein missbilligendes Geräusch aus und schwimmt davon. Ich würde am liebsten das Gleiche machen, aber ich fühle mich von Ravils eisblauen Augen gefangen.

„Meine Mutter hat Vladimir nicht umgebracht", sage ich.

„Du hast einmal von ihr gehört, richtig?", hakt Ravil nach.

Also *hat* Maxim das mit ihm besprochen. Gänsehaut breitet sich über meiner Haut aus und ich werde unruhig. Ich steige aus dem Wasser. „Mir wird kalt", sage ich und beantworte seine Frage nicht.

Ich schnappe mir mein Handtuch und wickle es um meine Schultern. „Ist Maxim unten?"

Ravil schüttelt den Kopf. „Nein. Aber er kommt bald zurück."

Noch mehr Alarmglocken beginnen, in meinem Kopf zu schrillen. Ich muss die Zähne zusammenbeißen, damit sie nicht klappern. Ich stopfe meine Füße in meine Flip-Flops und schaffe es sogar, Lucy noch zuzuwinken, bevor ich mich davonmache.

Ich stolpere die Treppe hinunter in den Flur, halte inne, um mich vor dem Penthouse an die Wand zu lehnen. Ich warte, bis mein Herz langsamer schlägt, aber selbst, nachdem es sich beruhigt hat, nachdem ich an die Tür gehämmert habe, um wieder reingelassen zu werden, kann ich die eisige Kälte nicht abschütteln, die sich in meine Adern ausgebreitet hat.

S<small>ASHA</small>

E<small>S DAUERT VIER</small> T<small>AGE</small>, bevor ich einen unbeobachteten Moment erwische. Maxim, Ravil und Nikolai sind zu irgendeinem Treffen gegangen. Ich habe zwanzig Minuten gewartet, dann habe ich meine Handtasche geschnappt und bin zur Tür gegangen.

„Halt, halt, halt", sagt Dima und wirft Oleg einen Blick zu.

Oleg erhebt sich schwerfällig.

Ich hasse den Unmut, den ich für sie empfinde, weil sie mich hier festhalten. Ich mag diese Kerle. Ich fühle mich ihnen ebenbürtig. Aber jetzt muss ich um Erlaubnis bitten, gehen zu dürfen. Ich schlucke meine Gereiztheit hinunter und nutze meine schauspielerischen Fähigkeiten, halte eine Hand hoch, als ob es keine große Sache wäre. „Ich renne nur schnell zur Drogerie an der Ecke. Frauenprodukte."

Ich weiß nicht, warum es Männern immer so ein Unbehagen bereitet, über Perioden zu sprechen, aber Dima und Pavel wenden beide den Blick ab. Oleg steht anderthalb Meter von mir entfernt, eindeutig noch immer bereit, einzugreifen.

„Oleg sollte mit dir mitgehen", sagt Dima. Er zuckt mit den Schultern. „Maxim bringt uns um, wenn wir dich ohne Schutz rausgehen lassen."

Wieder verstecke ich meinen Ärger und zucke mit den Schultern. „Wie du willst", sage ich zu Oleg und halte ihm die Wohnungstür auf. Im Fahrstuhl schweigen wir uns an.

Na klar. Ich bin still. Ich habe den Drang, Smalltalk zu betreiben, um die Stille zu füllen, aber ich widerstehe. Ich habe ihn nicht darum gebeten, mitzukommen. Ich muss ihn nicht unterhalten. Ich gehe zu der Drogerie an der Ecke. Ich drehe mich zu Oleg hin und lege ihm eine Hand auf das Brustbein, als er mir folgen will. „Ein bisschen Privatsphäre?" Ich benutze meine zickigste Bratwa-Prinzessinnen-Stimme, aber es tut mir augenblicklich leid, ich erinnere mich daran, was Ravil gesagt hat. Diese Männer arbeiten nicht für mich – es sind seine Brüder. „Tut mir leid. Es ist nur ... Frauensache." Ich rümpfe die Nase. „Ist irgendwie peinlich."

Oleg tritt einen Schritt zurück und wendet dem Laden den Rücken zu, als ob er die gesamte Drogerie bewachen wollte, solange ich dort drin bin.

„Danke. Ich bin sofort wieder da."

Er nickt nicht, gibt nicht einmal zu verstehen, dass er mich gehört hat.

Ich betrete den Laden, schnappe mir schnell eine Packung Tampons und ein paar willkürliche Kosmetikartikel, um eine Tüte zu füllen, dann gehe ich in die Abteilung für Elektronikgeräte, um ein Prepaidhandy zu kaufen. Dabei muss mir einer der Angestellten helfen, was mich höllisch nervös macht, weil ich einen Augenblick brauche, um überhaupt einen Verkäufer zu finden, und die Abteilung außerdem von der Straße aus einsehbar ist. Wenn Oleg in das Geschäft schaut, wird er uns sehen.

Ich lasse seinen Rücken nicht aus den Augen, aber er dreht sich nicht herum.

Mit klopfendem Herzen gehe ich zur Kasse und bezahle, das Handy tief unter den ganzen Mädelssachen vergraben.

Ich trete auf die Straße, von meinem Erfolg ist mir fast schwindelig.

Mission erfüllt.

„Ich bin so weit. Danke, dass du mitgekommen bist", sage ich und bin mit einem Mal ganz gesprächig. „Tut mir leid, ich wollte nicht zickig sein. Es macht mich nur langsam ganz mürbe, nie meinen Freiraum zu haben. Aber ich weiß ja auch, dass ihr Jungs mich nur beschützen wollt, und das weiß ich zu schätzen."

Olegs Blick fällt auf mich, aber das ist die einzige Aufmerksamkeit, die er meinen Worten zollt.

„Brauchst du irgendwas?", frage ich und mir wird plötzlich klar, wie schwer es für Oleg sein muss, in der Welt zurechtzukommen. „Kann ich dir einen Kaffee oder einen Tee oder irgendwas kaufen?"

Oleg runzelt die Augenbrauen und schüttelt den Kopf.

„Okay. Wie kommunizierst du, wenn du etwas brauchst, Oleg?" Ich platze direkt mit meiner Frage raus. Er zieht sein Handy aus der Tasche und hält es hoch. Ich blinzle, bin unsicher, was er mir sagen will. Offensichtlich kann er nicht in das Telefon sprechen. Hat er irgendeinen App, die er benutzt? „Du schreibst Nachrichten?"

Er steckt das Handy wieder weg.

„Ist das ein Ja? Du kannst nicken, weißt du."

Seine Brauen runzeln sich noch mehr.

„Sorry", entschuldige ich mich. Ich weiß, dass er mir nichts tun würde, aber er ist ziemlich furchteinflößend und einschüchternd, allein durch seine schiere Größe. Sein Schweigen macht es nur noch schlimmer. Ich bin mir sicher, Ravil und seine Zelle müssen einfach nur Oleg vorschicken und die Leute machen sich schon in die Hose. „War das ein Ja?"

Diesmal nickt er tatsächlich.

„Hast du meine Nummer?"

Er runzelt noch ein wenig die Stirn.

„Damit du mir schreiben kannst, wenn du etwas brauchst."

Er schüttelt den Kopf, aber es ist ein Ablehnen, als ob er sagen würde: *Auf keinen verfickten Fall würde ich dir wegen irgendwas schreiben.*

Ich will ihn daran erinnern, dass ich diejenige war, die ihn mit seiner Traumfrau bekannt gemacht hat, aber das würde es viel zu sehr darauf anlegen. Olegs Freundschaft zu gewinnen wird vermutlich ein Langzeitprojekt werden.

Zurück in der Wohnung gehe ich in unser Schlafzimmer, dann ins Bad, schließe die Tür und lasse die Badewanne ein, um meine Stimme zu übertönen. Dann rufe ich von meinem Prepaidhandy die letzte Nummer an, von der meine Mom mich angerufen hatte.

Sie geht zunächst nicht ran, also schreibe ich ihr eine Nachricht, dass ich es bin und versuche es erneut. Diesmal nimmt sie ab. „Sasha! Wie geht es dir, mein Schatz?", fragt sie auf Russisch.

„Mir geht es gut. Wo bist du?" Ich weiß nicht, warum ich zuallererst diese Frage stelle. Ich schätze, weil Ravil mich danach gefragt hat. Alle scheinen wissen zu wollen, wo sie ist.

„An einem sicheren Ort."

„Warum will sie das wissen?", erklingt eine grimmige Männerstimme im Hintergrund. Die Haare auf meinen Armen stellen sich auf.

„Ist das Viktor?"

„Ja. Wo bist du, Sasha? In Ravils Penthouse?" Später würde ich mich fragen, woher sie von dem Penthouse wusste, aber meine

Gedanken überschlagen sich schon und rasen auf die Frage zu, die mir am meisten unter den Fingern brennt.

„Ja, ich bin im Bad und lasse eine Wanne ein. Das ist das Geräusch im Hintergrund."

„Wo ist Maxim?"

„Ich weiß nicht – geschäftlich unterwegs. Aber er hat Mitbewohner. Sie leben alle zusammen in der obersten Etage des Gebäudes. Mama …"

„Was ist los, Sasha?"

„Ähm …" Die eigene Mutter zu fragen, ob sie einen Mann ermordet hat, ist schwerer, als man denkt. „Wer hat Vladimir vergiftet?"

„Oh, vermutlich Leonid", sagt sie und tut es ab.

„Aber er hat für seinen Tod nicht die Verantwortung übernommen. Ravil sagt, dass das seltsam ist. Er hat es so klingen lassen, als ob sie glauben, du wärst es gewesen", platze ich heraus.

„D-das sagt er vermutlich, weil er den Befehl dafür gegeben hat", sagt meine Mutter und klingt aufgebracht. Ich kenne sie gut genug, um die Furcht und die Anspannung in ihrer Stimme zu hören.

Alarmglocken schrillen los, aber ich ignoriere sie.

Ich will nicht glauben, dass meine Mutter so etwas getan hat.

„Ravil hat Kuznets seine Unterstützung zugesichert. Er ist verantwortlich dafür, dass er in Vladimirs Abwesenheit die Führung übernimmt."

Die eisige Kälte, die mich Pool überkommen hat, kehrt zurück.

„Kannst du nicht sehen, warum, Sasha? Wenn Vladimir tot ist, ist Ravil der Kontrolle über die Ölfelder einen Schritt näher. Deshalb verstecke ich mich. Solange sie mich nicht finden können, bist du in Sicherheit. Verstehst du? Denn wenn du stirbst, dann geht dein Geld an mich. Aber wenn wir beide tot sind, dann geht alles an Ravil und Maxim. Dann haben sie die Kontrolle über das Geld und die Bratwa. Das ist genau das, was dein Vater immer befürchtet hat, dass es uns zustößt."

Ich schüttle den Kopf. „Ich-ich glaube, du bist paranoid, Mama", sage ich zu ihr, aber ich kann das Zittern meiner Hände nicht stoppen.

„Haben sie nach mir gefragt? Haben sie dir gesagt, du sollst rausfinden, wo ich bin?"

Ich atme abgehackt ein. „Sie haben mich gefragt, aber ich habe gesagt, dass ich es nicht weiß. Was ja auch stimmt. Also ... sag es mir besser nicht, schätze ich. Damit ich nichts zu verbergen habe."

„Ich werde es dir nicht sagen. Aber wie geht es dir, mein Schatz? Wirst du dort gefangen gehalten?"

Ich denke daran, was ich gerade durchmachen musste, nur um das Handy zu kaufen, um sie anzurufen. Ich atme seufzend aus. „Es ist ein goldener Käfig, aber ja. Ich bin eine Gefangene."

„Hat er dir wehgetan?"

„Maxim?" Schuldgefühle mischen sich unter die Eiseskälte. Ist es falsch, auf meine Mutter zu hören? Maxim kümmert sich hervorragend um mich – sexuell und überhaupt. Wie könnte ich da glauben, dass er plant, mich umzubringen? Außerdem, warum sollten sie mich überhaupt umbringen müssen, wenn sie ohnehin schon die Kontrolle über mein Vermögen haben? Wenn überhaupt, sollte ich diejenige sein, die das Morden hier übernimmt. Mein Vater hat mich wie die verzogene Prinzessin behandelt, die er aus mir gemacht hat, hat mir nicht zugetraut, mein eigenes Vermögen zu verwalten. Hat es an Maxim weitergegeben, damit der es Häppchen für Häppchen an mich ausgibt, wie es ihm beliebt.

Es ist wirklich lächerlich.

„Nein", sage ich meiner Mutter. „Er ist gut zu mir. Ich glaube, du irrst dich über sie."

Ich höre, wie Viktor im Hintergrund etwas sagt, aber ich kann es nicht verstehen. „Ich muss Schluss machen", sagt meine Mutter. „Ruf mich nächste Woche wieder an. Ich arbeite an einem Plan, wie ich dich sehen kann."

„Ach ja?" Ich kann nicht sagen, ob mich das glücklich macht oder nicht. „Maxim sagt, du könntest herkommen und er würde dich beschützen."

„Ich bin nicht so verrückt, ihm zu vertrauen", erwidert meine Mutter. „Nein, sag ihm nicht, dass wir gesprochen haben."

„Okay, werde ich nicht."

„Versprich es mir. Es könnte um mein Leben gehen."

Eine weitere Welle der Angst rauscht über mich hinweg. „Ich verspreche es dir."

„Ich liebe dich, meine Tochter."

„Ich liebe dich auch, Mama." Ich lege auf, kämpfe gegen das Verlangen an, in Tränen auszubrechen.

Meine Mutter irrt sich.

Sie liegt mit allem falsch.

Anders kann es nicht sein.

SIEBZEHNTES KAPITEL

Maxim

ES GIBT DREI DINGE, die ich an meiner neuen Frau anbete.

Ich liebe den Sex mit ihr. *Da*, das muss zuerst kommen, weil mich nichts so sehr berührt, wie ihr zuzuschauen, wie sie sich mir hingibt. Die Mauern und Schutzschilde zwischen uns in einer Flut der heißen, brutalen Leidenschaft zusammenbrechen zu sehen.

Außerdem liebe ich die Show. Ich liebe es, wenn sie sich aufdonnert und ihre natürliche, weibliche Anziehungskraft hochschraubt. Sie hat keine Angst davor, mit Leuten zu sprechen. Sie liebt es, auf einer Party der Mittelpunkt zu sein. Sie ist der Typ Frau, von der manche behaupten würden, sie wäre „zu viel", aber ich liebe alles an ihr. In der Woche, in der sie mittlerweile hier ist, hat sie meine Mitbewohner schon für sich gewonnen – sogar Lucy, und die beiden haben sehr wenig Gemeinsamkeiten, außer, dass sie beide Frauen sind. Sie hat die Soldaten im Gebäude für sich gewonnen – die Portiers und die Wachen. Sie hat sich mit den Baristas im Café an der Ecke angefreundet. Sie weiß sich in einem Raum voller Menschen zu bewegen.

Am allermeisten aber liebe ich es, wenn sie mir zeigt, was wirklich hinter ihrer Oberfläche steckt. Als sie wegen der Schauspielerei zusammengebrochen ist. Wenn wir uns ehrlich über ihren Vater unterhalten. Sie ist verflucht stolz, also nehme ich an, wenn sie mir ihre Schwächen offenbart, dann bedeutet das etwas.

Dass sie mir gehört, und zwar durch mehr als nur ihren Körper oder einen Nachnamen.

Aber das kommt bei Weitem noch nicht immer vor. Sie ist launenhaft. Manchmal begegnet sie mir reserviert und verschlossen – vor allem, wenn ich sie zu lange allein gelassen habe, aber hoffentlich wird sie mit der Zeit lernen, darauf zu vertrauen, dass ihr meine Aufmerksamkeit nicht entzogen wird, so wie die ihres Vaters.

Heute Abend geht es nur um die Show. Nach unserer Unterhaltung letzte Woche über das Theater hat sie eine Vorstellung aufgetan, die sie heute Abend besuchen will. Sie hat sich rausgeputzt, mit einem herrlichen, rückenfreien blauen Designerkleid, und sieht viel mehr wie ein Hollywoodstar aus als sonst in ihrem Club-Diva-Outfit. Die Jungs pfeifen, als wir aus dem Schlafzimmer kommen, und sie wirft ihre roten Haare in den Nacken, als ob sie ein Model auf dem Laufsteg wäre.

„Wo wollt ihr beide denn hin?", fragt Lucy von einem Hocker an der Frühstücksbar herüber. Sie isst Rindfleisch- und Kartoffelpiroggen – ihr permanentes Schwangerschaftsgelüst.

„Zum Chicago Temple of Music and Arts", antwortet Sasha. „Die Chicago-Stage-Kompanie zeigt dort Cabaret."

„Oh, das wird sicher toll", erwidert Lucy

„Das ist ein Stripclub, richtig?", frotzelt Nikolai mit gespielter Unschuldsmiene.

Sasha zeigt ihm den Stinkefinger und Dima kichert.

„Nehmt ihr den Lambo?", fragt Pavel. „Oder lässt dich dein Gönner nicht fahren?"

„Das Auto war ein Geschenk an sie und es ist mein Vergnügen, sie fahren zu lassen", erwidere ich glatt.

Sasha strahlt mich an. „Du verwöhnst mich wirklich."

Sie fährt zum Theater und ich leite sie zum Valet. Als wir aussteigen, drücke ich dem Kerl einen Fuffi in die Hand und sage ihm, dass er gut auf den Wagen aufpassen soll. Er reißt sich fast ein Bein aus, um sich eifrig bei uns zu bedanken, und verspricht es.

Sasha verdreht die Augen. „Männerclub."

„Nein. Das hat nichts damit zu tun, dass ich ein Mann bin." Ich zeige ihr das Bündel Fünfziger in meiner Tasche. „Das ist ein Trick, den Ravil mir beigebracht hat – er hatte es in einem alten Artikel im *Esquire*-Magazin gelesen. Heißt ‚Der Zwanzig-Dollar-Millionär'. Die Theorie war, dass man nicht reich sein muss, um mit Respekt oder wie ein Millionär behandelt zu werden, man müsse die Leute nur schmieren. Ihnen einen Zwanzig-Dollar-Schein zuzustecken, bringt einen in den meisten Fällen verdammt weit. Aber in Anbetracht der Inflation dachte ich, mittlerweile sollten es besser Fünfziger oder Hunderter sein."

„Ich glaube nicht, dass das für eine Frau auch so einfach funktionieren würde."

„Geld kann dir alles besorgen, *sacharok*, vor allem mit der richtigen Einstellung. Und du hast genug von beidem. Mach dich nicht klein, wenn du so groß sein könntest." Ich ziehe den Blankoscheck aus der Tasche, den ich extra mitgebracht habe, und zeige ihn ihr.

„Was ist das?"

„Der ist für die Theaterkompanie – wenn du mit einer Spende ihre Aufmerksamkeit auf dich lenken willst. Sorge dafür, dass sie sich an deinen Namen erinnern."

Ich gebe ihr den Scheck und sie steckt ihn in ihre Handtasche. Ich würde nicht behaupten, dass ich ein Theatergänger bin. Ja, okay, das ist vermutlich mein erstes Mal – überhaupt –, dass ich ein Theaterstück live sehe, aber es gefällt mir. Noch mehr gefällt mir, mit Sasha an meinem Arm durch das Gebäude zu laufen und die Blicke zu bemerken, die ihr zugeworfen werden. Mir gefällt, wie versunken sie in die Vorstellung ist – ihre Japser und Ausrufe. Ihre S*tanding Ovations*, als es vorbei ist.

„Das Ende", ruft sie aus. „So beeindruckend."

In der Lobby halten wir inne. Ich weiß, was ich tun würde, um die Dinge für Sasha ins Rollen zu bringen, aber das ist ihre Entscheidung.

„Ich gehe den Regisseur suchen", sagt sie.

Ich lächle. „Das ist mein Mädchen. Ich warte am Eingang auf dich."

Zwanzig Minuten später kommt sie zurück, das Leuchten in ihren Augen regelrecht triumphierend. „Ich hab's gemacht." Sie strahlt. „Ich habe mit dem Spendenscheck seine Aufmerksamkeit erregt und dann habe ich ihm erzählt, dass ich Schauspielerin bin und gerade aus Moskau hierhergezogen bin. Er hat mich zum Schauspielunterricht eingeladen, den er und sein Partner hier abhalten. Jeden Dienstag. Und rate mal was?"

„Was?"

„Du wirst es nicht glauben." Sie greift nach meinem Handgelenk und drückt es, hüpft ein wenig in ihren Absatzschuhen auf und ab. „Nächstes Jahr inszenieren sie *Anna Karenina* und er hat gesagt, er würde mich gern für eine Rolle vorsprechen lassen!"

Ich grinse, versuche, hinterherzukommen. „Sie wollen eine echte Russin für den Part."

„Na ja, das weiß ich nicht", sagt sie schnell. „Aber wenigstens wird mein Akzent kein Problem sein." Sie wedelt mit einer Visitenkarte vor meinem Gesicht herum. „Und ich habe jetzt einen Kontakt."

Ich lege meinen Arm um ihre Taille und ziehe sie an meine Körper. „Du hast es geschafft. Siehst du? Es gibt nichts, was du nicht tun kannst."

Sie überschüttet mich mit kleinen, federleichten Küssen. „*Gospodi*, ich liebe dich."

Ich schlucke, als die ganze Macht dieser Worte mich mitten in die Brust trifft.

Sie zuckt zurück, ein erschrockener Ausdruck auf ihrem Gesicht, als ob sie etwas falsch gemacht hätte.

„Ich bin auch ziemlich verrückt nach dir", sage ich, bevor sie es zurücknehmen kann.

Verletzlichkeit schleicht sich in ihre Züge, aber sie versucht es zu verbergen. „Ja?" Sie fährt mit ihrer Hand über meine Brust. „Ich dachte, du hättest mich des Geldes wegen geheiratet."

Ich werde ganz still. Ist es das, was sie denkt? „Nein. Dein Erbe macht mir ehrlich gesagt nichts als Scherereien. Das Attraktive an dieser Ehe ist nicht das Geld, Süße. Das bist du."

Sie kommt näher, zieht an meiner Krawatte, presst ihre Kurven an meinen Körper. „Du meinst den Sex."

Meine Augen werden schmal, bin plötzlich argwöhnisch. Ich habe das Gefühl, als ob Sasha gerade irgendeine Rolle spielt. Die Rolle, die ihre Mutter ihr beigebracht hat, wie man einen mächtigen Mann an sich bindet. Sie ist nicht echt. Und das Gefühl zu bekommen, dass jemand mit mir spielt, ist ein verfluchtes rotes Tuch für mich, vor allem, wenn sie diese Person ist.

„Ich habe gesagt, *du*", insistiere ich.

Sie bemerkt die Beleidigung in meinem Tonfall und weicht ein wenig zurück.

Nein, ich habe sie falsch gelesen. Ich bin ein Arsch. Sie sucht nach Bestätigung, dass ich genauso fühle wie sie. Ich lege meine Hand in ihren Nacken und ziehe ihre Lippen an meine.

„Sogar die verrückten Züge. Ich liebe dich auch, Sasha." Es ist seltsam, das auszusprechen, aber sobald ich die Worte über die Lippen gebracht habe, bereue ich es nicht. Ich bin genauso verletzlich wie meine Braut. Und das ist es, was Liebe ist. Die eigenen Schwächen zu offenbaren. Einem anderen Menschen damit zu vertrauen.

Das hat sie mir geschenkt.

Es ist Zeit, dass ich das Gleiche für sie tue.

„Ich liebe dich." Ich wiederhole die Worte, starre in ihre blauen Augen.

Ein Schauder durchfährt sie. „Ich habe von diesem Moment geträumt", wispert sie.

Meine Lippen verziehen sich in ein breites Grinsen. „Ich habe dich aus allen meinen Träumen verband, aus Angst um mein Leben. Aber eins sage ich dir, Süße – das werde ich jetzt alles nachholen. Ich habe mindestens hundert Fantasien, in denen du über dieses neue Auto von dir gebeugt bist."

„Ah ja?"

Ich fische das Valet-Ticket aus meiner Tasche. „Lust auf eine Spritztour?"

Ihr Lächeln ist so sündhaft wie mein Herz. Sie schnappt sich das Ticket aus meiner Hand. „Immer, mein Großer."

∼

Sasha

Maxim navigiert mich zu einem dieser riesigen Parkhäuser, die sich immer weiter in die Höhe schrauben. Wir fahren bis ins oberste Stockwerk und parken. Hier oben stehen keine weiteren Autos. Wir steigen aus und ich gehe zu der Brüstung und schaue auf die Stadt hinaus. „Ich liebe diese Aussicht", rufe ich aus.

Es fühlt sich an, als ob die Nacht uns gehören würde. Nur uns.

Maxim liebt mich. Ich kann nicht – werde nicht – aufhören, diesen durch mich hindurch rauschen zu lassen wie ein warmer, pinker Kaugummi-Traum.

Es fühlt sich zu gut an, um wahr zu sein.

Als ob in jedem Augenblick die Beziehungspolizei auftauchen würde und mich wegen Imitation einer echten Ehefrau verhaften würde.

Ich meine, er musste mich heiraten. Er hat mich nicht gewollt. Wie habe ich ihn dazu gebracht, sich in mich zu verlieben?

Wie hat er mich dazu gebracht?

Wer bringt hier wen wozu?

Oder ist es tatsächlich real? Es fühlt sich real an, aber ich habe Angst, darauf zu vertrauen. Alles scheint zu einfach. Zu perfekt. In meiner Schauspielkarriere scheinen sich die Dinge zu bewegen. Ich lebe wieder in den USA, nur einen kurzen Flug von meinen Freunden entfernt. Und in Maxims Mitbewohnern finde ich neue Freunde.

Ich fühle mich ausgelassen und in Feierlaune und vielleicht meldet sich auch mein Exhibitionismus, um zu spielen, aber ich öffne den Reißverschluss meines Kleids und ziehe es mir über den Kopf.

Anstatt nach mir zu greifen, tritt Maxim einen Schritt zurück und stopft die Hände in die Hosentaschen, mustert mich von Kopf bis Fuß.

„Wie wolltest du mich noch mal bestrafen?", schnurre ich und öffne meinen BH. „Nur in meinen High Heels?"

Er tut so, als ob er völlig unbeeindruckt wäre, aber ich kann sehen, wie seine Erektion seine Hose ausbeult. „Ach, fuck, Süße." Langsam kommt er auf mich zu. „Dieses Necken wird dir noch ein Spanking einhandeln."

„Mhmm. Darauf zähle ich." Ich gehe langsam zurück, bis ich an den Lambo stoße, mache die Tür einen Spaltbreit auf, um mein Kleid und den BH hineinzuwerfen. Er kommt hinter mir her, hält aber Abstand und tut ganz entspannt.

Ich stelle mich frontal vor ihn, blicke ihm in die Augen, während ich langsam meinen Stringtanga über meine Hüfte und meine Oberschenkel ziehe und ihn zu Boden gleiten lasse.

Maxim winkt mit seinen Fingern, kommt näher. „Den nehme ich." Ich hebe ihn auf und reiche ihn ihm und er steckt ihn in seine Tasche.

„Hände auf die Motorhaube. Spreiz deine Beine."

Schauer der Erregung überlaufen mich, als ich mich in Position begebe, beide Handflächen auf das kühle Metall presse und in meinen Absätzen die Beine spreize. Es ist eine warme Nacht, also ist mir trotz meiner Nacktheit nicht kalt. Oder vielleicht liegt es auch an der Glut, die sich zwischen meinen Schenkel entzündet. Die Gefahr, hier oben von irgendjemandem erwischt zu werden, splitternackt, macht diese Sache noch hundertmal aufregender, als wenn wir irgendwo in einem Zimmer wären.

Maxim nimmt von hinten meine Brüste in die Hände, kneift meine Nippel. „Meine wilde Braut." Ich werfe meine Haare in den Nacken, als ich mich zu ihm herumdrehe und ihn anschaue. Seine Hand knallt auf meinen Arsch, feste. Ich quietsche auf, dann lache ich. Ein Beben läuft meine Beine hinunter.

„Autsch?", murmle ich.

Er versetzt mir einen Schlag auf die andere Arschbacke, genauso feste. „Ich weiß, *sacharok*. Aber du siehst so hübsch aus mit meinen Handabdrücken auf deinem Arsch."

Weitere Schauer schießen meine Schenkel hinunter, heben mich auf die Zehenspitzen und lassen mich die Zehen lustvoll einrollen.

„Sei ein braves Mädchen und halt still für deine Bestrafung." Das tue ich, weil ich es verflucht noch mal liebe. Er versetzt mir eine Flut von kurzen, schnellen Schlägen auf den Arsch, die ihn ganz warm werden lassen, bis ich anfange, herumzuzappeln. „So ist es richtig." Er streichelt das Brennen fort.

„Wofür ist das?", frage ich. Ich weiß nicht, warum. Ich glaube, etwas in mir will noch immer wissen, ob er mir für die Sache in der Vergangenheit verziehen hat.

„Dafür, mich dazu gebracht zu haben, mich in dich zu verlieben, *ljublmaja*."

Ich winsele, weil mich das mit jedem Mal, das er es sagt, mehr berührt. Sämtliche Verteidigungen einreißt. Mich diesem Mann gegenüber immer verletzlicher zurücklässt.

Wusste mein Vater, dass ich so fühlen würde? Dass wir zusammen glücklich sein könnten? Verliebt?

Sogar die winzigste Vermutung, dass er das getan haben könnte, fühlt sich an wie eine Wiedergutmachung. Ich wusste nicht, dass ich eine Wiedergutmachung brauchte. Vor allem nicht von ihm. Aber das Gefühl ist wundervoll. Er hat mich nicht verabscheut. Was, wenn er tatsächlich das Beste für mich gewollt hat?

„Bitte", bettle ich.

Maxims Finger gleiten zwischen meine Beine und schon bei dieser Berührung komme ich fast. „Bist du jetzt schon am Betteln, meine Süße? Brauchst du meinen Schwanz?"

„Ja."

„Willst du über dein brandneues Auto gebeugt gefickt werden? Muss ich dir zeigen, wer hier wirklich das Steuer in der Hand hält?"

Ich lache, weil ich weiß, dass das einen solchen Alphamann wie ihn furchtbar nerven muss, mich fahren zu lassen, und dennoch hat er es getan. „Ja. Zeig es mir."

„Ich werd's dir zeigen." Ich höre, wie eine Kondompackung aufgerissen wird, dann reibt die Spitze seines Schwanzes über meinen feuchten Schlitz.

Ich presse meine Hüften zurück, begierig darauf, ihn in mir zu spüren. Nach einer Woche nonstop Sex bin ich süchtig danach, ihn in mir zu spüren. Zu kommen, wenn ich ausgefüllt bin und wund von seinen Stößen. Mich seiner Kontrolle ganz unterworfen habe.

Er ist ein herrischer Liebhaber. Er sagt schmutzige Dinge und bringt mich in demütigende Positionen, aber er stellt immer sicher, dass ich mindestens zweimal so oft komme wie er. Er kümmert sich um mich.

Als er in mich eindringt, versetzt er mir einen weiteren leichten Hieb auf den Arsch. „Verdammt", stöhnt er. „Du siehst gerade aus wie ein *Penthouse*-Pin-up-Girl, Baby. Du bist der feuchte Traum eines jeden Mannes. Ein heißes Auto und eine noch heißere Frau."

Er greift um meine Hüfte herum und reibt meinen Kitzler, während er langsam in mich hinein und hinaus gleitet. „Was gefällt dir am besten, Süße? Das Spanking oder dass wir erwischt werden könnten?"

„Erwischt zu werden", keuche ich und ziehe meine inneren Muskeln um seinen Schwanz zusammen. Obwohl ich das Spanking auch liebe. „Dir?"

„Mir?" Er krallt seine Finger in meine Haare und zieht meinen Kopf zurück. „Ich mag es einfach, das Sagen zu haben."

Wieder ziehe ich mich um ihn zusammen.

„Ich mag es, wenn du dich mir darbietest wie eine herrliche kleine Fickpuppe." Er kneift einen meiner Nippel, dann presst er meinen Oberkörper hinunter. „Titten auf die Motorhaube, meine Schöne."

Das Auto ist glänzend sauber, aber auch wenn es das nicht wäre, würde ich tun, was er mir sagt. Maxim macht es zu seinem Spiel, ihn zufriedenzustellen, und ich spiele gerne mit.

Mit einer Hand zwischen meinen Schulterblättern drückt er mich hinunter und beginnt, fester in mich hineinzustoßen. Als er so heftig stößt, dass meine Hüfte gegen die Karosserie knallt, stoße ich einen kleinen Schmerzensschrei aus und er ändert augenblicklich die Position, schlingt seinen Unterarm um meine Hüfte, um die Stöße abzufedern.

Und dann geht es los.

Er knallt härter und härte in mich hinein, bis ich ganz atemlos bin und fast den Verstand verliere.

Der Druck, zu kommen, bevor wir erwischt werden, schraubt

meine Lust nur weiter in die Höhe und es fühlt sich so gut an, dass ich gleichzeitig nicht will, dass es jemals aufhört.

„Ich werde dich zu Hause gegen das Fenster ficken. Oben auf dem Dach. Ich werde dich in diesem Theater fingern, wenn wir das nächste Mal hingehen."

„*Gospodi*", wimmere ich. „Ich komme gleich."

„Nicht, bis ich es dir erlaubt habe." Eine scharfe Warnung klingt in seiner Stimme mit.

Dieses Spiel hat er noch nie zuvor mit mir gespielt und ich schiele vor Erregung, versuche die Flutwelle aufzuhalten, die mich jeden Augenblick überrollen wird.

„Du wirst ein braves Mädchen sein und auf meine Erlaubnis warten."

„Du bist … verrückt", keuche ich.

Er krallt sich meine Haare, zieht meinen Kopf zurück und drückt gleichzeitig meinen Oberkörper hinunter, sodass ich mich ihm entgegenbiege. Fügt mir mit seiner wundervollen, dominanten Art ein klein wenig Schmerzen zu. „Verrückt nach dir."

Er kommt und ich schreie auf, komme selbst, kann es nicht mehr länger zurückhalten. Maxim gluckst düster lachend, lässt seinen Torso auf meinen fallen, sein Schwanz noch immer in mir, sein Körper an meinen gepresst. „Dafür wirst du bestraft werden, *ljublmaja*."

Ich schließe die Augen, meine inneren Muskeln pulsieren in einem Nachbeben um seinen Schwanz. „Ich konnte nicht anders."

Er küsst meinen Nacken. „Ich auch nicht."

ACHTZEHNTES KAPITEL

 asha

ICH KOMME mit einer Gruppe anderer Schauspieler aus meinem Schauspielkurs, wir unterhalten uns noch immer über die Stanislawski-Übung, die wir gerade gemacht haben. Es ist die dritte Woche, in der ich dabei bin, und schon jetzt habe ich das Gefühl, dazuzugehören. Ich habe Freunde gefunden. Ich liebe den Unterricht. Ich bekomme einen Einblick in die Theaterszene von Chicago.

Maxim hat einen Hollywood-Stimmcoach gefunden, der mir in virtuellen Sitzungen mit meinem Akzent hilft, und wenn ich mich konzentriere, merkt man kaum noch, dass ich keine Amerikanerin bin. Zumindest sagen das meine neuen Freunde.

„Hey Sasha, willst du mit uns noch Kaffee trinken gehen?", fragt eine der älteren Frauen.

Ich zögere.

Zuerst wollte Maxim mich nicht allein zu den Kursen gehen lassen, aber ich bin ausgerastet. Einen besitzergreifenden Ehemann mit ausgeprägtem Beschützerinstinkt in meinem Kurs sitzen zu haben, würde alle glauben lassen, dass ich ein totaler Freak bin. Nach einer langen Diskussion hat er sich schließlich darauf eingelassen, mich einfach nur dort abzusetzen und nach meinem ersten Kurs wieder einzusammeln. Aber letzte Woche hat er tatsächlich entschieden, mich den Kreml allein verlassen zu lassen, weil Dimas neues Datenüberwachungsprogramm endlich angelaufen ist und sich die Dinge in Moskau beruhigen.

Das hat mir endlich die Chance ermöglicht, das Prepaidhandy mitzunehmen und meine Mom anzurufen, die mir noch immer nicht sagen wollte, wo sie ist. Ich hatte ein wenig ein schlechtes Gewissen, mein Versprechen an Maxim, direkt zum Kurs und wieder nach Hause zu gehen, gebrochen zu haben und das Handy und die Unterhaltung vor ihm verbergen zu müssen, aber meine Mutter war immer noch voller Misstrauen gegenüber Maxims Intentionen, was mich vorsichtig gemacht hat.

Bin ich noch immer in Gefahr? Oder kommt die einzige wirkliche von ihm? Ich glaube es nicht wirklich, aber ich will auch nicht dumm sein. Ich habe als Kind jedes Agatha-Christie-Buch verschlungen. Ich weiß, dass große Mengen Geld die Leute nicht gerade vertrauenswürdig macht.

„Heute passt es leider nicht", antworte ich. Nicht nur wegen meines Versprechens an Maxim. Der Koch wollte außerdem ein großes Abendessen kochen und wir wollten alle zusammen essen. Und so sehr ich neue Freunde finden will, vor allem andere Schauspieler, will ich doch lieber meine neue Familie besser kennenlernen und mit ihnen den Abend verbringen.

Ich gehe auf den Parkplatz neben dem Unterrichtsgebäude. Leider ohne Valet. Einen Lamborghini auf einem unbewachten Parkplatz stehenzulassen, hat mich nervös gemacht, aber erleichtert stelle ich fest, dass er noch da steht.

Ich öffne die Tür und gleite auf den Fahrersitz, werfe meine Handtasche auf den Beifahrersitz. Als die Fahrertür wieder aufgerissen wird, schreie ich erschrocken auf.

„Steig aus, das Auto fliegt gleich in die Luft", sagt sie in kurz angebundenem Russisch.

„Mama?"

„Raus aus dem Auto, jetzt." Meine Mutter zieht mich aus dem Wagen und zerrt mich geduckt und rennend durch die Reihen der geparkten Autos.

Eine Explosion schleudert mich zu Boden. Ich glaube, ich schreie auf.

Obwohl sie mir gesagt hat, dass das Auto explodieren wird, bin ich fassungslos. Ich drehe mich um und starre auf die Flammen und den Qualm.

Meine Mutter zerrt mich vorwärts, bis wir in an einer Gasse vorbeikommen, in die sie mich zieht.

„Mama! Was ist los?"

Sie antwortet nicht, zieht mich einfach immer weiter die Gasse hinunter, dann eine Nebenstraße hinauf, wieder zurück, bis wir auf der anderen Straßenseite ankommen, während Sirenen von Feuerwehr und Polizei aufheulen, die zum Ort der Explosion rasen.

Wir betreten ein Hotel auf der anderen Straßenseite und gehen sofort zu den Aufzügen.

Tränen laufen mir über die Wangen. „Was ist los? Wer hat das getan?"

„Es ist alles in Ordnung, Schatz." Meine Mutter dreht sich zu mir um, als wir im Fahrstuhl sind, und nimmt meine Hände in ihre. Zu meiner Überraschung sieht sie fröhlich aus. Beinah aufgekratzt. „Wir waren das!"

„W-was?"

Meine Mutter nickt, strahlt mich an. „Viktor hat die Bombe gelegt. Du bist jetzt frei!"

Es muss der Nachhall der Explosion sein, denn meine Ohren klingeln plötzlich so laut, dass ich ganz taub bin. In einer Blase der Verwirrung und des Schocks höre ich nicht, wie der Aufzug pingt, oder bemerke, dass die Türen aufgleiten, aber meine Mutter zieht mich aus der Kabine und in ein Hotelzimmer. Alexei sitzt auf einem der Doppelbetten und schaut fern. Viktor steht am Fenster und betrachtet das Chaos unten auf der Straße. Er nickt mir kurz zu.

Ich eile zum Fenster und blicke hinunter zu meinem herrlichen Auto – mein wunderschönes Baby, das Maxim mir geschenkt hat, weil ich heiß darin aussehe –, aber es ist komplett zerstört. Viktor greift nach meinem Oberarm und zieht mich ruppig vom Fenster zurück, reißt an meiner Schulter und verpasst mir beinah ein Schleudertrauma.

„*Kakogo tscherta?*", fahre ich ihn an. *Was zur Hölle?*

„Pass auf, dass sie nicht ans Fenster geht", befiehlt er meiner Mutter, als ob ich es nicht einmal wert wäre, dass man die Dinge erklärt. Seine Worte klingen weit weg, dringen nur dumpf durch das Klingeln in meinen Ohren.

Ich starre schockiert auf den Abdruck seiner Finger auf meinem Oberarm. „Was hast du getan?", frage ich meine Mutter.

Sie nimmt mein Gesicht in ihre Hände. „Ich habe dich umgebracht. Du bist jetzt offiziell tot. Du bist Ravil und Maxim und ihren Plänen für dein Geld entkommen. Jetzt geht alles an mich – an uns!"

„Uns?", frage ich.

Mein Herz rutscht mir in die Hose. Mir wird eiskalt. Ich glaube, ich habe immer gewusst, dass meine Mutter Geldprobleme hat. Sie liebt Geld und hatte immer furchtbare Angst, es zu verlieren. Deshalb hat sie es so lange mit meinem Dad ausgehalten – um diesen Luxus nicht aufgeben zu müssen. Und ihre schlimmsten Ängste haben sich bewahrheitet, als er Vladimir die Kontrolle über ihre Finanzen zugeteilt hat. Ich weiß, dass sie diese Ängste hat, aber ich sehe sie plötzlich mit neuen Augen. Als wenn sie eine böse Hexe in einem Märchen wäre – eine von denen, die immer wunderschön waren und die richtigen Dinge gesagt haben und die plötzlich als hässliches, altes Weib enttarnt werden.

„H-hast du Vladimir umgebracht?", frage ich.

Sie wendet sich ab, als sie antwortet. „Sei doch nicht albern", sagt sie und ich weiß augenblicklich, dass sie lügt. Sie hat es getan. Vielleicht nicht eigenhändig, aber sie war involviert. Meine Mutter und diese beiden Männer, Viktor und Alexei, sind irgendwie dafür verantwortlich.

Ich möchte am liebsten in Tränen ausbrechen, aber meine Augen blieben trocken. Ich bin zu schockiert.

„Das hättest du nicht tun brauchen. Maxim hätte für dich gesorgt", sage ich schwach. Ich glaube, dass es stimmt. Sie hat alle Zweifel in mir gesät – sie war diejenige, die intrigiert hat.

Meine Mutter fährt herum, ihr hübsches Gesicht ist wutverzerrt. „Hätte er das? Ich bezweifle es. Wir reden hier von einem Mann, der versucht hat, dich zu vergewaltigen, als du siebzehn warst."

Ich schüttle den Kopf, Übelkeit steigt in mir auf. Ich bin genauso schlimm wie meine Mutter. Aus demselben Holz geschnitzt. Mache dumme, unüberlegte und verzweifelte Dinge, um zu beweisen, dass ich nicht so machtlos bin, wie ich mich fühle. „Das hat er nicht. Ich habe gelogen. Ich habe mich ihm dargeboten, aber er hat sich geweigert." Es fühlt sich schrecklich an, das laut auszusprechen.

Ich bringe es kaum über die Lippen, aber plötzlich sind alle Augen im Raum auf mich gerichtet – Alexei macht den Fernseher leiser, als er mich anstarrt. „Was für eine Schlampe", murmelt er und schüttelt den Kopf, dann wendet er den Blick ab.

„Ich habe mich schon gefragt, warum Igor sie mit ihm verheiratet hat", grunzt Viktor. „Er muss es gewusst haben."

„Tja, Maxim wird seinen Trostpreis trotz allem nicht erhalten", bemerkt Alexei.

„Schade für ihn." Viktor blickt auf die Szene unten auf der Straße. „Da ist er schon."

Ich stürze zum Fenster. Viktor fährt seinen Arm aus, um mich davon abzuhalten, zu nah heranzukommen, aber ich kann trotzdem noch sehen, was da unten vor sich geht.

Maxims Conquest Knight parkt schräg vor der Polizeibarrikade. Ravil und Oleg sind noch am Aussteigen, aber Maxim rennt schon den Bürgersteig hinunter, einen Polizisten an den Fersen. Als Maxim am Explosionsort ankommt und das Wrack sieht – die Überreste meines Autos und der zwei Fahrzeuge, die neben meinem Wagen geparkt hatten und die von den Feuerwehrleuten nur halbwegs gelöscht wurden –, fällt er auf die Knie.

Seine Faust schnellt in die Luft, sein Kopf fällt ihm in den Nacken. Ich kann sehen, wie sich sein Mund in einem Wutschrei öffnet, und in diesem Augenblick, ich schwöre, kann ich seinen Schmerz wie meinen eigenen fühlen.

Als ob ich gerade meine einzige, große Liebe verloren hätte.

Ihn.

Ich denke nicht mehr nach – ich handle nur noch. „Ich gehe da runter."

Drauf geschissen. Auf meine Mutter geschissen und auf ihren bescheuerten Plan, mich von Maxim zu befreien. Ich will nicht frei sein. Ich will, dass er die Kontrolle über mich und mein Leben und mein Geld hat. Ich will, dass er auf mich aufpasst, mich beschützt. Wahnsinnig besitzergreifend ist.

Er ist mein Mann. Er ist schon immer der Eine gewesen.

Viktor greift nach meinen Haaren und reißt mich zurück. Ich stolpere hilflos zurück, falle fast auf meinen Hintern und verliere ein Büschel Haare.

„Du bist tot", knurrt er. „Du musst tot bleiben. Was glaubst du, was Ravil und seine Männer mit deiner lieben Mutter machen werden, wenn sie herausfinden, was sie geplant hat?"

Was *sie* geplant hat?

Mein Herz donnert in meiner Brust.

„Viktor!", blafft meine Mutter.

Ich schaue sie fassungslos an. *Das* ist es, was sie uns beschert hat? Sie dachte, ich würde lieber von Viktor besessen werden als von Maxim?

Sie hat uns im Prinzip an Igors niedrigsten, zweitklassigsten Schläger überhaupt verkauft. Wie lange glaubt sie denn, dass sie uns leben lassen, bevor sie das ganze Geld an sich reißen? Glaubt sie, sie könnte Viktor für immer unterhalten, solange sie nur die Beine breit macht?

Ich bezweifle, dass sie das schafft.

Ich weiß nicht, ob ich zufrieden oder bestürzt über das Flackern der Angst in ihren Augen sein soll, als Viktor mich so grob behandelt. Ihr Gesicht verliert alle Farbe.

Wir sind beide komplett gefickt.

Aber dann fängt sie sich. „Lass sie los! Alles in Ordnung. Ich kümmere mich um sie, du musst das nicht machen", beruhigt sie ihn.

Viktor zieht fester an meinen Haaren. „*Du bleibst tot. Hast du verstanden?*"

„Ja!", keuche ich. „Ich bleibe tot", sage ich.

Er lässt mich noch immer nicht los.

Meine Mutter richtet sich auf. „*Viktor.*"

„Ich bleibe tot", wiederhole ich.

Endlich lässt er mich los und stößt mich von ihm fort. Meine Mutter fängt mich auf und obwohl ihr Gesicht eine Maske der Beruhigung ist, bemerke ich das Zittern ihrer Hände.

Tränen brennen in meinen Augen und in meinem Hals. Nicht bereit, den Kopf einzuziehen und mich zu verstecken, drehe ich mich wieder zum Fenster, mein Blick starr auf Maxim geheftet. Ravil und Oleg helfen ihm auf die Füße und stützen ihn, während sich ein Ring von Polizisten um sie scharrt.

Maxim. Gospodi. Ich sterbe für ihn. Wenn ich an seiner Stelle wäre, denken würde, er wäre in die Luft gejagt worden, würde mein Herz in tausend Teile zerbrechen.

Und in die Trostlosigkeit dieser ganzen Situation schleicht sich plötzlich ein kleiner Lichtschimmer ein.

Ich *habe* ihm etwas bedeutet.

Meine Mutter hat sich in ihm geirrt.

Er ist dort unten zusammengebrochen, weil er mich verloren hat.

Wenn ich nur irgendwie hier rauskommen und zu ihm gehen könnte, könnte ich diesen Schmerz beenden.

Aber was, wenn Viktor recht hat? Was, wenn Ravil sich an meiner Mutter dafür recht, diese Intrige geschmiedet zu haben und ihnen das Geld abnehmen zu wollen? Aber ich könnte um ihr Leben flehen. Ich könnte sie überzeugen. Wenn ich zurückkehren könnte, hätten sie noch immer ihr Geld.

Nur, dass mein Magen sich bei diesen ganzen Unsicherheiten nur so überschlägt. Würde ich überhaupt wieder willkommen geheißen werden, nachdem meine Mutter diesen Coup inszeniert hat und anscheinend auch den in Moskau gegen Vladimir? Würden sie sie umbringen müssen, um die Rechnung auf beiden Seiten des Atlantiks zu begleichen?

Meine Augen brennen, aber ich blinzle die Tränen zurück. Ich bin Schauspielerin und es war noch nie wichtiger als in diesem Moment, meine wahren Emotionen zu verstecken.

Meine Mutter reißt sich zusammen, kommt zu mir, nimmt meine Arme und lächelt mir ins Gesicht, als ob ihr Freund mich nicht gerade tätlich angegriffen hätte. „Das ist der perfekte Plan, Sasha. Du wirst sehen. Und sobald ich die Kontrolle über das Geld habe, können wir den Rest unseres Lebens am Strand auf den Kanarischen Inseln verbringen. Das ganze Geld, nur für uns."

Träum weiter, Mama. Ich befürchte, sie macht sich selbst etwas vor. Sie muss erkennen, wie schwach ihre Kontrolle über Viktor ist. Als wie gefährlich er sich womöglich herausstellen wird. Wie tief wir in der Scheiße stecken. Aber sie hat diesen Plan losgetreten und jetzt gibt es kein Zurück mehr.

Für keinen von uns.

„Du musst nie wieder diesem Mann gehorchen, der dich hasst", verspricht sie mir.

Diesem Mann, der dich hasst.

Ja, ich glaube, Maxim hat mich gehasst. An dem Tag, als mein Vater gestorben ist, war ich mir dessen sicher. Aber jetzt nicht mehr. Sein Groll ist verschwunden, sogar noch bevor ich ihm meine Jungfräulichkeit geschenkt habe. Er hat mich das verzogene Gör spielen lassen – hat mich nach L.A. fliegen lassen und ist mir brav hinterhergerannt – und er war noch nicht einmal sauer auf mich. Seine Bestrafung war köstlich gewesen. Er hatte mir sogar einen Ehering mitgebracht und sich bestens mit meinen Freundinnen unterhalten.

Er hat mir ein Auto gekauft.

Hat mir dabei geholfen, einen Fuß in die Tür der Theaterszene von Chicago zu bekommen.

Hat mich ausgeführt und seine Freunde mit mir geteilt.

Und alles, was ich getan habe, war, ihm das Leben schwer zu machen und ihm zu gestatten, mich für heißen Sex über die Motorhaube meines Autos zu legen.

Falls ich lebend aus dieser Sache herauskomme, werde ich die dankbarste Ehefrau sein, die ein Mann überhaupt nur haben kann.

Aber das ist ein großes *Falls*.

Und ich werde nicht so tief sinken, die Methoden zu benutzen, die meine Mutter bei einem anderen Mann angewandt hat. So viel bin ich Maxim schuldig. Wenn ich aus dieser Sache herauskomme, dann nicht, indem ich meinen weiblichen Charme als Waffe einsetze.

Maxim

ICH KANN KAUM SEHEN, kann kaum denken, so heftig ist das Pochen hinter meinen Augen. Es fühlt sich an, als ob mein Schädel zerspringen würde.

Meine Brust ist schon zersprungen. Ich habe mein Innerstes – mein verficktes Herz – dort draußen auf dem Bürgersteig vor dem Parkplatz verloren.

„Wer hat sie umgebracht?", wüte ich, als ich zurück im Penthouse bin.

Dima arbeitet wie ein Wahnsinniger, hat den Kopf gebeugt, seine Finger fliegen über die Tasten. Ich bin eine Haaresbreite davon entfernt, ihm den Kopf abzureißen. Sein verficktes Programm sollte für ihre Sicherheit sorgen. Uns warnen, wenn jemand ins Land kam.

„Ich überprüfe jeden, der eingereist ist, bevor das Programm installiert wurde", sagte Dima eilig, lässt die Schultern hängen. Nikolai steht hinter ihm, blickt ebenfalls auf den Bildschirm. Vermutlich, um seinen Zwillingsbruder zu verteidigen, wenn ich durchdrehe.

„Da." Nikolai deutet auf den Bildschirm. „Was ist mit dem? Ein Mann, der vor zwei Wochen aus Moskau nach San Francisco geflogen ist."

Dima zuckt mit den Schultern und haut weiter auf die Tasten, tippt noch schneller.

„Kannst du an die Scans der Reisepässe der Passagiere kommen?"

„Dafür müsste ich eine Datenbank hacken. Das dauert."

„Ich will einen Namen. Jetzt!", donnere ich.

Sasha wird gerächt werden. Blut wird vergossen werden. Bis spätestens heute Abend werde ich meinen Willen haben.

„Hack dich auf der russischen Seite ein", rät Nikolai Dima leise. „Da warst du doch vorher schon mal, oder?"

Dima nickt und tippt. Zehn Minuten später ruft Nikolai, „Da! Den kenne ich."

„Wer ist das?", verlange ich.

„Alexei Preobrazhensky", liest Dima vor. „Hat in Moskau gewohnt. Im selben Haus wie Galina und Sasha. Muss sicher ein Bodyguard gewesen sein."

Ich komme zu ihnen, um mir das Foto anzusehen. „Verdammter. Ficker. Er ist ein toter Mann."

„Er ist ein Niemand", sagt Ravil. „Das ist nicht seine Mission. Wer auch immer Galina hat, muss ihn geschickt haben, um die Drecksarbeit zu erledigen."

Ich starre Dima an. *„Finde ihn."*

Dima wirft Ravil einen hilflosen, gestressten Blick zu, aber dann wendet er sich wieder dem Bildschirm zu. „Ich überprüfe die Inlandsflüge nach Chicago, die mit falschen Namen gebucht wurden."

Ich gehe im Wohnzimmer auf und ab.

„Steck das Ding hier drinnen weg", befiehlt mir Ravil.

Ich vernehme seine Worte, aber ich höre nicht auf ihn.

„Maxim."

Ich schaue ihn an.

„Ich habe gesagt, steck das Ding weg." Er hebt sein Kinn und deutet auf meine Hand.

Ich blicke hinunter und bemerke, dass ich meine Waffe in der Hand habe. Entsichert.

Fuck. Ich sichere die Waffe und stecke sie in meinen Gürtel. „Gib mir irgendwas, Dima. Wenn ich dem Kerl nicht bis heute Abend eine Kugel zwischen die Augen jagen kann, raste ich verflucht noch mal aus."

Oleg kommt auf mich zugestapft. Er ist mindestens einen Kopf größer als ich, seine Schultern sind doppelt so breit wie meine.

„Was?", fahre ich ihn an.

Er legte eine seiner Bärenpranken auf meine Schulter und neigt den Kopf.

Wenn es einer der anderen gewesen wäre, hätte ich ihm vermutlich eine reingehauen. Aber Oleg versucht so selten zu kommunizieren, dass ich mich zwinge, seine Mitleidsbekundung anzunehmen.

Aber das ist ein Fehler. Plötzlich kann ich nicht mehr atmen, die Trauer schnürt mir den Hals zu, lässt meine Augen brennen. Ich schnappe nach Luft, stütze die Hände auf meinen Oberschenkeln ab, versuche, Luft zu holen.

Fuck. Sasha ist tot.

Meine wunderschöne, kluge, lustige, lebendige, unglaubliche Frau ist tot.

Sie wird nie wieder diesen Raum mit einer ihrer cleveren Bemerkungen erhellen. Nie wieder ihre rote Mähne in ihren Nacken werfen. Ich werde sie nie schauspielern sehen.

Ich habe sie nie spielen sehen!

Ich versuche es immer wieder, aber ich kriege noch immer keine Luft. Mein Herz hämmert, mein Hals ist zugeschnürt, als ob jemand seine Faust um meine Kehle zudrücken würde.

Ich möchte sterben.

Ja.

Ohne sie zu leben, ist es nicht wert.

Also lasse ich zu, dass ich ersticke. Ich höre auf, nach Luft zu schnappen und falle auf die Knie. Als ich zu Boden stürze, knallt mein Kopf auf den Couchtisch. Die Dunkelheit, die mich umfängt, ist eine Erlösung.

NEUNZEHNTES KAPITEL

 asha

„ICH HABE HUNGER. Ihr auch? Sollen wir was vom Zimmerservice bestellen?" Ich habe entschieden, dass die beste Vorgehensweise vermutlich ist, meiner Mutter vorzuspielen, dass ich mit an Bord bin und alles perfekt ist. Bis ich herausgefunden habe, was meinen Möglichkeiten sind und was ich tun kann.

Ich will immer noch verzweifelt zu Maxim, sein gebrochenes Herz heilen. Ich will glauben, dass er mich zurücknehmen wird und mich irgendwie vor meiner Mutter und ihrem Wahnsinn beschützen wird.

Aber ich vermute, selbst wenn Maxim mich zurücknehmen würde, wäre das Leben meiner Mutter verloren. Und sosehr ich sie auch für ihren furchtbaren Plan hasse, ich will trotzdem nicht, dass sie sterben muss.

Im Augenblick stecke ich in einer unerträglichen Zwickmühle.

„Alexei wird was zu essen besorgen", sagt Viktor. „Richtig, Alexei?"

„Super." Alexei loszuschicken, kommt mir wie eine dumme Idee vor, denn da draußen sind noch immer Dutzende von Polizisten, aber ich diskutiere nicht. Ich tue so, als ob ich umgänglich wäre. Und ich habe wirklich Hunger.

„Mama, hast du eine Nagelfeile?" Ich versuche, beiläufig zu klingen. Ich habe kein Handy, aber vielleicht könnte ich das Handy meiner Mutter in die Finger bekommen. Nur um Maxim wissen zu lassen, dass ich noch lebe. Dass ich ihn liebe. Dass das hier nicht mein Plan war.

Aber natürlich, ich habe noch nicht einmal die Nummer von dem Kerl! Sie war bereits in mein Handy eingespeichert, das gerade in Flammen aufgegangen ist, zusammen mit dem Prepaidhandy und allen anderen Sachen in meiner Handtasche.

Meine Mutter holt ihre Handtasche von einer der Kommoden und reicht mir eine Nagelfeile. Ich tue so, als ob ich mir die Nägel feile, während ich den Inhalt ihrer Handtasche beäuge. Ich kann kein Handy sehen, aber das bedeutet nicht, dass es nicht da ist.

„Ich habe keine Zahnbürste", sinniere ich.

„Wir können all diese Sachen später besorgen", sagt meine Mutter. „Alexei wird sich darum kümmern, wenn er das Essen holt. Und morgen fliegen wir zurück nach Russland."

Russland. Mein Magen zieht sich noch mehr zusammen.

Noch weiter weg von Maxim. Von meinem Herzen.

„Habt ihr einen Pass für mich?"

„*Da*. Wir haben alles", bestätigt meine Mutter. „Sobald wir in Russland sind, werde ich einen Anwalt anheuern, der uns hilft, unser Geld zu bekommen. Dann sind wir für immer frei, Sasha. Du und ich."

Du, ich und zwei Typen, denen ich keinen Meter weit traue, uns beide nicht auf der Stelle umzubringen, wenn wir das Geld haben.

Auch wenn Viktor meine Mutter zu mögen scheint.

Alexei schaltet den Fernseher aus und steht auf. „Okay. Ich besorge was zu essen." Er spaziert aus dem Zimmer, ohne zu fragen, was alle wollen.

Arschloch.

Aber auch – klar. Natürlich ist er ein Arschloch. Ein Arschloch, das mir vermutlich ohne zu zögern eine Kugel in den Schädel jagen würde, wenn ich nicht so tun würde, als ob ich voll und ganz mit an Bord wäre.

Zuerst hatte ich das Schlimmste erwartet. Dass ich Glück hätte, wenn ich überhaupt aus diesem Hotelzimmer herauskommen sollte. Aber je mehr ich darüber nachdenke, umso mehr erkenne ich, dass das womöglich nicht stimmt. Ich darf nicht vergessen – sie haben mich da unten *nicht* umgebracht. Und das hätten sie ohne Weiteres tun können. Also muss meine Mutter die Zügel in der Hand halten. Sie hat Kontrolle über Viktor und Alexei, ansonsten wäre ich schon längst tot.

Ich erinnere mich, wie Viktor sie in meiner Wohnung angeschaut hat, nachdem mein Vater gestorben war. Er hat definitiv eine Schwäche für sie. Während er also bereit sein mag, mich umzubringen, glaube ich nicht, dass er es wirklich vorhat, es sei denn, ich lasse ihm keine andere Wahl.

Oder zumindest wird er es nicht vorhaben, bis er das Geld meiner Mutter hat. Dieser verrückte Plan funktioniert ohne sie nicht. Vielleicht träumt er wirklich davon, mit meiner Mutter an seiner Seite den Rest seines Lebens auf den Kanarischen Inseln zu verbringen.

Alexei kommt mit Styroporbehältern voll italienischem Essen zurück – Ravioli und Linguine. Ich sitze im Schneidersitz auf einem der Betten und stochere in meinem Behälter mit Nudeln herum. Meine Mutter setzt sich neben mich, Schulter an Schulter, als ob wir auf irgendeinem Familienurlaub wären.

Als ob wir in der Vergangenheit jemals in einem so schäbigen Hotel gewohnt hätten.

„Mama", murmle ich. „Du hättest mir von deinem Plan erzählen sollen."

„So war es sicherer, mein Schatz", erwidert sie.

Sicherer.

Gospodi. Ich will nicht sicher sein. Ich will mit Maxim zusammen sein. Und das hat sie jetzt ruiniert.

Auch wenn ich am Verhungern bin, scheint das Essen wie ein Stein in meinem Magen zu liegen. Nach ein paar Bissen stochere ich nur noch in den Nudeln herum.

Ich will gerade aufstehen und den Rest wegschmeißen, als die Tür auffliegt.

~

Maxim

„SIE GEHÖREN MIR", knurre ich, bevor Pavel die Schlüsselkarte, die wir dem Zimmermädchen gestohlen haben, in den Schlitz an der Tür steckt.

Noch nie im Leben wollte ich so dringend Blut vergießen. Sie haben mir das Einzige genommen, das ich je behalten wollte. Das Einzige, was mir jemals kostbar gewesen war.

Ich weiß nicht einmal, wie ich um sie trauern soll. Ich will nur jeden auslöschen, der etwas mit ihrem Tod zu tun hat.

Ich schraube den Schalldämpfer auf meine Pistole. In dem Augenblick, als ich die Tür eintrete, suche ich mir einen Kopf, auf den ich ziele, und drücke ab. Alexei ist tot. Viktor ist tot.

„*Stopp*." Ravil greift nach meinem Handgelenk und reißt meinen Arm in die Höhe, als ich das nächste Arschloch abknallen will. „Maxim."

Mein Gehirn überschlägt sich vor Schreck.

Da, auf dem Bett, sitzt meine wunderschöne Braut. Quicklebendig. Sitzt neben ihrer Mutter und isst Pasta aus einem Plastikbehälter, als ob mir nicht gerade das Herz aus dem Leibe gerissen wurde.

Fick.
Mich.
Fick mich, fick mich, fick mich, fick mich.
Nein.
Das kann nicht sein.
Ich schüttle langsam, fassungslos den Kopf.
Sie ... hat mich *verarscht*?
Schon wieder?
Sie hat mich verdammt noch mal verarscht.

Hat gelogen und mich verraten.

Das – schmerzt noch schlimmer als ihr Tod.

So viel mehr. Denn wenn sie tot gewesen wäre, hätte ich zumindest ihre Erinnerung in Ehren halten können. Sie bis an mein Lebensende bewahren und pflegen können.

Aber das hier?

Hiervon werde ich mich definitiv niemals erholen. Nicht, ohne dass mir der letzte Funke Menschlichkeit oder Vertrauen abhandenkommt. Ich dachte schon vorher, dass man Frauen nicht vertrauen kann, aber jetzt werde ich nie wieder in der Lage sein, eine Frau auch nur anzufassen, ohne den bitteren Geschmack des Verrats auf der Zunge zu schmecken.

„Maxim", krächzt sie, lässt langsam den Behälter mit Pasta sinken.

„Wage es nicht, mit mir zu sprechen", befehle ich ihr, dann drehe ich mich um und gehe, lasse Ravil zurück, damit er meinen Job als Mittelsmann erledigt und das Chaos aufräumt, dass ich hinterlassen habe.

ZWANZIGSTES KAPITEL

 asha

DER SCHOCK LIEß MICH ERSTARREN, als Maxim hereingestürzt kam. Ihn so tödlich zu sehen – Viktor und Alexei mit militärischer Präzision niederzuschießen, eine Kugel direkt zwischen ihre Augen –, hat mich erschüttert.

Und es zerreißt mir das Herz, weil er es für mich getan hat – meinen angeblichen Tod rächen wollte.

Ich will zu ihm rennen und mich in seine Arme schmeißen, ... bis Ravil ihn davon abhält, die Waffe auf mich zu richten, und ich den Verrat in seinem Gesicht sehe. Er wird kreidebleich. Seine Augen blicken wie tot. Er schüttelt den Kopf, schaut mich mit mordendem Blick an.

In diesem Augenblick scheint mein Herz stillzustehen.

Nicht körperlich, aber emotional.

Der Mann, den ich liebe – der einzige Mann, den ich jemals geliebt habe, der einzige Mann, der mich je geliebt hat – hasst mich nun.

Er glaubt, ich hätte ihn reingelegt. Die Scherben unserer Existenz fliegen mir um die Ohren, bilden ein schreckliches, furchtbares Muster.

Seine Mutter – die ihn angelogen hat, dass sie zurückkommen würde.

Ich – die die Lügen verbreitet hat, derentwegen er verbannt wurde.

Und jetzt das – was wie der größte aller Verrate aussehen muss.

Er muss glauben, dass es alles eine einzige Lüge war. Alles falsch. Dass ich mitgespielt habe, bis sich mir die Chance geboten hat, ihm mein Vermögen abzunehmen. Ihn allein und mit einem gebrochenen Herzen zurücklasse.

Dass ich dann an irgendeinem spanischen Strand mit meiner Mutter Mai Tais schlürfe.

Weder meine Mutter noch ich haben während der Schießerei nur einen Mucks von uns gegeben. Keine Schreie. Keine Bewegung. Als ob wir Beutetiere wären, deren einzige Verteidigung es ist, zu erstarren.

„Maxim." Endlich bringe ich meine Stimme dazu, zu funktionieren, zwinge meine Lippen, sich zu bewegen.

„Wage es nicht, mit mir zu sprechen." Er dreht sich um und verlässt das Zimmer, nimmt mein Leben – meine Zukunft, alles, was ich jemals wollte und mehr – mit.

Ravil, Pavel und zwei Soldaten, die ich nicht kenne, drängen in das Zimmer.

Ich brauche ein paar Sekunden, um zu realisieren, dass Ravil seine Waffe noch in der Hand hat und er darüber nachzudenken scheint, sie auf uns zu richten. Mir fällt ein, dass meine Mutter den Tod von Vladimir eingefädelt hat und Ravil das wissen muss.

„Ravil", krächze ich. „Sie waren es." Ich deute auf die toten Männer auf dem Fußboden. Männer, für die ich nicht eine Unze Mitleid empfinden kann. Ich glaube auch nicht, dass es meiner Mutter besonders zu Herzen geht. „Meine Mutter und ich sind hier die Opfer." Und in diesem Augenblick werde ich zu der Lügnerin, für die Maxim mich hält.

„*Chwatit lschi!*", brüllt Ravil. *Genug mit den Lügen.*

Ich lasse die Maske fallen und tue das Einzige, was mir einfällt, um ihr Leben zu retten – ich flehe ihn an,

„Bitte bring sie nicht um ... Uns ... *Bitte*."

Ravil scheint sich entschieden zu haben. Er steckt die Waffe zurück in seinen Hosenbund. „Das muss Maxim entscheiden."

Die Luft strömt aus meinen Lungen. Maxim wird über unser Schicksal entscheiden. Ob wir leben oder sterben. Ich kann ehrlich nicht sagen, ob das gut oder schlecht ist.

Hasst er mich genug, um uns zum Tode zu verurteilen?

Ravil gibt seinen Soldaten Befehle und sie setzen sich in Bewegung, arrangieren die Leichen. „Ihr beide – holt eure Sachen." Er gibt uns mit Handzeichen zu verstehen, uns zu beeilen.

Wir springen vom Bett auf. Meine Mutter greift nach ihrer Handtasche und macht einen kleinen Koffer zu.

Zu Pavel sagt der *pachan*: „Bring sie hier raus und in ein anderes Hotel. Pass auf sie auf, bis ich dich kontaktiere."

Pavel nickt stumm. Er würdigt mich keines Blicks, als er an uns vorbeigeht. „Los geht's."

Wir verlassen das schäbige Zimmer und Pavel führt uns durch ein Treppenhaus bis zu einem Hinterausgang, der in die Gasse hinter dem Hotel führt.

„Ich wusste von nichts, Pavel", versuche ich ihm zu verstehen zu geben, während wir seinen langen Schritten hinterhereilen. „Es war nicht mein Plan."

„Spar's dir." Seine Stimme ist kalt, gelangweilt.

Mein Herz wummert schmerzhaft gegen mein Brustbein. „Ich bin in mein Auto gestiegen und meine Mutter hat mich wieder herausgezerrt und dann ist es explodiert. Das war das Erste, was ich davon mitbekommen habe."

„Mir ist deine Geschichte scheißegal, Sasha. Spar dir deinen Atem."

Heiße Tränen brennen in meinen Augen. „Ich muss mit Maxim sprechen."

Das scheint zu ihm durchzudringen. Er bleibt abrupt stehen und fährt herum. „Nein, musst du nicht", blafft er mich an. „Du musst nie wieder mit ihm sprechen."

Meine Tränen beginnen, über mein Gesicht zu laufen.

„Du hast die Tränen verflucht noch mal nicht verdient, die er deinetwegen vergossen hat."

Mein Herz zieht sich so fest zusammen, dass es für einen Moment stillzustehen scheint. Maxim hat Tränen über mich vergossen?

Pavel reißt die Tür eines weißen Mercedes SUV auf und meine Mutter und ich klettern auf die Rückbank.

„Das war nicht mein Plan", wiederhole ich gebrochen, als er den Wagen startet.

„Halt deinen Mund, Sasha", sagt Pavel. „Oder –" Er verstummt und schüttelt den Kopf.

Vermutlich hat er die Drohung nicht ausgesprochen, um mir noch mehr Angst einzuflößen, aber der dumme Teil in mir will glauben, dass es daran liegt, dass Maxim mich liebt. Und dass Pavel mir nicht drohen kann für den Fall, dass sich die Dinge wieder einrenken.

An diese Hoffnung klammere ich mich während der Fahrt.

Meine Mutter sagt nichts. Ihr Gesicht ist angespannt und sie drückt fest meine Hand, sagt aber kein Wort.

Vermutlich weiß sie, in welcher Lebensgefahr wir uns gerade befinden.

Pavel bringt uns zu einem anderen, ebenso schäbigen Hotel und wir folgen ihm in die Lobby. Nachdem wir ein Doppelzimmer gebucht haben, bringt er uns auf das Zimmer und setzt sich in den Sessel.

Als er seine Waffe hervorholt und sie auf seinem Knie ablegt, verabschiede ich mich von dem Gedanken, mich mit ihm zu unterhalten.

Ehrlich gesagt verabschiede ich mich von dem Gedanken, irgendwas an dieser ganzen Sache zu begreifen. Ich decke eins der Betten auf, krabble hinein und kneife die Augen zu.

Wenn ich doch nur einschlafen und alles vergessen könnte.

∼

Maxim

. . .

ICH STOLPERE INS PENTHOUSE, das sich zu drehen scheint. Ich dachte, ich hätte lange genug abgewartet, während ich Wodka pur in der Bar an der Ecke in mich hineingeschüttet habe, dachte, alle wären mittlerweile am Schlafen, aber Pech gehabt.

Sieht so aus, als ob die Ärsche auf mich gewartet hätten.

Und bei dieser verständnisvollen Geste könnte ich kotzen.

„Verpisst euch doch alle." Nicht sicher, ob ich Englisch oder Russisch spreche. Chinesisch vielleicht.

Ich taumle und Nikolai erhebt sich, als ob er mir helfen will, also schwinge ich mit meiner Faust nach ihm.

Und erwische ihn nicht.

Und lande irgendwie mit dem Gesicht voran auf dem Boden, meine Schulter streift auf dem Weg nach unten die Couch.

Oleg reißt mich auf die Füße. Zumindest denke ich, dass es Oleg ist. Niemand sonst würde das so einfach hinbekommen.

Ich blinzle ihn an. „Verpiss dich", lalle ich.

Ich bin mir nicht sicher, was danach passiert. Ich glaube, ich verliere das Bewusstsein.

Als ich wieder zu mir komme, scheint die Sonne durch die Fenster direkt in meinen Schädel. Ich versuche, mich zu bewegen, und rolle von der Couch auf den Fußboden.

Und die ganzen verfickten Arschlöcher sind noch immer im Wohnzimmer. Oder vielleicht sind sie in der Zwischenzeit verschwunden und wiedergekommen, ich bin mir nicht sicher.

Ich raffe mich auf und setze mich auf die Couch. „Was wollt ihr?", grummle ich Dima an, der mich von seinem Arbeitsplatz aus anschaut.

„Das mit Sasha tut mir leid", sagte er.

Ich hebe einen Finger. „Erwähne in meiner Gegenwart nie wieder ihren Namen."

Ravil lässt sich neben mir auf das Sofa fallen. „Nur noch einmal."

Mein Kopf fühlt sich wirklich so an, als ob er mit einem Beil in zwei Hälften gespalten worden wäre.

„Pavel sitzt bei Sasha und Galina und hält sie in Schach. Was willst du mit ihnen machen?"

Ich fletsche förmlich die Zähne, als ich ihren Namen höre. Mein

Magen überschlägt sich. Was ich mit ihr machen will? Mein erster Gedanke ist, sie beide in einen Turm auf einer abgelegenen Insel zu sperren, wo sie nie wieder einen Mann verarschen können.

Es dürfte auch ein luxuriöser Turm sein. Irgendwie, trotz meines Schmerzes, will ich noch immer, dass sie es angenehm hat.

Und in Sicherheit ist.

Weil es eine abgelegene Insel ist, würden all die Haie, die es auf ihr Geld abgesehen haben, sie nicht finden können.

Aber das ist nicht mehr länger mein Problem. Ich habe Igor mit meinem Versprechen meine Loyalität erwiesen, und jetzt ist seine Tochter tot.

Das war ihre eigene Wahl. Meine Verpflichtung, sie zu beschützen, ist aufgehoben.

Warum habe ich dann noch immer das Bedürfnis, sie zu beschützen?

Ich fahre mir mit der Hand über das Gesicht. Die Stoppeln auf meinem Kinn kratzen auf meiner Handfläche. „Lasst sie laufen. Richte ihnen aus, dass sie keinem von uns jemals wieder unter die Augen treten sollen. Sie sind ab jetzt allein für ihre Taten verantwortlich. Ich lehne diese Verantwortung ab" Zum ersten Mal schaue ich Ravil in die Augen. „Das solltest du auch tun."

Er nickt. „Wenn es das ist, was du willst."

„Ist es."

„Ich rufe Pavel an. Was soll ich Moskau sagen?"

„Sag ihnen ..." Ich reibe mir die Stirn. „Sag ihnen, Sasha ist tot." Ich zucke mit den Schultern. So weit wenigstens muss ich sie beschützen. Vermutlich werden sie trotzdem noch Galina aufspüren, aber wenn Sasha und ihre Mutter getrennter Wege gehen, hätte Sasha so zumindest eine Chance, zu überleben. „Sag ihnen nicht, dass wir was anderes wissen."

„Alles klar." Ravil erhebt sich. „Wir haben das Chaos im Hotel beseitigt."

Ich stehe ebenfalls auf, fühle mich, als würde ich eine Tonne wiegen. „Danke."

Ich stolpere in mein Zimmer. In dem Raum zu sein, den ich mit

Sasha geteilt habe, erwischt mich wie ein Vorschlaghammer. Ich will alles, was ihr gehört, aus dem Fenster schmeißen. Stattdessen beiße ich die Zähne zusammen und packe ihren Scheiß zusammen – so viel ich in die zwei Koffer reinkriege, mit denen sie hergekommen ist. Dann werfe ich sie aus meinem Zimmer.

Nikolai, Dima und Oleg starren mich an. „Kann ihr die einer vorbeibringen?", murmle ich.

Nikolai zieht eine Augenbraue hoch. Ich muss ihm noch immer leidtun, denn er erhebt sich augenblicklich. „Klar. Ich bringe sie ihr vorbei. Nichts wie weg mit dem Zeug."

„Danke." Ich stapfe zurück in mein Zimmer und gehe unter die Dusche.

Es ist vorbei.

Ich bin über sie hinweg.

Ich bin über alle Frauen hinweg.

Ich werde niemals wieder auch nur ein einziges Wort glauben, das aus dem Mund einer Frau kommt.

EINUNDZWANZIGSTES KAPITEL

asha

Das Hotel, in dem wir wohnen, hat kein Restaurant, aber Pavel bestellt bei einem Lieferservice Donuts und Kaffee. Ich glaube, hauptsächlich für sich selbst, aber er hat ein halbes Dutzend bestellt und nachdem er fertig gegessen hat, wirft er den Karton auf das Bett, wo meine Mutter und ich noch immer zusammengekauert sitzen.

Er hat nicht in dem Bett geschlafen. Ich bin mir nicht sicher, ob er überhaupt geschlafen hat, aber er sieht nicht müde aus. Er sieht genauso aus wie immer. Gleichgültig. Lässig. Tödlich. So abgestumpft, für einen so jungen Mann.

Wir verbringen den Vormittag mit Schweigen. Ich habe zu viel Angst, ihn wieder anzuflehen, als ob ich Angst hätte, meine einzige Chance, diese Sache in Ordnung zu bringen, zu verschwenden.

Kann man diese Sache überhaupt in Ordnung bringen?

Das Grauen in meinem Innern sagt mir *Nein*, aber das kann ich nicht akzeptieren.

Pavels Handy klingelt und er geht ran. „Alles klar. Verstanden." Er steht auf. „Nikolai bringt dir dein Zeug und dann haue ich ab. Ihr seid auf euch allein gestellt. Maxim sagt, du kannst tot bleiben und dein Vermögen behalten, solange keiner von euch beiden je wieder ihm oder einem aus der Zelle unter die Augen kommt. Kapiert?"

Ich stehe auf. „Nein."

Er neigt ungläubig den Kopf zur Seite und Verachtung breitet sich auf seinem Gesicht aus. „Nein?"

Jetzt, wo ich weiß, dass sie nicht vorhaben, meine Mutter umzubringen, kann ich mich endlich wieder bewegen. Funktioniere endlich wieder und kann eine Entscheidung treffen. „Ich muss Maxim sehen und ihm alles erklären. Ich will nicht tot bleiben. Ich will zurückkommen."

„Sasha!", bellt meine Mutter. „Was machst du denn?" Sie steht ebenfalls vom Bett auf, kommt auf mich zu.

Solange ich mich erinnern kann, hat meine Mutter mich glauben lassen, dass sie alles immer nur für mich getan hat. Dass wir ein Team wären, zusammen gegen den Rest der Welt kämpfen würden. Gegen die Männer. Als ich aufwuchs, hat sie sichergestellt, dass wir gut versorgt waren, also hat sie auch sichergestellt, dass ich wusste, dass es ihr Verdienst war.

Sie hat mir alle ihre Tricks beigebracht. Hat mir erklärt, dass ich ein braves kleines Mädchen sein musste und in meinem Zimmer warten musste, während sie meinen Vater verführt hat, immer und immer wieder, Nacht um Nacht. Als ich älter war, hat sie mir erklärt, warum ich aufhören sollte, ihn darum zu bitten, aufs College nach Amerika gehen zu dürfen. Warum ich mich mehr wie sie verhalten sollte.

Aus welchem Grund auch immer habe ich gegen meinen Vater rebelliert, aber nie gegen sie. Ich schätze, sie hat es so scheinen lassen, als ob sie und ich im selben Boot gesessen hätten.

Jetzt, zum ersten Mal in meinem Leben, setze ich mich gegen sie zur Wehr. „Es war *mein* Geld, Mama." Die Worte klingen schrecklich in meinen Ohren und meine Mutter zuckt zurück, aber es ist die Wahrheit. Mein Vater hat mir mit meinem Erbe nicht getraut, also hat er es an Maxim überschrieben. Jetzt hat es meine Mutter mir abgenommen.

Und wenn ich die Wahl hätte, ob ich von Maxim oder meiner Mom kontrolliert werden will … Ich würde immer wieder Maxim wählen.

„Du hast mir erzählt, Maxim und Ravil wollten es mir stehlen, aber dabei warst du diejenige, die es mir wegnehmen wollte."

Meine Mutter schlägt mir mit der flachen Hand ins Gesicht, fest.

Meine Augen brennen und Maxims Worte kommen zu mir zurück wie eine unerträgliche Verspottung – eine bittere Erinnerung daran, was ich verloren habe.

Niemand wird dir je wieder ins Gesicht schlagen – das verspreche ich dir. Nicht, wenn sie leben wollen.

„Ich habe das für dich gemacht, du undankbare Göre!", knurrt meine Mutter. „Wir hätten dich in diesem Auto auch tatsächlich sterben lassen können." Sie tippt mit ihrem Finger schmerzhaft gegen meine Brust. „*So* hätte ich mir dein Geld geholt, wenn das mein Wunsch gewesen wäre. Es wäre viel einfacher gewesen. Und Viktor würde noch leben und ich könnte es mit ihm zusammen genießen."

Ich starre sie an, kämpfe gegen die Wucht der Trauer an, die mich überkommt. Nicht wegen dieser Unterhaltung, sondern wegen eines Lebens voller unbewusster Vermutungen, dass meine Mutter mich nicht wirklich liebt außer als Teil ihrer selbst. Dass ich nur ein Bauernopfer in ihrem Spiel gegen Igor war, ein Spiel um sein Geld. Nichts weiter.

Sie breitet die Arme aus. „Ich habe das für dich getan. Um dich von diesem Mann zu befreien."

„Ich wollte gar nicht von ihm befreit werden!", schreie ich. Verzweifelt blicke ich zu Pavel, der an der Tür steht und aussieht, als ob er am liebsten flüchten würde, aber den Blick nicht von diesem katastrophalen Spektakel abwenden kann, das sich zwischen mir und meiner Mutter entspinnt.

„Bitte, du musst es ihm sagen. Ich habe nichts damit zu tun. Ich wollte das alles nicht."

Pavel schüttelt angewidert den Kopf. „Ich werde ihm gar nichts sagen", sagt er nur und verlässt das Hotelzimmer.

Meine Mutter dreht sich um und schnappt sich ihren Koffer. „Lass uns los. Wir müssen unseren Flieger nach Moskau erwischen."

Ich bin wie erstarrt. Noch nie in meinem ganzen Leben habe ich mich so allein und verloren gefühlt. Das Verlangen, darin zu versinken – mich zu beklagen, zu motzen, zu rebellieren –, die ganzen alten Tricks meiner Kindheit tauchen wieder auf, aber ich kann jetzt erkennen, wie gänzlich unnütz sie sind.

Maxim hatte recht – Macht ist nichts, was einem jemand anderes verleiht. Es ist etwas, was man sich mit eigenen Händen nehmen muss.

„Ich komme nicht mit."

Meine Mutter erstarrt, dann dreht sie sich langsam zu mir um. „Was?"

„Ich werde meinen Mann nicht verlassen."

„Hast du nicht gehört? Dein Mann hat gesagt, dass er uns das Geld abnehmen wird, wenn wir ihm je wieder unter die Augen treten." Sie gestikuliert mit beiden Händen. „Wir können ohne dieses Geld nicht leben! „Schau dich doch an", lacht mich meine Mutter aus. „Du hattest noch nie in deinem Leben einen Job. Was willst du denn machen? Und wie willst du überleben? Und wozu? Maxim wird dich nicht zurücknehmen. Ich habe sein Gesicht gesehen, als er erkannt hat, dass du noch lebst. Du hast ihn schon einmal verraten. Du hast Glück gehabt, dass er dich nicht an Ort und Stelle erwürgt hat, als du ihn das zweite Mal verraten hast."

Ich schwinge meine Fäuste wie eine Verrückte. „Ich habe ihn nicht ein zweites Mal verraten! Du hast ihn verraten! Und das werde ich ihn sehen lassen."

Die Augen meiner Mutter werden groß. „Bist du wahnsinnig? Wünschst du dir etwa, dass wir beide sterben?" Sie weicht einen Schritt zurück, tut so, als ob sie verletzt wäre.

Ich kann plötzlich erkennen, woher ich mein Schauspiel-Gen habe.

„Oder nur ich?"

„Nein, Mama. Er wird dich nicht umbringen. Das hätte er schon längst getan. Er hat dich verschont, weil ich ihm wichtig bin. Das ist es, was du übersehen hast. Maxim und ich haben uns verliebt. Er hat mir dieses Auto gekauft!" Ich deute auf die Straße, als ob mein Auto noch immer dort auf dem Parkplatz stünde und nicht etwa in eine Milliarde Stücke zerbombt worden wäre. Das Auto ist nur ein Beispiel, denn Geld ist das Einzige, was meiner Mutter wichtig ist. Aber für mich war es nicht das Auto. Es war der Blick, mit dem er mich angeschaut hat, als ich im Auto saß. Wie er gesagt hat, dass die Farbe zu meinen Augen passt. Wie er mich über die Motorhaube gebeugt ficken wollte. Wie er es mochte, mich in gleichem Maße zu verwöhnen und dann zu bestrafen.

„Ich habe sein Gesicht gesehen", wiederholt meine Mutter stur. „Er wird dir nicht verzeihen."

Ich richte mich kerzengerade auf. Er hat mir schon einmal verziehen. Ich glaube, er könnte es auch ein zweites Mal tun. Hoffentlich wird die Wunde diesmal nicht sechs Jahre brauchen, um zu heilen.

„Flieg du nach Russland. Ich bleibe hier."

Meine Mutter stellt den Koffer ab. „Ich warte. Wenn er dich ablehnt, fliegen wir zusammen."

Ich rede mir nicht ein, dass sie meinetwegen hierbleiben will. Sie bleibt, weil das Geld wieder mir gehört, wenn ich zurück zu Maxim gehe, wenn ich mich für untot erkläre.

Nicht ihr.

Als sie davon gesprochen hat, mittellos zu sein, hatte sie vor allem Angst um sich selbst. Wenn Vladimir noch am Leben wäre, würde sie monatlich eine Summe erhalten. Jetzt, da sie ihn umgebracht hat, bekommt sie nichts. Tatsächlich wird sie in Moskau vermutlich alles andere als sicher sein. Ich weiß nicht, ob Vladimir viele Freunde hat, aber es scheint so, als ob jemand ihren Kopf rollen sehen will für alles, was sie getan hat.

Es klopft an der Tür. Ich gehe hin, um sie zu öffnen, aber meine Mutter fährt mich im Flüsterton an, „Warte!"

„Was?", flüster-blaffe ich zurück.

„Nur weil er gesagt hat, dass wir gehen dürfen, heißt das nicht, dass es auch wirklich stimmt."

Ich öffne die Tür einen Spaltbreit. Es ist Nikolai mit meinen Koffern. Sobald er mich sieht, dreht er sich um und geht davon.

„Warte!", rufe ich ihm hinterher. „Bitte. Ich muss mit Maxim sprechen."

„Das wird nicht passieren, *prinzessa*", erwidert Nikolai.

„Er ist mein Mann", insistiere ich, als ob das irgendwas für Nikolai bedeuten würde, der bereits fast an den Aufzügen am Ende des Flurs angekommen ist.

„Er ist ein Witwer." Nikolai dreht sich nicht einmal zu mir um, als er das sagt. Dann tritt er in den Fahrstuhl und ist verschwunden.

Verdammt.

Ich habe mich noch nie im Leben so sehr selbst gehasst. Ich habe mit Maxim alles falsch gemacht. Meine dumme, grausame Lüge darüber, dass er mich zu Sex gezwungen hat, als ich eine Teenagerin war. Mich wie eine verzogene Göre aufzuführen, als er mich hierhergebracht hat.

Und ich weiß nicht, was ich mit meiner Mutter anders hätte machen sollen, aber ich wünschte, ich hätte es getan. Ich hätte nicht dieses Prepaidhandy kaufen sollen und ihr über meine Schauspielstunden erzählen sollen. Ich hätte sie nicht diese ganzen Zweifel über Maxim säen lassen dürfen. Ich hätte ihr sagen sollen – sie überzeugen sollen –, dass ich glücklich mit ihm bin. Dann hätte sie diesen verzweifelten Versuch nicht gestartet.

Diesen Versuch, der gerade mein Leben zusammen mit ihrem ruiniert hat.

Ich schlucke einen Schluchzer runter, als ich meine Koffer in das Hotelzimmer rolle. „Ich muss ihn sehen", sage ich.

Meine Mutter stellt sich mir in den Weg. „Wir haben kein Geld, Sasha. Keine Kreditkarten, kein Bargeld. Nichts."

„Wie bist du denn hierhergekommen?"

„Viktor", flüstert sie.

Richtig. Viktor. Der tot ist. Meine Kreditkarte – eine Gefälligkeit Maxims – wurde zusammen mit meiner Handtasche in die Luft gejagt.

Ich habe kein Handy. Ich kann nicht einmal ein Uber zum Kreml nehmen.

„Wir müssen diese Tickets nutzen und nach Moskau fliegen. Dann kommen wir an dein Geld und können von vorn anfangen."

Wieder fängt sie mit ihrem fantastischen Plan an.

„Mama, es dauert Monate, nach einem Tod ein Vermögen zu übertragen. Maxim hatte Igors Geld doch noch nicht einmal."

Ihr Gesicht wird weiß. „Das ist unsere einzige Hoffnung."

Ihre Hoffnung.

Aber nicht meine.

Meine Hoffnung ist Maxim. Mein Leben ist Maxim. Ich muss es nur hinbekommen, dass er mich sieht, damit ich ihn dazu bringen kann, mir zu glauben.

Ich öffne meinen Koffer, ziehe die Sachen von gestern aus und schlüpfe in eine Capri-Jeggings und ein niedliches Oberteil. Ich entscheide mich für praktische Schuhe.

„Ich gehe zu Maxim", verkünde ich. Es ist mir egal, ob ich quer durch ganz Chicago spazieren muss. Ich werde dort hinlaufen und ich werde ihn sehen.

Ich ignoriere die düsteren Warnungen und Einsprüche meiner Mutter und verlasse das Hotel. Ich brauche den ganzen Nachmittag, um zum Kreml zu gelangen.

Im Augenblick, als ich durch die Eingangstür komme, schüttelt der Portier den Kopf. „Verschwinde. Dir und deiner Mutter ist der Zutritt hier untersagt."

„Bitte, ich muss nur mit meinem Mann sprechen."

„Verschwinde, oder ich schmeiße dich eigenhändig raus. Ich nehme Vorschriften sehr ernst", erklärt er mir. „Wenn du zurückkommst, rufe ich die Polizei. Und das kannst du nicht wollen, oder? Bist du nicht tot?"

Und in dem Augenblick begreife ich. Ich will definitiv nicht tot sein.

Und wenn ich nicht tot bin, dann hat Maxim die Kontrolle über mein Geld. Was bedeutet, dass seine Verpflichtung Igor gegenüber noch immer gilt. Es sei denn, er glaubt, ich hätte sie aufgehoben.

Wie auch immer, das ist ein guter Ausgangspunkt. Ich nicke. „Bitte, ruf die Polizei. Ich will mich als nicht-tot erklären."

∼

Maxim

. . .

Ich sitze auf der Couch und arbeite daran, mich wieder in die Besinnungslosigkeit zu trinken, als mein Handy klingelt. Es ist die Wache vom Eingang.

„Fahr zur Hölle", murmle ich und gehe nicht ran.

Als Nächstes ruft er auf Ravils Handy an.

„Ah ja? Na, dann lass es drauf ankommen. Schick ihr die Polizei auf den Hals", sagt Ravil ins Handy.

Mein Kopf fährt herum. „Du verarschst mich."

Ravil zuckt mit den Schultern. „Sie sagt, sie meldet sich als nichttot, es sei denn, du kommst runter."

Ich lehne mich zurück und nicke. „Lassen wir es drauf ankommen. Sie muss tot bleiben, wenn sie das Geld kontrollieren will."

„Ich wollte eigentlich noch ein paar Tage warten, bevor ich dir das sage, aber –", beginnt Nikolai.

Ich werfe mit meinem Glas nach seinem Kopf. Er duckt sich und das Glas zersplittert an der Wand hinter ihm.

„Alles klar. Ich warte noch ein paar Tage." Nikolai ist so anständig, meinen missglückten Angriff nicht zu kommentieren.

Es kann doch nicht so schwer sein, für einen Tag nicht ihren gottverdammten Namen hören zu müssen.

Nicht an sie zu denken. Mir nicht vorzustellen, wie ich ihre Haut rieche. Mich zu fragen, wie ich so dumm sein konnte, von ihr verarscht zu werden.

Vierzig Minuten später ruft dieser Arsch von Portier wieder an. Diesmal gehe ich ran, drauf und dran, ihm seinen verfluchten Kopf abzureißen. „Was ist?", knurre ich.

„Die Polizei will mit dir sprechen."

„*Was*?" Fuck. Sie hat es tatsächlich durchgezogen.

Ich will nicht zugeben, was das für mich bedeutet. Sie hat gerade ihr Vermögen an mich zurückgegeben. Aber ich kann das nicht machen. Ich weiß nicht, was für ein Spiel sie hier spielt, aber ich werde sie nicht mehr gegen mich spielen lassen. Nie im Leben.

„Ja, ich glaube, du bist womöglich ein Verdächtiger in der Explosion", sagt der Portier auf Russisch.

Ah. Jetzt verstehe ich, was los ist. Oder doch nicht? Fuck, ich habe keinen blassen Schimmer. Ich kann nicht mehr gerade denken.

Ich soll eigentlich der Mittelsmann sein, der Kerl, der alles regelt, aber ich kann im Augenblick überhaupt nicht mehr regeln.

Ich gehe zum Aufzug und Ravil, Nikolai und Pavel drängen sich mit mir in die Kabine. Zumindest bei ihnen kann ich mir sicher sein, dass sie mich nicht im Stich lassen.

Brüdern kann man vertrauen.

Nur Frauen einfach nicht.

Ich betrete die Lobby und dort stehen zwei Polizisten neben Sasha und dem Portier.

„Da ist er ja." Sasha wirft mir ein breites Lächeln zu und winkt. „Sehen Sie? Ich verstecke mich nicht vor ihm."

Die Augen der Polizistin werden schmal. „Also sind Sie nach der Explosion untergetaucht und Ihr Mann hat geglaubt, dass Sie tot wären? Aber jetzt verstecken Sie sich nicht mehr vor ihm?"

„Ich habe mich nie vor ihm versteckt. Ich habe versucht, ihn vor Ärger zu beschützen. Mein Vater war der Kopf der russischen *mafiya* und nachdem er gestorben ist, hatte ich Angst, das einige seiner Männer es auf mich abgesehen haben könnten, um Rache zu üben."

„Russische *mafiya*?", wiederholt die Polizistin und mustert uns misstrauisch von Kopf bis Fuß. „Was für Männer wären das gewesen?"

Sasha zuckt mit den Schultern. „Weiß ich nicht."

„Wie lange haben Sie schon gewusst, dass Ihre Frau lebt?", fragt mich die Polizistin.

„Seit gestern Abend." Es würde nichts bringen, zu lügen.

„Und Sie haben es nicht für nötig erachtet, uns zu informieren? Keiner von Ihnen?"

„Wie schon gesagt, ich bin untergetaucht. Für den Fall, dass sie hinter mir her sind." Sasha ist so dreist, zu mir zu kommen und neben mir zu stehen, als ob wir ein Team wären. Sie legte ihren Arm um meinen Oberkörper.

Wenn die Polizei nicht wäre, würde ich sie wegstoßen. Nur, dass ich sie zittern spüren kann.

Ach, fuck.

Ich will nicht, dass mich das kümmert.

Ich will mir nicht einmal Gedanken darüber machen, was mein intrigierender Teufel von Frau jetzt wieder vorhat.

Zittert sie meinetwegen oder wegen der Polizei?

Gott.

Ich greife nach ihrem Nacken und zerre sie grob zu mir hin, küsse sie fest auf den Mund. Dann hebe ich den Kopf und blicke die Polizisten demonstrativ an. „Ich bin so froh, dass sie lebt."

Ich wünschte, sie wäre nicht so atemlos, würde nicht so zu mir aufschauen, als ob sie nie wieder wegschauen wollte.

Die Unterhaltung dreht sich noch ein paarmal im Kreis und endet schließlich mit der Versicherung, dass ein Detective der Sache nachgehen würde, aber dann verschwinden die verdammten Polizisten endlich. Ich gehe mit Sasha am Schlafittchen um die Ecke, wo ich sie mit meiner Hand an ihrem Hals an die Wand presse. „Ich weiß nicht, was du hier spielst, *sacharok*, aber du kannst aufhören damit. Es ist vorbei mit uns."

Ihre Augen füllen sich mit Tränen und ich muss jeden letzten Rest meiner Wut auf sie aufbringen, damit mich diese funkelnden Tropfen nicht berühren.

„Maxim, bitte. Ich will dir nur erzählen, was passiert ist."

Mein Griff um ihren Hals wird enger, gerade genug, um sie zum Schweigen zu bringen. „Ich will es nicht hören. Ich will nichts davon hören. Ich weiß nicht, was du damit beweisen wolltest, zu sagen, dass du nicht tot bist, aber ich werde dich nicht behalten. Warte auf die Scheidungspapiere. Deine Mom wird trotzdem noch erben und auf dem Wege brauchst du nicht tot zu bleiben." Ich lasse sie frei und gehe davon.

Ich kann kaum atmen, so heftig schneidet der Schmerz durch meine Brust, aber ich zeige es nicht. Ich werde nicht wieder das Bewusstsein verlieren und sie sehen lassen, dass sie mich ruiniert hat.

Es ist vorbei zwischen uns. Ich darf ihrer List nie wieder zum Opfer fallen.

ZWEIUNDZWANZIGSTES KAPITEL

 *asha*

„Wir sollten zurück nach Russland fliegen", sagt meine Mutter. Es ist zwei Tage her, seit ich Maxim im Kreml gesehen habe, und seitdem habe ich das Hotelzimmer nicht verlassen. Ich sitze am Fenster und schaue hinaus auf die Straße unter mir. Ich wechsle das Sitzen am Fenster mit den Runden ab, die ich durchs Zimmer drehe.

Ich weiß nicht, ob ich nachdenke oder nur zumache.

„Nein."

„Bitte, Sasha. Sei vernünftig. Wir können nicht für immer hierbleiben. Ravil wird bald herausfinden, dass das Hotel das Zimmer noch immer auf seine Kreditkarte abrechnet, und dann werden wir rausgeschmissen."

„Das ist deine Schuld", blaffe ich sie an. „Du hast mir die einzige Person genommen, der ich jemals etwas bedeutet habe!"

Die Augen meiner Mutter werden groß. „Was sagst du? Ich bin die einzige Person, der du jemals etwas bedeutet hast."

„Nein." Ich bin die heißen Tränen so leid, die aus meinen Augen fallen. „Maxim war ich wirklich wichtig. Er hat mir zugehört. Er hat meine Träume unterstützt. Und jetzt ist er furchtbar verletzt, weil er denkt, ich hätte versucht, ihn auszutricksen."

Sie schüttelt abweisend den Kopf.

„Wenn du dieses Hotel verlassen willst, dann solltest du mir dabei helfen, zu überlegen, wie ich diese Sache in Ordnung bringen kann."

„Maxim hat gesagt, er würde die Scheidung einreichen?"

Ich starre meine Mutter grimmig an. Sie liebt diesen kleinen Brocken an Information, weil es bedeutet, dass sie mein Geld bekommen wird. „Ich will keine Scheidung. Ich will Maxim."

Meine Mutter seufzt. „Was ist mit der Anwältin?"

„Welcher Anwältin?"

„Ist Ravils Verlobte nicht Anwältin? Vielleicht kann sie die Papiere aufsetzen. Du könntest mit ihr sprechen."

Ich blinzle meine Mutter an. Das ist nicht die schlechteste Idee.

Ich weiß nicht, ob Lucy mich mag, aber sie war auf jeden Fall nett zu mir. Ich nehme den Hörer des Zimmertelefons ab und rufe ihre Kanzlei an, um einen Termin zu vereinbaren.

Ich werde dafür sorgen, dass es funktioniert. Ich muss dafür sorgen, dass es funktionieren. Ich werde nicht einfach tatenlos herumsitzen und mich von den Leuten hin und herschieben lassen wie ein Bauer auf einem Schachbrett. Das hier ist mein Leben und ich muss für das kämpfen, was ich will.

Maxim

Den dritten Abend in Folge sitze ich in der Bar, als Pavel sich plötzlich auf den Barhocker neben mir fallen lässt. Er schaut mich nicht an, betrachtet nur uninteressiert die Flaschen an der Wand hinter der Bar.

Der Barkeeper kommt zu ihm und Pavel bestellt ein Bier.

Er schlürft es langsam, würdigt mich noch immer keines Blicks.

„Was auch immer du sagen willst, lass es. Ich verspreche dir, es wird mich nicht interessieren."

„Hmm."

Ich hebe meinen Whiskytumbler hoch und gestikulieren damit. „Dieses Mal ziele ich besser", drohe ich.

Er sagt nichts, trinkt nur einen weiteren Schluck Bier.

Was ein Scheiß. Ich werfe einen Fünfziger auf den Tresen und stehe auf.

„Sie hat sich mit ihrer Mutter gestritten", eröffnet Pavel.

Ich will nicht stehenbleiben.

Geh weg. Geh verdammt nochmal einfach weg.

Gottverdammt. Ich setze mich wieder hin.

„Ihre Mutter hat gesagt, sie hätte sie einfach verbrennen lassen sollen."

Wenn Pavel die eine Sache auswählen wollte, die mich reagieren lässt, hat er weise gewählt. Ein kalter Schauer überkommt mich, dann glühender Zorn. *„Wie bitte?"*

„Sie haben sich gestritten", wiederholt er. „Ich glaube wirklich nicht, dass Sasha irgendwas mit dieser Sache zu tun hatte. Sie hat mich immer wieder angefleht, es dir zu sagen. Und ihre Mutter hat ihr gesagt, dass sie es für sie getan hat, aber Sasha hat ihren Mist durchschaut. Hat gesagt, Galina würde ihr im Prinzip das Geld stehlen."

Mein Herz springt in meiner Brust hin und her. Die Unschlüssigkeit macht es mir schwer, zu atmen. „Und das erzählst du mir erst jetzt?", knurre ich, entscheide, dass das alles jetzt ganz klar Pavels Schuld ist.

Er ist klug genug, von seinem Hocker aufzustehen und zurückzuweichen, hält abwehrend die Hände hoch. „Ich hatte es versucht."

Ich schüttle den Kopf. „Nein, hast du nicht."

Womöglich werde ich Sasha nie wieder sehen, aber die Vorstellung, dass ihre eigene Mutter eine Gefahr für sie sein könnte, lässt mich aufstehen und schnell reagieren.

Gott sei Dank habe ich Viktor und Alexei umgebracht. Hätten sie meine Braut umgebracht, wenn sie versucht hätte, zu entkommen?

Ich steige in mein Auto und hole mein Handy raus, rufe Ravil an. „Wo sind sie?", belle ich in das Telefon.

Er wartet eine Sekunde ab, bevor er antwortet, lässt mich wissen, dass er noch immer der Boss ist. Als er spricht, ist seine Stimme butterweich. „Ich nehme an, du meinst Sasha und Galina?"

„Ja. Ich nehme an, du behältst sie weiterhin im Auge?"

„Sie sind noch immer in dem Hotel, in dem ich sie gelassen habe. Ihre Tickets nach Russland, unter falschem Namen, haben sie nicht benutzt."

„*Welches Hotel?*"

„Du solltest einfach hierher zurückkommen."

„Sag mir verflucht noch mal nicht, dass ich zurückkommen soll."

„Nein, ganz im Ernst. Komm zurück. Wenn du nach Sasha suchst … Sie hat einen Weg hier herein gefunden."

Ich brauche ein paar Augenblicke, um das zu begreifen. Ravil entgeht nichts. Er ist unser *pachan*, niemand kann ihn dazu bringen, irgendwas zu tun, außer …

„Lucy hat sie reingelassen", mutmaße ich.

„Sie ist in deinem Zimmer."

Mein Herz beruhigt sich. Sie ist in meinem Zimmer.

In Sicherheit.

Niemand kann sie dort anrühren.

Niemand, außer mir.

Ich bin noch immer hin- und hergerissen. Nicht sicher, was ich glauben soll. Aber Pavels Erzählung passt zu dem, was sie mir zu erzählen versucht hat. Sie hat nicht weiterhin so getan, als ob sie tot wäre. Sie hat das Land nicht verlassen.

Ich trete das Gaspedal durch, biege mir quietschenden Reifen in die Tiefgarage unter dem Kreml und nehme den privaten Fahrstuhl ins Penthouse.

Ich marschiere ohne ein Wort an niemanden in die Suite, rollte mir im Gehen die Hemdsärmel auf. Als ob ich mich um meine verirrte Frau mit einem guten, alten Spanking kümmern würde.

Was … ehrlich gesagt gar nicht übel klingt.

Etwas der Schwere, die auf meiner Brust lag, seit ich gedacht hatte, sie wäre tot, lichtet sich. Ich reiße die Tür auf, betrete das Zimmer und schließe die Tür eilig wieder hinter mir, als ich entdecke, was mich erwartet.

Sasha sitzt nackt in der Mitte des Bettes. Nackt, bis auf ein Paar rote Stilettos. Abgesehen von den Schuhen ist sie die exakte Kopie des Bilds, das sich mir vor sechs Jahren geboten hatte, als ich sie in meiner Kabine auf der Jacht vorgefunden hatte, wie sie sich mir wie auf einem Silbertablett dargeboten hatte.

Mir gefällt diese Szene nicht. Ich mochte sie damals nicht und jetzt mag ich sie noch weniger. Es fühlt sich an wie eine weitere Manipulation. Aber dann bemerke ich, wie unsicher sie aussieht. Es ist das, mehr als alles andere, was meinen Widerstand in die Knie zwingt.

Ich lehne mich an die Tür und fahre mir mit der Hand über das Gesicht. „Was machst du da?"

Sie schluckt. Ich mag es nicht, sie so nervös zu sehen. „Ich habe meine High Heels angelassen", bietet sie an. „Für die Bestrafung."

Die Tatsache, dass sie das Gleiche denkt wie ich, als ich gerade ins Penthouse marschiert bin, reißt noch mehr meines Widerstands ein. Aber ich will in diesem Moment nicht mit meinem Schwanz denken. Ich kann nicht zulassen, dass sie mich verarscht, wenn das hier nur ein weiterer Trick ist.

„Keine Tricks", verspricht sie, liest meine Gedanken. Ohne zu versuchen, sexy auszusehen, rutscht sie an die Bettkante, und dann schockiert sie mich unendlich, als sie sich vor mir auf die Knie fallen lässt. Ihre Finger hängen in der Luft, als ob sie meine Hose aufknöpfen will, aber dann überlegt sie es sich anders und lässt sie wieder sinken.

So weit sind wir noch nicht.

Sie hält die Hände vor ihrem Schoß, blickt mit diesen glänzenden, blauen Augen zu mir auf. „Ich spiele nicht mit dir. Damals nicht. Und jetzt auch nicht." Tränen schimmern und fallen aus ihren Augen, tropfen über ihre Wangen.

Mein Widerstand zerberstet in Milliarden Teile.

„Ich bin hier, um mich dir zu hinzugeben. Weil mein Herz und mein Körper und meine Seele dir gehören. Sie haben immer dir gehört."

„Sasha", stoße ich hervor und lasse mich vor ihr ebenfalls auf die Knie sinken. Ich lege meine Stirn an ihre und nehme ihr Gesicht in meine Hände. „Sasha ... Du hast mir das Herz gebrochen", gestehe ich.

Sie unterdrückt einen Schluchzer, ihr nackter Bauch bebt. „Und du brichst meins."

Ach, fuck.

„Maxim, ich bin aus dem Auto raus, bevor es in die Luft geflogen ist, weil meine Mutter die Tür aufgerissen und es mir befohlen hat ... Ich wusste nichts von ihrem Plan. Ich hatte nichts damit zu tun. Ich will nicht tot für dich sein – oder von dir geschieden. Bitte glaube mir."

„Sasha", krächze ich. Ich bin zerbrochen. Völlig zerbrochen. Gänzlich zerstört. Sasha hat mich auseinandergerissen und mich auf diesem Parkplatz und in dem Hotelzimmer blutend zurückgelassen.

Ich streichle ihre Haare.

„Meine Mutter kümmert sich nur um das Geld." Ihre Stimme bricht.

„Ich weiß", gebe ich zu.

„Sie hat versucht mir einzureden, dass du vorhast, mich umzubringen, aber dabei war sie diejenige mit den Intrigen."

Ich wische mit meinem Daumen ihre Tränen fort, aber sie fallen einfach immer weiter.

„Du bist die einzige Person, der ich je wichtig war. Ich kann dich nicht verlieren, Maxim. Bitte."

„Du hast mich", sage ich eilig, bevor sie noch weiter bettelt „Du wirst mich immer haben. Es tut mir leid, dass ich dir nicht geglaubt habe."

Ich erobere ihren Mund mit dem Kuss, der alle anderen Küsse nebensächlich machte. Glühende Leidenschaft. Ausgehungert. Besitzergreifend. Ich brauche diese Frau, wie ich die Luft zum Atmen brauche. „Es tut mir so leid, Süße", sage ich mit rauer Stimme an ihren Lippen. „Ich hätte dir vertrauen sollen. Ich hätte dir damals vertrauen sollen und ich hätte dir jetzt vertrauen sollen. Ich bin nur –"

„Ich weiß. Deine Mutter hat dich richtig verarscht. Du glaubst, Frauen manipulieren. Ich verspreche dir, dass ich dich niemals austricksen werde. Niemals."

Meine schlimmste Verletzung von meiner Braut laut ausgesprochen zu hören – zu hören, dass sie es versteht, Mitleid hat –, macht etwas Wahnsinniges mit mir.

Die ganze Zerstörung, die Sasha in meinem Herzen angerichtet hat, scheint es plötzlich wert zu sein. Auf diese Weise wieder aufgebaut zu werden. Mit einem Vertrauen zwischen uns. Mit Verletzlichkeit und Nachsicht.

„Sasha, vergib mir", presse ich hervor. Jetzt bin ich es, der bettelt. „Es tut mir leid, dass ich dir nicht geglaubt habe. Ich *kenne* dich. Daran hätte ich mich halten sollen. Ich kenne dein Innerstes. Wer du unter all dem Posieren bist. Du bist lieb und warmherzig und freundlich. Du baust jeden auf, kümmerst dich um jeden, der in deiner Nähe ist. Und *sacharok*, mich um dich zu kümmern ist die größte Ehre, die mir je zuteil wurde. Meine Verpflichtung Igor gegenüber wird niemals enden."

„Maxim." Sasha bricht völlig zusammen, hält sich die Hand vor den Mund, um ihr Schluchzen zu verstecken.

„Komm her, meine Wunderschöne." Ich helfe ihr hoch und küsse sie erneut, drücke sie sanft auf das Bett hinunter.

Ich lasse mir Zeit. Als ob heute Nacht unsere Hochzeitsnacht wäre und sie die Jungfrau ist, die die ganzen Jahre über auf mich gewartet hat. Ich küsse sie von ihrem Gesicht zu ihrem Hals hinunter. Zwischen ihren Brüsten. Heftig drücke ich eine Brust, als die Lust ungeduldig durch meine Adern rauscht, aber ich zwinge mich, langsam zu machen, lutsche einen ihrer Nippel, während ich die andere Brust drücke und massiere. „Meine wunderschöne Frau", murmle ich und wende mich dem anderen Nippel zu. Ich drücke und zwicke und lutsche.

Sashas Schluchzer haben sich beruhigt und sie beginnt, leise zu stöhnen, biegt mir ihre herrlichen Brüste entgegen. Ich küsse die Haut zwischen ihren Brüsten, dann hinunter zu ihrem Bauch, schnelle hin und wieder mit meiner Zunge vor, um sie zum Keuchen zu bringen. Um ihre Pussy mache ich einen Bogen, wandere ihre Hüfte hinunter, dann ihren inneren Oberschenkel entlang.

Ihre Beine und ihr Bauch beben.

„Lass uns diese hübsche Pussy anschauen." Ich drücke ihre Knie auseinander und starre einfach nur, labe mich an dem Anblick ihres pinken, glänzenden Schlitzes. „Du wirst immer so feucht für mich, hab ich recht, Süße?" Ich berühre mit ihrem Daumen kaum ihren Kitzler und sie zuckt und zittert schon.

„J-ja."

„Du hast dich für mich aufgehoben." Ich bin ein Narr, aber ich will es hören. Dass sie sich für mich aufgehoben hat und nicht etwa, weil Igor es ihr befohlen hatte.

„Ja", gesteht sie. „Ich wollte immer, dass du es bist."

Ich lecke sie, teile ihre Schamlippen mit meiner Zunge, fahre die Falten entlang.

Sie presst ihre Knie um meine Ohren zusammen.

„Unartiges Mädchen." Ich versetze ihrer Pussy einen leichten Schlag. „Spreiz deine Knie weit für mich."

„Oh", stöhnt sie.

Ich presse mit meiner Zunge ein wenig kräftiger in sie hinein, lutsche an ihren Schamlippen, knabbere daran. Ich nehme ihren Kitzler zwischen meine Lippen und sauge daran.

Ihre Hände fliegen zu meinem Kopf und sie zieht an meinen Haaren.

Ich sauge heftiger und lasse meinen Daumen in ihren Schlitz gleiten, pumpe ihn hinein und hinaus.

„Bitte, Maxim. Ich brauche dich." Sie zieht an meinen Haaren, versucht, meinen Mund von ihr vorzuziehen.

„Brauchst du meinen Schwanz?"

Noch nie in meinem Leben hat mich eine Frau so angesehen wie sie jetzt. Als ob ich ihre ganze Welt wäre. Als ob die Sonne auf mein Wort hin auf- und untergeht. Sie nickt, wendet den Blick nicht von meinen Augen ab.

„Bitte", fleht sie noch einmal.

Tja, wer zur Hölle bin ich, dass ich meiner Braut irgendwas vorenthalten würde?

Ich klettere vom Bett, ziehe mich aus und lege mich über sie. Ich will kein Kondom benutzen. Ich will sie ganz und gar erobern – ihr Babys machen und sie für den Rest ihres Lebens die Beine spreizen lassen, aber ich weiß, das ist falsch. Sie hat Träume für eine Karriere und sie fängt gerade erst an. Wir haben später noch genug Zeit für eine Familie. Wenn es das ist, was sie will.

Ich rolle ein Kondom ab und positioniere mich an ihrer Öffnung. „Ich liebe dich", sage ich, als ich in sie eindringe.

Sie schnappt nach Luft und erneut treten Tränen in ihre Augen. „Ich liebe dich, Max." Sie greift nach meinen Hüften und zieht mich tiefer in sich, schlingt ihre Beine um meinen Rücken.

Ich neige den Kopf und beiße in ihr Ohrläppchen, während ich langsam wiegend in sie hineinstoße, mich zurückhalten, wie ein Irrer in sie hineinzuhämmern.

„Ich brauche dich", schluchzt sie. „Ich will das hier. Mit dir. Für immer."

Ich grinse, stoße ein bisschen härter. „Dann ist ja gut, dass ich dich schon hier weggeschlossen habe."

Ein erleichtertes Lachen bricht aus ihr hervor. „Würdest du mich noch mal heiraten? Ich will das noch mal wiederholen. Es richtig machen."

Mein Herz zieht sich zusammen. Natürlich will sie das. Mein braves Mädchen, die ihre Unschuld für den Mann aufgespart hat, den sie heiratet. Das weiße Kleid und die Blumen wurden ihr vorenthalten. Die Hochzeitsfeier. Alles, was sie bekommen hatte, war eine Beerdigung gewesen, eine erzwungene Gemeinschaft und ein Arsch von einem Ehemann, der sie sich über die Schulter geworfen und zum Flughafen davongetragen hat.

Ich verlangsame meinen Rhythmus, beuge mich wieder hinunter und nehme ihre Lippen zärtlich zwischen meine, trinke von ihnen. Erkunde ihre Zartheit. „Sasha, würdest du mir die Ehre erweisen, mich zu heiraten?"

„Ja", lacht und schluchzt sie gleichzeitig.

„Lass uns irgendwo hinfliegen", sage ich. „Wir könnten deine Freundinnen nach Bali einladen oder so."

„Ja, ja, ja!", ruft sie. „Das würde ich lieben."

Ich lächle auf sie hinunter und sie strahlt so sehr, dass es wehtut. Meine Kontrolle lässt nach. Ich stütze mich mit den Händen neben ihrem Kopf ab, rahme ihre Schultern ein, während ich tiefer und härter in sie hineinstoße.

Sie wiegt ihre Hüften, um sich meinem Rhythmus anzupassen, als ob sie noch immer nach mehr verlangt.

„Wer wird dich zum Schreien bringen, wenn du kommst, Süße?"

„Du", keucht sie. „Maxim. Mein Mann."

„*Bljad*." Ich verliere die Kontrolle, hämmere mit genug Gewalt in sie hinein, um das Bett gegen die Wand knallen zu lassen.

Sie empfängt mich – stöhnt lauter und lauter, treibt mich an, bis wir beide genau im selben Augenblick unsere Erlösung herausschreien.

Ich überhäufe sie mit hunderten Küssen, bedecke ihr wunderschönes Gesicht, ihre Nacken, ihre Ohren, ihre Stirn. Dann lasse ich mein ganzes Gewicht auf sie fallen und bedecke sie komplett.

„Uff", lacht sie.

Ich rolle uns zur Seite, bleibe noch in ihr.

„Maxim …" Sasha klingt wieder ernst.

Ich streiche ihr eine Haarsträhne aus dem Gesicht und lege meine Hand auf ihre Wange. „Was ist es, *sacharok*?"

„Was wirst du mit meiner Mutter machen?"

Ich verstehe ihre Beunruhigung sofort. „Ich werde mich um sie kümmern, Sasha", verspreche ich. „Ich meine, ich habe nicht vor, sie hier bei uns einziehen zu lassen, aber …"

„Gut." Sasha lacht erleichtert auf.

„Vielleicht könnten wir dein Erbe aufteilen – die Hälfte deiner Mutter überlassen. Auf diese Weise muss sie nicht mehr aus Hilflosigkeit und Verzweiflung handeln. Was hältst du davon?"

„Wow. Ja. Wäre das denn okay für dich?"

„Ich habe dich nicht des Geldes wegen geheiratet. Das habe ich dir schon gesagt. Die Frage ist, ob das für dich okay wäre."

„Ja. Das fände ich sehr gut." Sie erwidert die Flut an Küssen, platziert sie auf meinem Gesicht und auf meiner tätowierten Brust. „Du bist ein guter Mann, Maxim. Danke, dass du mir verziehen hast."

Ich nehme ihr Gesicht in beide Hände. „Es gibt nichts, was ich dir nicht verzeihen würde, Süße. Das kannst du mir glauben."

DREIUNDZWANZIGSTES KAPITEL

 asha

ICH SONNE mich in der Euphorie, stundenlang in Maxims Armen zu liegen.

Aber schließlich holen mich mein Magenknurren und die Sorge um meine Mutter zurück in die Realität.

„Hassen mich eigentlich alle da draußen?" Ich kuschle mich enger an Maxim, suche Schutz vor meinen eigenen Gedanken. Mir wird klar, dass ich mit diesen Kerlen zusammenleben werde. Lucy war freundlich, hat sich meine Geschichte angehört und sich schließlich bereit erklärt, mich hierherzubringen, damit ich versuchen konnte, die Dinge in Ordnung zu bringen. Aber bei den anderen bin ich mir nicht so sicher.

Maxim schüttelt den Kopf. „Nein. Sie haben die ganze Zeit über auf dich aufgepasst. Ravil wusste, wo du warst, und heute Abend hat Pavel mich in einer Bar aufgesucht, um für dich in die Bresche zu springen. Er hat mir von deinem Streit mit deiner Mutter erzählt."

„Hat er?" Das überrascht mich, wenn ich an die Gleichgültigkeit denke, die er die ganze Zeit über an den Tag gelegt hatte.

„Wenn irgendeiner von ihnen gemein zu dir war, dann tut es mir leid. Das liegt nur daran, weil sie mich beschützen wollen. Ich bin mir sicher, es kommt nicht wieder vor."

Ich schüttle den Kopf. „Sie waren nicht gemein. Ich verstehe das. Am liebsten möchte ich mich für immer hier verkriechen, aber ... wenn ich nicht zurück ins Hotel gehe, wird meine Mutter denken, du hättest mich umgebracht." Ich schenke ihm ein ironisches Grinsen.

„Wir können ihr eine Nachricht schreiben."

„Ich habe kein Handy." Ich grinse ihn schräg an und Maxims Augenbrauen ziehen sich zusammen.

„Fuck. Sorry, Sasha. Ich wollte nie, dass du leidest."

„Außerdem sollten wir sie aus dieser Absteige von Hotel rausholen. Wenn das okay für dich ist." Ich zucke ein wenig zusammen, als ich höre, dass ich mich wieder wie eine verzogene Göre anhöre. Als ob ich nur hierhergekommen wäre, weil ich Geld brauche.

Aber Maxim schwingt die Beine aus dem Bett. „Meine Braut hat gesprochen."

Mein Puls beschleunigt sich, als ich das höre, dieses warme Gefühl erfüllt wieder meine Brust.

„Ich will dir Babys machen", verkündet Maxim aus dem Nichts, als er in seine Sachen schlüpft. „Dringend."

Ich werde still und starre ihn an, mein Gesicht wird heiß. Mein Kitzler pocht in Erwiderung.

„Natürlich warten wir, bis die Zeit richtig für dich ist."

„Ich will deine Babys", platze ich heraus. „Aber ja, vielleicht nicht sofort."

Maxims Lächeln ist wärmer als die Sonne. Er knöpft sein Hemd zu, betrachtet mich. „Du willst dir vielleicht etwas anziehen, bevor wir gehen."

„Oh." Mir wird bewusst, dass ich noch immer nackt dastehe. Ich hole meine Anziehsachen aus dem Kleiderschrank, wo ich sie abgelegt hatte, und ziehe mich an.

Maxim wartet an der Schlafzimmertür auf mich, nimmt meine

Hand und drückt sie, bevor er die Tür aufmacht. „Mach dir keine Sorgen", murmelt er. „Ich werde dich immer beschützen, Sasha."

Mein Lächeln wackelt ein wenig, als ich mich erinnere, dass ich ihn beinah verloren hätte, aber er küsst meine Stirn und ich hebe ihm mein Gesicht entgegen und fange seine Lippen mit meinen ein.

„Meine Frau wird doch bei uns wohnen bleiben", verkündet Maxim allen anderen, als wir das Wohnzimmer betreten.

Sie akzeptieren es mit demselben gleichgültigen Anstand, mit dem sie auch meine erste Ankunft willkommen geheißen haben.

Dima schleudert träge eine Faust in die Luft. „Hurra ..." Oleg nickt.

Nikolai sagt: „Willkommen zurück."

„Gut. Ich hatte schon auf das Geld gezählt, um noch mehr Kabelkanäle abonnieren zu können", bemerkt Pavel trocken. „Und ich habe sie schon bestellt."

Lucy lächelt mich von der Frühstücksbar aus an, an der sie sitzt und ihre Piroggen isst. Ravil steht hinter ihr, streichelt über ihren dicken Bauch und presst seine Lippen an ihre Schläfe. Es ist niedlich.

Alle hier sind süß. Man kommt so einfach mit ihnen klar. Sie sind echt. Und sie sind jetzt meine Familie und ich liebe sie.

„Darf ich? Ich bin am Verhungern." Ich gehe zu Lucy und stibitze mir eine Pirogge von dem Teller, den Lucy mit hinschiebt.

„Wir werden Galina irgendwo unterbringen – am liebsten ganz, ganz weit fort. Scherz." Maxim zwinkert mir zu.

„Oh ja. Ich hatte gedacht, vielleicht auf einen anderen Kontinent, unbedingt", stimme ich zu.

Ravil dreht sich zu mir um. „Nicht Russland."

Ich schlucke. Ich weiß, meine Mutter hat ihre eigenen Entscheidungen getroffen, aber ich will trotzdem nicht, dass sie umgebracht wird. „Nein. Irgendwo anders."

„Maxim wird sich darum kümmern", versichert mir Ravil. „Das ist immerhin sein Job."

Ich werfe einen verstohlenen Blick auf meinen attraktiven Mann, weiß gar nicht, wie ich noch aufrecht stehen kann, so weich macht er meine Knie. Er verschlägt mir den Atem.

„Komm, Süße." Er zieht mich zur Tür. „Lass es uns erledigen. Ich führe euch beide zum Essen aus, wenn wir sie abgeholt haben."

„Du musst nicht nett zu ihr sein", sage ich, als er mich in den Fahrstuhl zieht und gegen die Wand drängt.

„Werde ich aber. Weil sie deine Mama ist. Aber wenn sie jemals wieder versuchen sollte, dich mir wegzunehmen, dann kann ich für nichts mehr garantieren."

Ich schlinge meinen Arm um seine Hüfte und lege meinen Kopf auf seine Brust. „Einverstanden."

EPILOG

asha

MAXIM STREICHT mir eine Locke aus der Stirn, dann nimmt er wieder meine Hand. Wir stehen im Sonnenuntergang am Strand und geben uns unsere Ehegelübde.

Wir haben Nikolai gebeten, unsere „Wieder-Heirat", wie wir es nennen, zu vollziehen. Die Zeremonie ist natürlich nicht echt – wir haben unsere Eheurkunde ja schon unterschrieben und erfassen lassen. Unsere Ehe ist legal. Aber diese verwöhnte Prinzessin wollte es sich nicht nehmen lassen, ihre Hochzeitsfeier zu planen, und da sind wir nun – an einem Strand auf Ibiza – und genießen die letzten Partys der Saison.

Ich habe meine Freundinnen vom College einfliegen lassen – einschließlich Kimberley, die ich nicht auslassen konnte –, damit sie mit mir zusammen feiern. Meine Mutter ist auch hier und benimmt sich vorbildlich, tut so – genau wie ich –, als ob das hier meine erste und richtige Hochzeit ist.

Ravil und Lucy konnten leider nicht herfliegen, weil das Geburtsdatum des Babys zu nah ist, aber alle anderen aus dem Penthouse sind hier – Dima, Nikolai, Oleg und Pavel, dessen Mund sich verzieht, als er meine Freundinnen entdeckt. Ich nehme an, sie sind nicht sein Typ.

Wie sich herausstellt, sind sein Typ einmalige Bekanntschaften mit vorweg vereinbarten Szenen, die Peitschen und Ketten beinhalten. Ich vermute, nachdem er von dem BDSM-Club gehört hatte, in dem Ravil und Lucy sich begegnet sind, hat er ein Interesse daran entwickelt, seine sadistischen Tendenzen mit ins Schlafzimmer zu bringen. Ich hatte bemerkt, dass Kayla ihn interessiert gemustert hat, als wir angekommen sind, aber diese Vorstellung habe ich schnell wieder begraben.

Maxim sieht so umwerfend gut aus wie immer in seinem gestärkten, weißen Hemd, zwei Knöpfe am Hals geöffnet, die Ärmel aufgerollt, um seine tätowierten Unterarme zu zeigen.

„Auch wenn ihr schon verheiratet seid", verkündet Nikolai in dramatisch formellem Tonfall, „erkläre ich euch hiermit zu Mann und Frau!"

Meine Freunde jubeln und werfen Rosenblütenblätter in die Luft. Die sanften Uferwellen berühren unserer Füße, tragen die Blütenblätter hinaus aufs Meer. Ich springe Maxim in die Arme, schlinge ihm in meinem kurzen Hochzeitskleid die Beine um die Hüfte, während er uns im Kreis dreht, mich zu dem ohrenbetäubenden Jubel wie verrückt küsst.

„Macht weiter, ich nehme ein Video auf", ruft Kayla.

Maxim läuft weiter ins Wasser hinein und eine Welle schwappt sein Bein hinauf. Ich kreische und kichere, klettere höher auf seine Hüfte.

„Ich hab dich, Süße."

„Ich weiß." Ich lächle ihn an. Weil er mich hat. Er wird mich immer haben, und dafür liebe ich ihn zu Tode.

Er trägt mich zurück ans Ufer und stellt mich auf dem trockenen Sand ab.

Nikolai und Dima lassen die Korken des teuren Champagners knallen und lasen die Flaschen rumgehen, damit wir alle einen Schluck trinken können.

„*Gorko!*", ruft Nikolai ganz nach russischer Tradition und Maxim und ich küssen uns, wie es der Brauch ist.

Die Jungs beginnen, laut zu zählen und unseren Kuss zu stoppen, was angeblich die Dauerhaftigkeit unserer Liebe verrät, und bedeuten zur gleichen Zeit meinen Freundinnen – die sich mit russischen Hochzeitstraditionen nicht auskennen –, dass sie den Rest des Champagners runterkippen sollen.

Meine Lippen verziehen sich in ein Lächeln, während sie immer noch an Maxims kleben.

„Okay, okay, genug!", grummelt Pavel, als sie bei sechzig angekommen sind. „Wir wissen ja schon, dass ihr beide es den lieben, langen Tag lang treiben könnt. Wir brauchen keine öffentliche Demonstration."

„Komm, ihr müsst die Gläser zerbrechen", sagt meine Mutter und befördert zwei Kristallgläser aus ihrer Handtasche und reicht sie Maxim und mir. Die Hochzeitsgesellschaft wandert auf die Terrasse des riesigen Strandhauses, das Maxim gebucht hat.

Ich hebe meinen Ellenbogen, blicke auf Maxim, um das Startsignal zu erhalten. Er hebt sein Glas und nickt und wir beide schleudern die Kristallgläser so heftig wir können zu Boden. Das bringt Glück.

„Und jetzt stehlt die Braut", fordert meine Mutter meine Freundinnen auf und bedeutet ihnen, vorzutreten und mich wegzuschnappen. „Lasst Maxim ein Lösegeld zahlen, um sie zurückzubekommen."

Lachend greifen meine Freundinnen nach meinen Handgelenken und rennen mit mir nach oben.

„Du konntest schon immer eine Party schmeißen", sagt Ashley, als wir uns alle zusammen auf dem großen Doppelbett zusammenrotten.

„Ich bin nicht sicher, ob es Sinn und Zweck der Sache ist, sich im Schlafzimmer zu verstecken", ruft Maxim durch die Tür, „aber ich bezahle gerne."

Kayla macht mit meinem Handy ein Foto von mir. Als es jetzt wieder mit dem WLAN verbunden ist, pingt es mit dem Nachrichtenton für eingehende E-Mails.

Als ich den Absender auf dem Display sehe, schnappe ich nach Luft und reiße Kayla das Handy aus der Hand.

„Was ist es?", fragt Kayla.

„Eine Mail von dem Regisseur in Chicago. Für den ich gerade vorgesprochen habe." Ich halte die Luft an, als meine Finger über den Bildschirm huschen, um die E-Mail zu öffnen. Ich schreie auf.

„Was? Was ist es? Hast du die Rolle?", fragen meine Freundinnen alle auf einmal.

„Was ist los?", fragt Maxim von der anderen Seite der Tür.

Ich stürze zur Tür und reiße sie auf. „Ich hab's geschafft!", kreische ich und springe zurück in seine Arme. „Ich werde Anna Karenina spielen!"

Ein Chor aus „Oh mein Gott!" und „Wahnsinn!" und „Glückwunsch!" umfängt mich. Maxim wirft mich in die Luft und fängt mich auf, als ob ich nichts wiegen würde.

Als ob es ihm unendlich wichtig wäre, dass dieser Tag perfekt ist.

Freudentränen rollen mir über das Gesicht.

Meine Mom und die Jungs drängen hinter Maxim ins Zimmer und wollen wissen, was die ganze Aufregung soll.

„Das ist der glücklichste Tag meines Lebens", schluchze ich und senke meine Lippen auf Maxims Stirn. „Ich liebe euch alle so sehr. Ich bin so glücklich."

Maxim dreht sich im Kreis, hält mich immer noch im Arm. Es ist ein langsamer Tanz und alle, die mir auf dieser Welt etwas bedeuten, schauen zu.

„Ich liebe dich", murmle ich gegen seine Haut. „Ich liebe unser Leben."

„Ich liebe unser Leben auch." Er bedeckt meine Arme mit Küssen. „Ich liebe dich so sehr, Süße." Und dann wendet er sich an unser Publikum. „Und jetzt, alle raus hier", befiehlt er streng.

Ein Chor von Gelächter und Einsprüchen ertönt.

„Buuh!"

„Die Party hat doch gerade erst richtig angefangen!"

„Feiert ihr ruhig weiter. Wir haben unsere eigene kleine Party hier zu feiern", sagt Maxim und dreht mich zum Bett, seine Augen dunkel vor Verheißungen.

„Ja, bitte", flüstere ich ihm zu, während unsere Familie und Freunde das Zimmer verlassen.

Behutsam legt Maxim mich in der Mitte des Betts auf den Rücken. „Ich kann definitiv eine Wiedergutmachung unserer Hochzeitsnacht gebrauchen", zieht er mich auf und ich verziehe blamiert das Gesicht, muss daran denken, wie ich so schnell ich konnte in meine Wohnung geflüchtet bin und nichts mit ihm zu tun haben wollte.

„Ich habe mich für dich aufgespart", erinnere ich ihn.

„Das hast du", sagt er mit unglaublich viel Liebe in seiner Stimme.

So viel Liebe, dass ich fast glaube, mein Herz würde explodieren. Ich ziehe ihn zu mir hinunter und presse meinen Mund auf seinen, gleite mit meiner Zunge zwischen seine Lippen, gierig danach, unsere Ehe zu vollziehen. Wieder zu vollziehen. Was auch immer.

Ich mache mich an den Knöpfen seines Hemds zu schaffen, während sich unsere Zungen umeinander winden. Er findet den Reißverschluss meines trägerlosen weißen Minikleids und zieht ihn auf. Ich hebe meinen Hintern, damit er das Kleid herunterziehen kann. Für einen Moment hält er inne, beißt in seine Fingerknöchel, trinkt jeden letzten Tropfen des Bilds, das ich ihm biete, nackt, bis auf einen winzigen weißen Stringtanga.

„Jedes Mal, wenn du dich auszieht, muss ich mich daran erinnern, dass es real ist. Du bist meine Frau. Du gehörst diesmal wirklich in mein Bett. Ich kriege nicht den Schwanz abgeschnitten, wenn ich mit dir erwischt werde."

Ich hake meine Daumen in den Bund meines Tangas und ziehe ihn herunter. „Alles deins, Mann. Was hast du mit mir vor?"

Sein Grinsen ist teuflisch. Er zieht sein Hemd aus, dann seine Hose und die Boxerbriefs. „Ich habe ungefähr hundert Ideen. Los geht's."

∼

DANKE, dass du *Der Mittelsmann* gelesen hast. Wenn es dir gefallen hat, würde ich deine Rezension sehr zu schätzen wissen – sie machen für unabhängige Autoren einen riesigen Unterschied.

Lies unbedingt auch Pavel und Kaylas Kurzgeschichte in *Besessen* und mach dich bereit für Oleg und Storys Liebesgeschichte in *Der Vollstrecker*.

∽

Viel Spaß mit dieser Bonusszene aus Der Mittelsmann, in der du herausfindest, was in der Nacht passiert ist, als Maxim und Sasha wieder vereint waren.

RENEE ROSE: HOLEN SIE SICH IHR KOSTENLOSES BUCH!

Tragen Sie sich in meine E-Mail Liste ein, um als erstes von Neuerscheinungen, kostenlosen Büchern, Sonderpreisen und anderen Zugaben zu erfahren.

https://www.subscribepage.com/mafiadaddy_de

DER VOLLSTRECKER

Der Vollstrecker

Sie ist meine Schwäche, meine Obsession. Und jetzt meine Gefangene.
Ich habe acht lange Jahre in einem sibirischen Gefängnis verbracht.
Seit meiner Entlassung hat nichts mehr mein Interesse geweckt.

Nichts, außer ihr.
Woche um Woche höre ich ihre Band spielen.
Ich denke nur noch an sie.

Als meine Vergangenheit mich einholt, wird sie zu einem Ziel.
Die einzige Möglichkeit, sie zu beschützen, ist es, sie wegzusperren.
Sie gefangen zu halten, bis die Dinge sich beruhigt haben.

Jetzt wird sie mir nie verzeihen, aber ich kann es ihr nicht erklären.
Ich kann nicht sprechen.

BÜCHER VON RENEE ROSE

Chicago Bratwa

Der Direktor

Gefährliches Vorspiel

Der Mittelsmann

Unterwelt von Las Vegas

King of Diamonds: Was in Vegas passiert, bleibt in Vegas, Band 1

Mafia Daddy: Vom Silberlöffel zur Silberschnalle, Band 2

Jack of Spades: Gefangen in der Stadt der Sünden, Band 3

Ace of Hearts: Berühmtheit schützt vor Strafe nicht, Band 4

Joker's Wild: Engel brauchen auch harte Hände (Unterwelt von Las Vegas 5)

His Queen of Clubs: Russische Rache ist süß (Unterwelt von Las Vegas 6)

Dead Man's Hand: Wenn der Tod mit neuen Karten spielt

Wild Card: Süß, aber verrückt

Wolf Ranch

ungebärdig - Buch 0 (gratis)

ungezähmt– Buch 1

ungestüm - Buch 2

ungezügelt - Buch 3

unzivilisiert - Buch 4

ungebremst - Buch 5

unbändig - Buch 6

Wolf Ridge High

Alpha Bully - Buch 1

Alpha Knight - Buch 2

Bad Boy Alphas

Alphas Versuchung

Alphas Gefahr

Alphas Preis

Alphas Herausforderung

Alphas Besessenheit

Alphas Verlangen

Alphas Krieg

Alphas Aufgabe

Alphas Fluch

Alphas Geheimnis

Alphas Beute

Alphas Blut

Alphas Sonne

Die Meister von Zandia

Seine irdische Dienerin

Seine irdische Gefangene

Seine irdische Gefährtin

ÜBER DIE AUTORIN

USA TODAY Bestseller-Autorin RENEE ROSE liebt dominante, verbalerotische Alpha-Helden! Sie hat bereits über eine Million Exemplare ihrer erotischen Liebesromane mit unterschiedlichen Abstufungen verruchter sexueller Vorlieben und Erotik verkauft. Ihre Bücher wurden außerdem in *USA Todays Happily Ever After* und *Popsugar* vorgestellt. 2013 wurde sie von *Eroticon USA* zum nächsten *Top Erotic Author* ernannt und freut sich ebenfalls über die Auszeichnungen Spunky and Sassy's *Favorite Sci-Fi and Anthology Autor*, The Romance Reviews *Best Historical Romance* und Spanking Romance Reviews *Best Sci-fi, Paranormal, Historical, Erotic, Ageplay and Couple Author*. Bereits fünfmal gelang ihr eine Platzierung in der USA-Today-Bestsellerliste mit verschiedenen literarischen Werken.

Besuchen Sie ihren Blog unter www.reneeroseromance.com

www.ingramcontent.com/pod-product-compliance
Lightning Source LLC
LaVergne TN
LVHW041627060526
838200LV00040B/1472